왕국의 비밀 2

왕국의 비밀 2

초판1쇄 인쇄 | 2017년 2월 6일
초판1쇄 발행 | 2017년 2월 10일

지은이 | 이원호
펴낸이 | 박연
펴낸곳 | 한결미디어

등록일자 | 2006년 7월 24일
등록번호 | 제313-2006-000152호
주소 | 서울시 마포구 모래내로 83 한올빌딩 6층
전화번호 | 02 · 704 · 3331
팩스번호 | 02 · 704 · 3330

ISBN 979-11-5916-035-6 979-11-5916-033-2(set)   04810

* 잘못 만들어진 책은 구입처나 본사에서 교환해 드립니다.

왕국의 비밀

이원호 장편소설

② 왕국건설

한결미디어

목차

11장 율리아

사무실에 들어섰을 때는 오후 1시 반이다. 미리 연락을 한 터라 빅토리아를 포함한 사원 모두가 사무실 앞에서 김태우를 맞았다. 모두 웃음 띤 얼굴이었고 진심으로 반기는 기색이 역력했다. 김태우가 만타난 유정에서 돌아오는 헬기 안에서 빅토리아에게 상황 설명을 해 주었기 때문이다.

"보스, 축하드려요."

사무실로 들어선 김태우에게 빅토리아가 꽃다발을 건넸고 직원들이 박수를 쳤다.

"고마워, 여러분."

꽃다발을 받아 든 김태우의 태도에 관록이 풍겨났다. 관록은 경험에서, 그 경험은 적극성과 열의에서 피어난다. 그냥 얻어지는 것이 아닌 것이다. 김태우의 시선이 직원들을 훑고 지나갔다. 맨 마지막에 부딪친 아이렌의 눈에서 섬광이 튀는 것 같다. 1초도 안 되는 순간이었지만 1만 개의 단어가 축적되어 있는 것 같다. 외계인이라면 그 단어를 다 읽어낼 수 있을 것이다. 그때 빅토리아가 말했다.

"보스, 숙소도 대청소를 해 놓았습니다."

"수고했어."

보코하람과 계약을 마치고 돌아온 것이다. 빅토리아의 얼굴에도 자신감이 떠올라 있다. 직원들이 모두 나가고 방에 빅토리아와 둘이 남았을 때 김태우가 말했다.

"경찰국에서 계속 괴롭히고 있다고 했지?"

"예. 오전에도 보안과장 오고드가 전화를 했습니다. 곧 찾겠다면서 협박했는데요."

"지금 바꿔 봐."

빅토리아가 거대한 몸을 굽히면서 통나무 같은 팔을 뻗어 전화기를 집었다. 미끈한 통나무다. 버튼을 누른 빅토리아가 빠른 하우사어로 말하더니 조금 기다렸다가 응답을 하고는 다시 몇 마디를 하고 나서 송화구를 손바닥으로 막았다.

"보스, 오고드입니다."

김태우가 손을 뻗자 빅토리아는 두 손으로 건네주었다. 숨을 죽이고 있는 것이 느껴졌다. 오고드는 실권자인 것이다. 정부 지시까지 받았기 때문에 대놓고 압박할 수 있다. 김태우가 수화기를 귀에 붙이고 말했다.

"오고드 씨, 나 김태우올시다."

"오, 김."

오고드의 목소리에 웃음기가 섞여졌다.

"회사에 오셨군. 어때? 내가 지금 갈까?"

"용건이 뭐요?"

"뭐? 용건이라고?"

오고드의 목소리가 높아졌다.

"내가 그걸 꼭 말해주고 가야만 하나?"

"그래, 오고드."

"뭐라고? 오고드?"

씨 자를 붙이지 않은 것에 오고드는 대번에 열을 받았다. 김태우는 말끝에 존대어를 붙이지도 않았기 때문이다. 앞에 선 빅토리아가 어깨를 추켜올렸다. 그때 김태우가 대답했다.

"그래, 오고드."

"너, 미쳤어?"

"네가 미친 것 같은데, 오고드."

김태우가 한마디씩 또박또박 말했다.

"보안국장이면 내가 오늘 어디서 왔는지 알고는 있어야지, 오고드."

"뭐? 이 자식이."

"나, 오늘, 석유부 간부들하고 준마르 마을에 가서 무스타파 장군을 만나고 오는 길이야."

그 순간 오고드는 숨을 멈춘 것 같다. 아무 소리도 들리지 않는다. 김태우가 말을 이었다.

"무스타파 장군하고 계약을 했어, 오고드. 앞으로 매달 만나게 될 거야, 오고드."

"……."

"너하고 전화 끝나고 네가 날 죽이려고 한다고 장군께 말할 작정이야, 오고드."

"내, 내가 언제……."

그때서야 오고드가 입을 열었는데 목소리가 딴 사람 같다. 그때 김태우가 전화기를 내려놓고 스피커 버튼을 눌렀다.

"오고드, 내가 장군의 전번을 알려줄 테니까 네가 직접 해보지 않겠나?"

"미스터 김……."

"경찰국 보안국장이니 장군을 체포할 수도 있겠군. 그렇지? 체포한다고 말해 줄까?"

"미스터 김, 뭔가 오해를 한 것 같은데. 실은 내 업무가……."

"오고드, 전화 끊고 5분만 기다려주지 않겠나? 보코하람 담당자가 너한테 전화를 하도록 할 테니까."

"아, 아니. 그럴 필요까지……, 미스터 김."

"오고드, 넌 개새끼다. 맞지?"

"미스터 김, 이해합니다. 오해가 있었던 것에 대해서 내가 사과를 해도 되겠습니까?"

"생각해보겠어, 오고드."

"부탁합니다, 미스터 김. 말씀 잘 해 주십시오."

그때 통화 정지 버튼을 누른 김태우가 주머니에서 핸드폰을 꺼내더니 버튼을 눌렀다. 곧 통화연결이 되었을 때 김태우가 말했다.

"경찰국 보안국장 오고드가 괴롭히고 있어요. 조처를 해 주셔야 될 것 같습니다."

그러자 곧 굵은 사내의 목소리가 울렸다.

"지금 즉시 조처를 하지요. 염려하실 것 없습니다."

"날 죽인다고 하는데 급합니다."

김태우의 두 눈이 번들거리고 있었으므로 빅토리아가 숨을 들이켰다. 두려운 표정이다.

"자, 그럼 또 봅시다."

차에서 내린 김태우에게 이준혁이 차 안에서 손을 들어 보이고는 곧 어둠 속으로 사라졌다. 밤 10시 반, 회사 빌딩 앞이다. 번화가여서 인도는 통행인으로 가득 찼고 차도는 오가는 차량들로 혼잡했다. 유럽의 대도시 같다. 고층 빌딩이 늘어선 데다 네온사인이 번쩍이는 것도 마찬가지다. 주위를 둘러본 김태우가 현관을 향해 발을 떼었다.

"김태우 씨."

뒤에서 부르는 여자 목소리에 김태우는 몸을 돌렸다. 이경미다. 검정색 점퍼에 회색 바지를 입은 이경미가 웃음 띤 얼굴로 다가왔다. 운동화를 신고 있어서 관광객 차림이다.

"일찍 끝나서 다행이야."

다가선 이경미한테서 익숙한 향내가 맡아졌다.

"오래 기다렸어?"

김태우가 묻자 이경미는 머리를 저었다.

"조금. 장 사장이 끝났다는 연락을 해 줘서 여기 온 지 10분쯤 돼."

이경미가 빌딩을 올려다보았다. 15층이 사무실이고 8층이 김태우의 숙소인 것이다. 숙소에는 아이렌이 기다리고 있다.

"숙소에 여직원이 있지?"

이경미가 물었으므로 김태우는 머리만 끄덕였다.

"걔, 따먹었어?"

"응."

"도대체 넌 몇 명이나 따먹었니?"

"누나까지 합쳐서 다섯."

하나를 올렸다. 그러자 이경미가 김태우의 팔을 끼면서 발을 떼었다. 빌딩에서 멀어지는 것이다.

"어디 가?"

"우리 집에 가야지, 어딘 어디야?"

김태우는 이경미 집에서 아이렌에게 연락하기로 했다.

"어때? 느낌이?"

팔짱을 끼고 인도를 걸으면서 이경미가 물었다. 올려다보는 눈에 웃음을 띠고 있다.

"무슨 느낌? 누나를 만난 느낌?"

"그것도 그렇고."

"누나 거시기가 뜨겁고 좁았다는 기억이 난다. 뜨거운 온천수가 넘쳐흘렀지."

그때 이경미가 끼고 있던 팔목 살을 비틀었으므로 김태우는 입을 딱 벌렸다.

"넌 왜 이렇게 저질이니?"

"누나는 저질을 좋아하잖아. 그거 할 때."

"내가 말을 말아야지."

"오늘 장 사장이 날 보는 눈이 지글지글 끓고 있었어."

"아휴."

"장 사장도 누나만큼 밝혀."

그때 이경미가 끼고 있던 팔을 풀더니 반걸음쯤 떨어졌다. 눈썹을 치켜뜨고 있다. 인도의 행인이 조금 줄어든 번화가다. 상점들이 문을 닫는 중이다.

"누나, 화났어?"

"어지간히 해라, 응?"

이경미가 눈을 치켜떴다.

"농담이라도 막 하지 말란 말이야."

"그럼 오늘 섹스 안 할게."

김태우가 정색하고 말했다.

"그냥 입으로만 할게."

"너."

"입으로만 해도 누나 홍콩 보낼 수 있어."

이경미가 발을 떼었고 이번에는 김태우가 팔을 끼었다. 말랑하고 탄력이 느껴지는 팔이다.

"누나는 몰라서 그래."

이경미는 발만 떼었고 김태우의 말이 이어졌다.

"밀림으로 날아가 무스타파를 만날 때 말이야. 머리칼이 곤두서는 긴장감을 이해할 수 있겠어?"

"……."

"같이 갔던 석유부 국장은 CIA가 피부에 칩을 심어 놓았다고 무스타파가 끌고 갔어. 그놈은 돌아오지 않았어."

"……."

"실적을 올리고 살아서 돌아온 거야. 지금 난 내가 살았는지 죽었는지 아직 멍한 상태야. 누나를 엎어 놓고 힘껏 찔러야 진짜 돌아왔는가를 실감할 수 있을 것 같아."

그때 이경미가 머리를 들고 김태우를 보았다. 두 눈이 크게 뜨여 있다. 이경미의 시선을 잡은 김태우가 물었다.

13

"해 줄 거야?"

"응. 해 줄게."

이경미가 크게 머리까지 끄덕였다.

"네 맘대로 해도 돼."

"뒤에서 찔러도 돼?"

"뒤?"

"응, 거기."

"거기는 안 돼, 이 자식아."

그러고는 이경미가 다시 웃었다. 그때 김태우가 이경미를 옆쪽 골목으로 끌고 들어갔다.

"왜?"

이경미가 물었지만 순순히 끌려 들어왔다. 골목 안은 지저분했고 지린내가 코를 찔렀다.

"누나, 벗어."

골목 담장에 이경미를 붙인 김태우가 거칠게 말했다.

"여기서 말고. 10분만 참아, 응? 집에서……."

이경미가 달래더니 곧 바지를 내리면서 말했다.

"빨리 끝내. 사람들 오면 나 몰라."

김태우는 서둘러 이경미의 바지를 벗겼다. 바지 한쪽만 벗긴 것이다. 그러고는 팬티를 당겨 찢어 버렸다. 이경미도 흥분했다. 김태우의 바지 혁대를 풀더니 팬티까지 와락 끌어내리고는 남성을 두 손으로 움켜쥐었다.

"그냥 박아."

이경미가 남성을 골짜기에 붙이면서 말했는데 목소리가 다른 사람 같다. 김태우는 이경미의 다리 한쪽을 치켜들고 벽에 밀어붙였다. 그러자 이경미는 한쪽 발끝만 겨우 땅바닥에 붙인 자세가 되었다. 그 순간 이경미가 갖다 붙인 남성이 골짜기 끝에 정확하게 닿았고 김태우가 벽을 무너뜨릴 것처럼 밀어붙였다.

"으악."

이경미의 입에서 그런 신음이 터졌다. 두 손으로 김태우의 목을 감아 안은 이경미의 몸은 이제 허공에 떴다. 김태우가 아예 뒷무릎에 손을 넣고 두 다리를 쳐들어 버렸기 때문이다.

"아이고, 엄마."

이경미가 다시 골목을 울릴 만큼 비명을 질렀지만 김태우는 사정을 두지 않았다. 그것은 이경미의 동굴이 뜨겁고 잔뜩 젖어 있었기 때문이다. 거칠게 진입해 오는 남성을 기쁘게 받아들이고 있는 것이다. 김태우는 이경미의 몸을 들어 올리면서 각도를 변경시켰다. 이경미가 그때마다 비명 같은 탄성을 뱉으면서 엉덩이를 흔들고 목을 감싸 안는다.

"아, 아, 빨리."

이경미가 서두르고 있다. 그 와중에도 골목 안으로 사람들이 들어올까 걱정인 것이다. 그러나 아직까지는 오지 않았다. 이경미의 움직임이 더 격렬해졌다. 신음과 함께 김태우의 동작에 맞춰 흔들면서 동굴이 좁혀지기 시작했다. 좁혀지면서 탄력이 강해진다. 동굴 벽이 미세한 움직임까지 점점 더 뚜렷해지는 것이다.

"아이구, 여보."

이경미가 소리쳤다. 절정에 오르는 것이다. 그때 골목 입구에서 이야기 소리가 들리더니 행인 둘이 들어섰다. 둘이다. 이쪽은 안으로 15미

터쯤 들어간 곳인 데다 가로등도 없어서 소리만 들렸을 것이다. 김태우
는 인기척을 들었지만 이경미는 듣지 못했다.

"아이구, 여보, 나, 지금……."

이경미가 엉덩이를 흔들면서 절규했다. 그때 김태우는 사내들이 다
가오는 것을 보았다. 이쪽으로 다가오고 있다. 10미터, 8미터. 그때 이경
미가 폭발했다.

"아악! 여보!"

이경미가 빈틈없이 김태우의 목에 매달리면서 온몸을 떨기 시작했
다. 동굴은 잔뜩 수축되어 있는 데다 온몸이 굳어진 채 동그랗게 되어
서 매달려 있다. 그때 사내들 둘이 옆으로 다가와 섰다. 흑인, 장신에 한
놈은 비대한 체격이다. 어둠 속이어서 흑인의 눈에서 흰자위만 드러나
있다.

"아."

그때서야 흑인을 발견한 이경미가 외마디 외침을 뱉더니 김태우를
껴안았던 팔을 풀었다. 그때 김태우가 들고 있던 이경미의 다리를 놓았
으므로 두 발이 땅을 짚었다. 그때 흑인 하나가 하우사어로 말했다. 흥
분한 목소리다. 흑인 하나는 이미 김태우의 어깨를 한 손으로 움켜쥐었
다. 김태우는 먼저 바지부터 추켜올렸다. 그 순간 비대한 흑인이 주먹
을 날려 김태우의 얼굴을 쳤다. 정확한 펀치다. 김태우가 머리를 비틀
자 주먹이 귀를 스치고 지나갔다. 귀가 찢긴 것처럼 얼얼했다. 그 순간
옆쪽 흑인이 이경미의 허리를 두 손으로 감아 안았다. 이경미는 아직
바지가 다리 한쪽에만 걸쳐진 알몸 상태다.

"아악!"

이경미의 비명. 다급했기 때문에 어쩔 수 없다. 이경미가 팔꿈치로

16

사내를 쳤지만 강한 힘에 밀려 버둥거린다. 그때 비대한 사내가 이제는 김태우의 허리를 한 손으로 감아 안았다. 가깝게 접근한 터라 골목 안은 넷이 꽉 찬 것 같다. 그때 사내의 펀치가 날아와 김태우의 배를 찍었다.

"헉!"

김태우의 입에서 저절로 신음이 터졌고 그때서야 바지 혁대를 채웠다. 다음 순간 몸을 비튼 김태우가 팔꿈치를 휘둘러 사내의 얼굴을 찍었다. 그러나 빗나갔다. 대신 좁은 공간이 생겼고 그 기회를 놓칠 김태우가 아니다. 왼쪽 주먹이 날아가 사내의 콧잔등을 찍었다. 강도가 약했지만 코뼈는 부러졌을 것이다. 사내가 주춤하면서 머리를 젖힌 순간이다. 충분한 공간이 만들어지면서 김태우의 주먹이 연타로 얼굴을 쳤다.

"퍽! 퍽!"

코와 턱이 부서진 비대한 흑인이 흔들거렸을 때 이번에는 김태우의 발길이 옆쪽 흑인의 허리를 찼다. 그때서야 이경미를 놓은 흑인이 이쪽으로 몸을 돌렸을 때다.

"퍽석!"

뼈가 부서지는 소리가 그렇게 들렸다. 한껏 뒤로 젖혔던 김태우의 주먹이 정통으로 사내의 코를 부순 것이다. 코와 함께 얼굴 복판의 뼈가 부서진 사내가 시멘트벽에 머리를 부딪치며 넘어졌다. 김태우가 몸을 돌려 이제는 비틀거리는 비대한 흑인의 턱을 다시 쳐올렸다.

"뻑!"

턱뼈가 부서지는 소리다. 김태우는 지금 죽일 작정으로 치고 있다.

"이준혁에게 얼마 주었는지는 말할 수 없어, 누나."

손에 약을 바르는 이경미의 머리에 대고 김태우가 말했다. 밤 11시 반, 김태우는 지금 이경미의 집에서 손등에 난 상처를 치료받는 중이다. 머리를 든 이경미가 김태우를 보았다.

"네가 말 안 해도 짐작하고 있어."

"맘대로 생각해."

주위는 조용하다. 김태우는 집에 들어와 씻고 셔츠와 팬티 차림으로 소파에 앉아 있다. 그리고 이경미도 헐렁한 원피스로 갈아입었다. 골목에서 둘을 때려눕히고는 곧장 이경미의 집으로 온 것이다. 약을 바른 이경미가 밴드를 꼼꼼하게 주먹의 뼈 위에 붙이더니 김태우를 보았다.

"네 실력 처음 보았어."

"골목에서 하는 게 엄청 자극적이었는데."

이경미가 두 손으로 김태우의 주먹을 꾹꾹 눌렀다. 반창고가 잘 붙으라는 것 같다.

"넌 히어로야."

"그러지 마. 우리 아버지가 그랬어. 뭐가 잘 될 때 꼭 조심하라고. 그게 우리 가훈이야."

"네가 지금 얼마나 중요한 인물인지 아니?"

정색한 이경미가 김태우 옆에 앉았다. 이경미도 씻고 온 터라 몸에서 상큼한 비누향이 맡아졌고, 코를 킁킁거린 김태우가 이경미의 원피스를 들췄다.

"내 말 들어 봐."

이경미가 원피스를 여미면서 말했다.

"듣고 있으니까 말해."

다시 원피스를 젖히면서 김태우가 말하자 이경미는 한숨부터 쉬었다.

"이러면 내가 정신없잖아?"

"그럼 한 번 하고 나서 말하든지."

김태우가 이경미의 팬티를 끌어내리면서 말을 이었다.

"난 골목에서 안 했어."

"그럼 빨리 끝내."

이제는 이경미가 김태우의 팬티를 끌어내리고는 기둥이 된 남성을 두 손으로 움켜쥐었다. 어느덧 얼굴이 붉게 상기되었고 두 눈이 번들거리고 있다.

"나, 미쳐, 정말."

"누워."

이경미가 순순히 눕더니 팔을 벌려 김태우의 어깨를 움켜쥐었다.

"나, 어떡해."

"뭐가?"

"너한테 끌려 들어가. 난 통제력을 잃었단 말이야."

그 순간 이경미가 입을 딱 벌리더니 신음을 뱉었다. 방 안에 열풍이 휘몰아치기 시작했다. 골목에서 사건을 겪은 흥분이 가라앉아 있다가 터진 것 같다. 이경미의 신음은 더 컸고 몸부림은 더욱 격렬해졌다. 이번에는 김태우도 함께 폭발할 작정이었으므로 온몸으로 마음껏 부딪치고 있다. 이윽고 둘은 같이 부서졌다. 함께 절정에 오른 것이다. 그러고 나서 둘이 나란히 누웠을 때는 한참이나 지난 후였다.

"보코하람의 테러 자금을 네가 관리하게 되는 거야."

김태우의 팔을 베고 누운 이경미가 천장을 향한 채 말을 이었다.

"그리고 그렇게 하도록 미국 정부로부터도 승인을 받았다고."

김태우가 이경미의 어깨를 당겨 안았다. 이경미의 몸이 김태우의 가슴에 안겼다. 그때 이경미가 말을 이었다.

"한국은 선물처럼 1일 9만 배럴의 원유를 공급받게 되었고."

"난 누나하고 여기서 만날 이러고 있어도 되겠군."

"넌 보코하람, 미국 정부, 나이지리아 정부에다 북한한테서까지 보호를 받는 유일한 존재가 되었어."

"우리 아버지 말씀이……."

"잘 나갈 때 조심하라고?"

이경미가 팔을 뻗어 김태우의 남성을 감싸 쥐었다.

"너, 이준혁 씨하고 같이 보코하람에 네 기반을 심어. 이건 우리뿐만이 아니라 미국 측의 요청이기도 해."

"요청?"

김태우가 이맛살을 찌푸렸다.

"누나, 내가 국정원 요원이야? 난 거기 들어가고 싶었어. 하지만 내 실력으로는 턱도 없었지."

"또 장난한다."

정색한 이경미가 말을 이었다.

"넌 나 같은 요원 1백 명 몫을 하고 있어. CIA도 널 특급 대우를 할 거야."

"누나, 어쩌려고 그래?"

문득 김태우가 묻자 눈을 크게 떴던 이경미가 당황한 표정으로 손을 놓았다. 김태우의 남성이 또 단단해져 있었기 때문이다.

20

율리아의 전화가 왔을 때는 오전 9시 40분이었다. 11시에 헬기를 타려고 자주 시계를 보던 김태우가 바로 응답했다.

"예, 율리아 씨. 오랜만입니다."

준마르 마을에서 함께 돌아온 지 일주일이 지났다. 그동안 김태우는 정부 측과 서류를 작성하고 해운 회사와 계약하는 등 바빴기 때문에 율리아와 통화도 하지 못했다. 그때 율리아가 물었다.

"오늘 11시에 준마르로 가시지요?"

"예, 율리아 씨."

"오늘 저도 갑니다. 그럼 헬기장에서 뵙지요."

"아, 반갑습니다."

김태우의 입에서 저도 모르게 터진 말이다. 그러자 율리아가 물었다.

"뭐가 반갑죠?"

"같이 가니까요."

그 순간 김태우가 율리아하고는 처음 사적(私的) 대화를 나눈다는 생각을 했다. 그때 율리아가 말했다.

"김, 헬기장에서 10시 반에 만납시다."

"그러지요."

헬기는 11시 출발 예정이었으므로 30분쯤 일찍 가는 셈이다. 김태우가 빅토리아 아일랜드 끝 쪽의 헬기장에 도착했을 때는 10시 25분이다. 헬기는 아직 로터도 회전하지 않고 있었지만 율리아가 타고 온 검정색 현대차가 보였다. 차에서 내린 김태우에게 정장 차림의 흑인이 다가왔다. 율리아의 경호원이다.

"써, 보좌관께서 차 안에서 기다리고 계십니다."

머리를 끄덕인 김태우가 따라온 미카사와 줌보에게 말했다.

"너희들은 회사로 돌아가."

"예, 보스."

이제 둘은 별로 걱정하는 표정도 아니다. 한국식으로 머리를 숙여 절을 한 둘이 차를 타더니 사라졌다. 김태우가 현대차로 다가가자 뒤쪽 문이 안에서 열렸다. 율리아가 열어준 것이다. 운전사를 밖으로 내보냈기 때문에 김태우가 율리아 옆자리에 앉자 차 안에는 둘이다. 율리아가 김태우를 보았다. 시선이 마주친 순간 김태우는 숨을 들이켰다. 오늘은 검고 긴 머리를 뒤에서 묶어 말꼬리처럼 만들었다. 파마한 말꼬리다. 검은 눈동자가 흑진주처럼 반짝인다. 75퍼센트가 백인이라고 했던가? 율리아를 보면 이 세상에서 혼혈 여인이 가장 미인이라는 확신이 든다. 차 안에 은근한 향내가 배어 있다. 율리아의 살 냄새는 어떤 냄새일까? 그때 율리아가 입을 열었다.

"난 오늘 납치당한 여학생을 구해 내려고 합니다. 대통령의 특별 지시를 받았어요. 무스타파에게 직접 요구할 겁니다."

말을 멈춘 율리아가 똑바로 김태우를 보았다. 그때 율리아의 살 냄새가 났다. 비누와 화장품 냄새에 섞여 있었지만 우유의 비린 냄새 같다. 숨을 들이켠 김태우가 입안에 고인 침을 혀 밑에 가둬 놓았다. 삼켰다가는 맥주 넘어가는 소리가 날 것 같았기 때문이다. 그때 율리아가 말을 이었다.

"김, 도와주세요."

"어떻게 말입니까?"

말하다가 고인 침이 넘어가는 바람에 소리는 크게 안 났지만 하마터면 숨구멍으로 들어갈 뻔했다. 심호흡을 한 김태우가 율리아를 보았다.

"율리아 씨, 날 과대평가한 것 같은데, 내가 무슨 능력이 있다고 그럽니까?"

율리아가 시선만 주었으므로 김태우의 말에 열기가 띠었다.

"나에 대해서 잘 아시는 분이 왜 이럽니까? 지금까지의 결과는 운이 좋았을 뿐입니다. 우연히 그쪽 상황하고 맞아서 그렇게 되었기 때문 아닙니까?"

"……."

"내가 잘할 수 있는 건 섹스뿐입니다."

그 순간 김태우는 제가 말을 뱉고도 심장이 철렁 내려앉았고 눈앞이 노래졌다. 가끔 현실을 강조하다 보면 다른 사건으로 상쇄시키려는 김태우의 버릇이 나와 버렸다. 그때 율리아가 입을 열었다. 섹스 이야기는 못 들은 것 같다.

"김, 무스타파는 성격이 감정적이고 인간적이기도 해요. 내가 당신 있는 데서 여학생 이야기를 꺼낼 테니까 날 거들어 주세요."

"난 말재주도 없는 데다 영어도 서툴러요. 오히려 방해만 될 겁니다. 난 못해요."

"무스타파가 물어보면 대답해 줄 수는 있지 않아요?"

"나한테 물어볼 리가 없죠."

"내가 당신 이야기를 할 테니까요. 그래서 물어볼 겁니다."

"아니."

숨을 들이켠 김태우가 율리아를 노려보았다. 갑자기 암내가 맡아졌다. 율리아한테서 나는 것 같다. 헬기를 타고 준마르로 날아가면서 김태우는 더 이상 율리아에게 묻지 않았다. 뭐라고 하건 율리아의 자유다. 그러나 율리아가 파놓은 덫에는 빠지지 않을 것이다. 율리아도 헬기 밖의 밀림만 내려다본 채 시치미를 떼고 있었으므로 준마르에 도착할 때까지 시선도 마주치지 않았다. 준마르 기지에서는 무스타파가 김태우를 맞았는데 주름진 얼굴을 펴고 웃었다.

"여어, 코리안 카사노바가 왔군,"

율리아 앞인데도 무스타파가 거침없이 말했다. 당황한 김태우가 쩔쩔매었지만 무스타파가 소리치듯 말을 잇는다.

"내가 손님 접대를 여럿 했지만 접대원을 기절시킨 고객은 처음 보았어."

김태우가 숨을 들이켰다. 곁눈으로 보았더니 옆쪽에 앉은 율리아는 파일을 펼치고 뭔가를 찾는 시늉을 하고 있다. 김태우가 작게 헛기침을 하면서 무스타파를 보았다. 이제 작작하시라는 시늉이었지만 무스타파는 재미있는 것 같다.

"도대체 다른 고객들은 이곳에서 잘 때, 기가 죽어서 그게 잘 안 되는 것 같던데. 김, 자네는 별종이야."

"감사합니다, 장군."

마침내 김태우가 대답했다. 당연히 대답 소리가 퉁명했으므로 무스타파는 물론이고 그 좌우에 앉은 보좌관들도 이를 드러내고 웃었다.

"자, 그럼 사업 이야기를 시작할까?"

무스타파의 시선이 율리아에게 옮겨졌다.

"율리아 씨, 만타난 유정에서는 내일부터 송유관을 통해 하루 20만 배럴을 라고스로 보낸다고 하는군. 맞죠?"

"네, 맞습니다, 장군."

율리아가 생기 띤 얼굴로 무스타파를 보았다.

"20만 배럴 중 9만 배럴이 대양상사분으로 유조선 현대 정유선에 실립니다."

"6만은 로얄더치셸 측 유조선에 실리고 말이지."

"네, 장군."

무스타파의 시선이 김태우에게 옮겨졌다.

"내일 내 몫 4만 배럴이 배에 실리면 원유 값을 보낼 계좌 번호를 통보해 주겠네."

"예, 장군."

"지금 말해줄 수는 없어. CIA에서부터 전 세계 정보기관이 눈에 불을 켜고 있을 테니까."

무스타파의 얼굴에 다시 웃음이 떠올랐다.

"이봐, 김."

"예, 장군."

"자네는 어쨌든 간에 내 대리인이 되었어."

"예, 장군."

"꺼림칙한가?"

"그런 것 없습니다, 장군."

"자네 일을 미스터 리가 도와줄 거야. 미스터 리 알지?"

이준혁이다.

"물론입니다, 장군."

"그 친구하고 손발이 맞지?"

"예, 장군."

"하긴 자네들은 같은 민족이니까. 우리 하우사족 사이처럼 말이야."

"예, 장군."

"그래서 말인데 내가 자네를 우리 보코하람 장교로 임명하고 싶은데."

25

숨을 멈춘 김태우에게 무스타파가 물었다.

"자네 군대 생활 했나? 군에 간 적이 있느냐고 물었네."

"장군, 코리안 남자는 성년이 되면 의무적으로 군대를 가야 합니다."

"오, 그런가?"

감동한 듯 무스타파의 두 눈이 번들거렸다.

"코리아 군대는 몇 명인가?"

"남한이 100만, 북한이 120만쯤 됩니다."

"아니, 그럼 남북한 합쳐서 220만이야?"

무스타파의 눈이 크게 떠졌다.

"엄청나군."

"예, 장군."

그때 무스타파가 본론을 생각해내고 김태우를 보았다.

"내가 자네를 중위로 임명할까 했는데 아무래도 대위나 소령이 낫겠어."

김태우는 숨만 쉬었고 무스타파가 말을 이었다.

"그럼 소령으로 하지."

무스타파가 옆에 앉은 보좌관에게 지시했다.

"소령 계급장하고 군복을 가져와. 오늘 저녁 식사하기 전에 김 소령하고 기념사진을 찍을 테니까 준비해."

"예, 장군."

보좌관이 대답하는 것으로 김태우는 보코하람의 소령이 되었다.

그때 율리아가 무스타파에게 말했다.

"장군, 드릴 말씀이 있습니다."

"어, 조정관, 무슨 일인가?"

율리아를 이제는 조정관이라고 부른다. 승진했는가? 그때 율리아가
정색하고 말했다.

"이번에 CIA나 서방 정보기관이 대양상사의 원유 배정과 보코하람
몫까지 대양에서 처리하도록 묵인해준 것은 긴장을 완화시키자는 제
의입니다. 그러니 지난번에 데려간 여학생을 석방시켜 주시지요."

율리아의 시선이 김태우에게 옮겨졌다.

"여기 있는 김 법인장, 아니, 김 소령에게 인계해 주시면 보코하람의
체면도 설 것입니다."

"김 소령에게 말인가?"

되물은 무스타파의 눈동자가 흔들렸다. 무스타파의 시선이 율리아
에서 김태우, 그리고 양쪽 보좌관까지 거치는 동안 눈동자가 안정되었
다. 이윽고 무스타파의 얼굴에 웃음이 떠올랐다.

"김, 아니, 김 소령의 가치를 부각시킨다는 의미가 있겠군그래."

"예, 장군."

"그 김 소령을 우리가 인정해 줄 테니 김 소령을 통해 여학생을 돌려
보내는 거래를 하자, 이것이군."

이제 율리아는 시선만 주었고 무스타파의 얼굴에 다시 웃음이 번
졌다.

"내가 거부하면 우리 김 소령의 업무에 지장이 많겠군. 대양법인의
일에 말이지."

"장군."

율리아가 입을 열었지만 무스타파가 손바닥을 펴 말을 막았다.

"내가 김 소령을 이용한 것처럼 나이지리아 정부에서 머리 좋은 놈
이 김 소령을 내걸고 뭘 요구하리라고 예상하고 있었어."

눈을 가늘게 뜬 무스타파가 율리아를 보았다.

"그것이 율리아, 당신 아이디어지?"

"예, 장군."

율리아가 머리를 끄덕이자 무스타파는 심호흡을 했다. 외면한 김태우는 긴장하고 있다. 율리아는 이런 식으로 자신을 이용하려는 것이었다. 부담은 느껴지지 않지만 조금 부끄럽다. 율리아와 생각의 차이가 느껴졌기 때문이다. 나이가 어린데도 율리아는 더 높고 더 깊은 사고를 한다. 이것이 지식의 차이인가? 경륜인가? 그때 어깨를 부풀렸던 무스타파가 자세를 바로잡았다. 왜소한 체격이었지만 위압감이 느껴지는 분위기다. 방 안에 잠깐 무거운 정적이 덮였고 율리아도 긴장한 듯 몸을 굳히고 있다. 이윽고 무스타파가 입을 열었다.

"여학생 327명이야."

"예, 장군."

율리아의 목소리가 조금 떨렸다.

"요구를 들어주는 조건이 있어, 율리아 조정관."

"예, 장군."

"내가 오늘 김 소령을 접대할 파트너를 준비하지 못했어."

어깨를 치켰다 내린 무스타파의 얼굴에 희미하게 웃음이 떠올랐다.

"지난번 기절시킨 파트너가 환장을 하고 다음번에도 꼭 김 소령 파트너로 해 달라고 했지만 말이야."

무스타파가 옆에 앉은 보좌관을 돌아보았다.

"그년, 지금 어디 있다고?"

"아크라에 있습니다, 장군."

보좌관이 열심히 말을 이었다.

28

"움바구 장군이 데리고 있습니다, 장군."

"그 거지 새끼."

투덜거린 무스타파가 다시 지그시 율리아를 보았다.

"율리아 조정관."

이번에는 율리아가 대답하지 않았지만 무스타파의 눈빛이 강해졌다.

"오늘밤 김 소령의 통나무집으로 가주지 않겠나?"

"……."

"내 김 소령한테 임명장을 주는 것보다 그것이 더 의미 있는 것 같기도 하고……."

"……."

"또 율리아 조정관과 김 소령을 묶어둠으로써 우리 보코하람의 위상을 세우는 의미가 있을 것 같네."

말을 그친 무스타파가 정색하고 좌우에 앉은 보좌관을 둘러보며 물었다.

"어떠냐? 내 표현이?"

"훌륭하십니다, 장군."

"적절한 표현이셨습니다, 장군."

둘이 감복한 표정으로 말했을 때 무스타파가 긴 숨을 뱉었다.

"병신들, 나도 내가 무슨 말을 했는지 모르겠는데 뭐가 어쨌다고?"

꾸중을 받은 두 사내가 침묵을 지켰을 때 무스타파가 율리아를 보았다.

"보코하람은 언제나 응분의 대가를 주지, 율리아."

그때 율리아가 입을 열었다.

"가겠습니다, 장군."

"정확히 말해주게, 조정관. 어디로 가겠다는 말인가?"

"통나무집으로 가겠습니다."

"옳지."

머리를 끄덕인 무스타파가 정색하고 김태우를 보았다.

"소령, 어떤가?"

"뭐가 말씀입니까?"

"율리아 조장관께서 방금 오늘밤에 자네 방에 가겠다고 하셨지 않나?"

"예, 장군."

"대답을 해야지."

"감사합니다, 장군."

무스타파에게 머리를 숙여 보인 김태우는 몸을 돌려 율리아를 보았다. 율리아는 외면하고 있었지만 차분한 표정이다. 김태우는 무스타파가 이 분위기를 즐기고 있다는 것을 알 수 있었다. 자리에서 몸을 일으킨 김태우가 율리아의 옆모습에 대고 절을 했다.

"고맙습니다, 율리아 씨."

그래놓고 한마디 덧붙였다.

"잘 모시겠습니다."

자리에 앉은 김태우는 앞쪽의 무스타파 콧구멍이 벌름거리는 것을 보았다. 그러나 입은 꾹 닫혀 있다.

방으로 들어선 율리아가 김태우에게 물었다.

"갑자기 선물 받은 느낌이 들어요?"

그 순간 김태우의 심장에 얼음덩어리가 떨어진 느낌이 들었다. 잘 되었다. 김태우도 임기응변이 뛰어난 인간이다. 100대를 맞다가 회심의 원 펀치로 상대를 눕힌 적도 있지 아니한가.

"한국 속담에 재수 있는 놈은 엎어져도 미녀 위에 엎어진다는 말이 있지요."

지어낸 말이다. 비슷한 속담이 있기는 하다. 재수 없는 놈은 자빠져도 똥 위에 앉는다는 속담. 그때 의자에 앉은 율리아가 손목시계를 보는 시늉을 했다. 밤 11시 15분이다. 6시 반쯤 보코하람 소령 제복을 입은 김태우는 무스타파와 이름도 모르는 100여 명의 장교들과 함께 기념사진을 찍었다. 이제 이 사진은 세계의 모든 정보기관으로 퍼져나갈 것이다. 보코하람의 소령 김태우, 대양상사 법인장을 겸하고 있다. 율리아가 머리를 돌려 김태우를 보았다.

"내일 오전 10시 반에 조스주의 산스투시에서 여학생들을 석방시켜 주기로 했어요."

"잘 되었군요, 율리아."

"그곳에 당신과 내가 함께 가야 해요."

"가야지요."

"오늘밤 당신하고 자야 한다는 조건을 지켜야만 하고요."

"난 당신하고 섹스 할 생각이 없습니다."

바로 말을 받은 김태우가 율리아의 시선을 받더니 머리까지 저었다. 조금 전 얼음덩어리가 떨어진 영향이 크다.

"전혀."

율리아는 말문이 막힌 것 같다. 이것은 갑자기 손에 든 선물이 없어진 것 같았을까? 김태우가 말을 이었다.

"장군한테는 한 것으로 합시다."

"……."

"당신이 내 방으로 들어온 것만으로도 장군은 만족할 테니까. 한 것이나 안 한 것이나 마찬가지지."

자리에서 일어난 김태우가 벽에 붙어 있는 전등 스위치를 껐다. 통나무집 안이 어두워지면서 창문을 통해 들어온 빛으로 사물 윤곽만 드러났다.

"난 소파에서 잘 테니까 일어나요."

셔츠를 벗어던지면서 김태우가 말했다.

"당신은 침대에서 자."

김태우가 바지까지 벗는 바람에 율리아는 몸을 일으켰다. 침대에서 시트 하나를 가져온 김태우가 팬티 바람으로 소파에 누우면서 한국어로 말했다.

"선물은 개뿔. 쌔고 쌘 게 여잔데 내가 뭐가 궁하다고 너 같은 년한테 감지덕지하면서 달려든단 말이냐?"

물론 율리아는 대답하지 못했고 김태우의 한국말이 이어졌다.

"내 경험에 의하면 공주병 걸린 년이 가장 맛없어. 이상이다."

그러고는 김태우가 영어로 끝을 맺었다.

"잘 자요. 좋은 꿈 꾸시고."

"고마워요."

율리아가 짧게 대답했지만 화장실에서 묻는 말에 대답한 것처럼 어설펐다. 다음 날 아침, 보좌관을 대동하지 않은 무스타파와 셋이서 아침식사를 할 때다. 시치미를 뚝 뗀 얼굴로 오늘 아침에 가야 할 산스투시 이야기를 하던 무스타파가 김태우에게 말했다.

32

"소령, 오늘 학생들은 소령이 산스투시에 갔다가 보코하람의 장교로
부터 인계받는 것으로 하겠다."

"예, 장군."

스푼을 내려놓은 김태우를 향해 무스타파가 빙그레 웃었다.

"그때 현장에 있던 석유부 조정관 율리아가 소령으로부터 여학생들
을 인계받는 거야. 그래야 자연스러워."

"알겠습니다."

"왜냐하면 소령하고 조정관이 산스투시의 그린호텔에 투숙하고 있
었기 때문이지. 물론 같은 방에서 말이야."

"……."

"둘이 내연의 관계라는 것은 보코하람의 개도 아는 사실이거든."

눈을 가늘게 뜬 무스타파가 김태우를 보았다.

"소령, 우리가 왜 학생들의 석방 장소를 산스투시로 정한지 아나?"

"모르겠습니다, 장군."

"대양 법인의 금광과 임야가 그 근방에 있기 때문이야. 소령은 대양
법인장으로 오늘 그곳 금광과 임야를 체크하러 가는 중이었네."

"……."

"내연의 애인 율리아와 함께 말이야. 율리아는 적당한 핑계를 대면
은 되겠지, 그렇지? 율리아 조정관?"

"예, 장군."

율리아가 고분고분 대답하자 무스타파는 만족한 얼굴로 머리를 끄
덕였다.

"율리아 조정관은 소령으로부터 여학생들을 인계받은 후에 산스투
시 시장에게 넘기면 되겠지."

"예, 장군."

"그리고 오늘밤은 그곳 그린호텔에서 소령하고 함께 지낼 수 있겠지."

"……."

"첫날밤을 통나무집에서 지내는 건 솔직히 나도 내키지 않았을 거네."

무스타파가 외면한 채 제 말에 제가 머리를 끄덕였다.

산스투시는 인구 15만 정도의 도시로 정부군 1개 연대가 주둔하고 있었는데 연대장이 시장을 겸하고 있었다.

"대통령 각하께서 연락하셨습니다."

헬기장에서 기다리던 시장이 율리아에게 경례를 하면서 말했다. 군복 차림으로 헬기장에는 1개 중대쯤의 병력이 무장 지프와 트럭 20여 대에 분승하고 있다. 시장의 시선이 김태우에게로 옮겨졌다.

"대양법인장 미스터 김이십니까?"

"예, 그렇습니다."

그러자 거구의 시장이 발을 딱 붙이면서 붉은 손바닥이 보이는 경례를 했다.

"반갑습니다. 대령 붐바사입니다."

"김태우입니다."

시장과 악수를 나눈 둘은 곧 시장 전용차인 현대 SUV에 올랐다. 올해에 출고한 신형이다.

"그린호텔에 예약했습니다."

앞쪽에 앉은 붐바사가 두툼한 입술을 들썩이며 말했다.

"그린호텔의 스위트룸을 비워 놓았습니다."

"감사합니다."

율리아가 사례하자 붐바사가 검은 얼굴을 펴고 웃었다.

"두 분의 약혼을 축하합니다."

"네?"

율리아가 되묻자 붐바사의 시선이 김태우에게 옮겨졌다.

"준마르에서 무스타파 장군이 약혼식을 차려줬다고 들었습니다."

"……."

"그런 소문은 30분이면 나이지리아에 다 퍼지죠. 세계로도 다 퍼졌을 겁니다."

붐바사의 시선이 김태우에게 옮겨졌다.

"보코하람 소령으로 임명되셨다면서요? 축하합니다, 소령."

"아, 아니, 저는……."

"겸직이니까 상관없지 않겠습니까? 보코하람과 정부 간 조정 역할에 적임이실 것 같습니다."

"감사합니다."

하마 같은 붐바사는 달변이다. 곧 무장 차량 대열은 작은 석조 건물 앞에 멈췄고 둘은 차에서 내렸다. 석조 건물은 2층으로 시장 복판에 세워져 있어서 금방 구경꾼이 구름처럼 모여들었다. 검은 구름은 소란스럽다. 그때 수백 명의 시선을 받으면서 붐바사가 다시 둘을 향해 거수경례를 했다.

"그럼 쉬시지요. 본관은 시청에서 대기하고 있겠습니다."

둘은 지배인의 안내를 받으며 건물 2층으로 올라갔다. 2층 계단은 돌계단이었는데 꽃잎이 뿌려져 있다. 둘을 맞으려고 뿌려놓은 것 같다. 계단을 오르던 김태우가 뒤를 보고는 숨을 들이켰다. 종업원 10여 명이 따라오고 있었기 때문이다. 제각기 바구니에 꽃이나 과일, 마실 것과 파리채까지 들고 있다. 2층 방으로 들어선 김태우는 만족했다. 가정집 같다. 방이 3개나 되었고 응접실과 베란다가 눈앞에 펼쳐 있다.

"그럼 편히 쉬십시오."

지배인과 종업원들이 물러가고 겨우 둘이 남았을 때 김태우가 길게 숨을 뱉었다. 오후 1시가 되어가고 있다.

"장군이 우리를 약혼까지 시킨 것으로 해버렸군."

김태우가 혼잣말처럼 했지만 율리아가 들으라고 한 말이다.

"하긴 그게 자연스럽지. 애인 관계로 같이 있는 건 좀 어색해."

"······."

"이제 전화만 기다리면 되겠죠."

그때 율리아가 베란다로 나가더니 아래쪽 시장을 내려다보고는 문을 닫았다. 그러자 소음이 뚝 끊기면서 안이 조용해졌다.

"나, 좀 씻겠어요."

율리아가 욕실로 다가가며 말했다. 율리아의 뒷모습을 보던 김태우는 오늘 율리아가 자신에게 처음 말을 했다는 것을 깨달았다. 한동안 율리아가 들어간 욕실을 보던 김태우가 자리에서 일어섰다. 옷을 벗어 던진 김태우가 알몸으로 욕실 문을 열고 들어섰다. 그때 샤워기 밑에 서 있던 율리아가 놀라 몸을 비틀었다. 율리아도 알몸이다. 샤워기의 물이 율리아의 등에 쏟아지고 있다. 다가간 김태우가 율리아의 뒤에 서서 물었다.

"같이 샤워할까?"

율리아가 대답하지 않았으므로 김태우는 한 걸음 더 다가섰다.

"어때? 약혼자가 그냥 나갈까?"

그때 율리아가 몸을 돌렸다. 이제 샤워기 물이 가슴으로 쏟아지고 있다. 둥근 젖가슴에 물줄기가 부딪쳐 튀었고 검은 피부는 더욱 번들거렸다. 율리아의 시선이 김태우의 몸을 스치고 지나갔다. 김태우의 남성이 도전하듯 곤두서서 건들거리고 있는 것도 보았다. 거리는 두 발짝밖에 되지 않는다.

"참을 수 없었던 모양이죠?"

율리아가 내쏟듯 물었으므로 김태우가 얼굴을 일그러뜨리며 웃었다.

"내 다리 사이에서 건들거리고 있는 건 본능이고 인간 김태우는 여기에 있지."

김태우가 손가락을 권총처럼 만들어 제 옆머리를 겨눴다.

"내 본능은 정직하고 이 머리도 이성적이야."

김태우가 손을 뻗어 제 남성을 쥐었고 다른 손은 여전히 머리를 겨눴다.

"그런데 넌 이것도 저것도 아니다. 무조건 거부하고 있어. 자, 그럼 이렇게 벌거벗은 상태에서 결정하자."

김태우의 영어는 유창하지는 않지만 쉬운 단어로 한마디씩 잘 엮여서 오히려 표현이 정확하다. 김태우가 눈을 치켜뜨고 율리아를 보았다.

"자, 조정관으로 같이 지낼 것이냐, 아니면 같이 지내지 못하겠느냐를 지금 결정해, 율리아 조정관."

눈만 치켜뜬 율리아를 향해 김태우가 소리치듯 말했다.

"그대로 가겠다면 무릎을 꿇고 앉아서 내 남성을 입에 넣어, 율리아 조정관."

율리아 시선을 받은 김태우가 다시 웃었다.

"싫다면 난 여학생 인도고 뭐고 거부하고 그냥 보코하람의 소령, 대양의 법인장으로 돌아갈 테다. 조정 역할로 네 구멍을 채워줄 다른 약혼자를 찾아."

"협박인가요?"

율리아의 목소리가 갈라져 있다. 손을 뻗어 샤워기 스위치를 끈 율리아가 똑바로 김태우를 보았다. 물 떨어지는 소리가 뚝 그치더니 욕실 안에 정적이 덮였다. 이제 김태우는 제 머리와 남성에 붙인 손을 치웠다. 그래서 남성만 건들거리고 있다. 그때 김태우가 말했다.

"난 네 위선이 역겨워, 율리아."

숨을 들이켠 듯 율리아의 아랫배가 출렁거렸고 김태우의 말이 이어졌다.

"이 단계쯤이면 주둥이 나불대지 않고 잠자코 받아들이는 시늉이라도 하면 일이 그럭저럭 풀렸을 거야, 율리아."

"……."

"내가 내 대포를 빨라는 주문도 하지 않았을 것이고."

"……."

"그런 처신으로 어떻게 조정 역할을 한단 말인가? 약혼 대행자를 조정하지도 못하는데?"

"그럼 내가 어떻게 하면 되죠?"

율리아의 시선이 김태우의 남성으로 옮겨졌다. 굳은 얼굴로 율리아가 다시 물었다.

"내가 저 흉측한 물건을 입에 넣으란 말인가요?"

"안 해봤나?"

"안 해봤어요."

"남자가 해주는 건?"

"그것도 대답해야 되는가요?"

"싫으면 그만둬."

"안 해봤어요."

"섹스 경험은?"

"대여섯 번."

바로 말했던 율리아가 번들거리는 눈으로 김태우를 보았다.

"이렇게 벌거벗고 서서 이야기하는 것도 과정인가요?"

"당신은 그것이 문제야."

다가선 김태우가 율리아의 앞에 한쪽 무릎을 꿇고 앉았다. 그러고는 한쪽 다리를 들어 올리자 율리아가 다급하게 소리쳤다.

"지금 뭐하는 거죠?"

"인사야."

율리아의 한쪽 다리를 어깨에 걸친 김태우가 한 손을 뻗어 엉덩이를 당겨 안았다. 그러자 율리아의 골짜기가 와락 얼굴 앞으로 당겨졌다. 그 순간 김태우는 물기에 흠뻑 젖은 율리아의 골짜기에 입을 붙였다.

"아."

놀란 율리아의 입에서 외침이 울리더니 몸을 뒤로 젖혔지만 벽에 등이 부딪쳤다. 서 있는 다리를 김태우가 감고 있어서 움직일 수가 없다. 김태우는 율리아의 골짜기를 천천히 입술과 혀로 애무하기 시작했다. 골짜기를 밑에서 위로, 좌우로, 그리고 안쪽 동굴까지 거칠게, 때로는 섬세하게 애무하자 율리아의 숨소리가 거칠어졌다. 어느덧 두 손이 김태우의 머리를 움켜쥐고 있다. 김태우는 갈증 난 사람처럼 골짜기의 물기를 빨아 마셨다. 그때 율리아가 헐떡이며 말했다.

"그만, 그만 됐어요."

그러나 김태우는 들은 척도 하지 않았다. 혀를 내밀어 율리아의 골짜기를 훑어 올리면서 위쪽의 클리토리스를 입술로 물었다.

"아앗!"

율리아의 입에서 비명이 터졌다. 이제 율리아의 하반신이 꿈틀거리고 있다. 김태우는 천천히 율리아의 골짜기를 입술과 혀로 공격했다. 두 손으로 율리아의 엉덩이를 움켜쥐었다가 하반신의 모든 부분을 문질렀다.

"아아, 김."

이제 사지를 비틀면서 율리아가 소리쳤다.

"이제, 그만, 제발."

그러나 율리아의 말과는 달리 허리가 비틀리면서 골짜기는 김태우의 얼굴을 문지르듯이 요동을 쳤다. 김태우의 입술이 잠깐 멈췄을 때는 율리아가 하반신을 더 붙여오는 것이다. 계속 해 달라는 본능이 이성을 마비시킨 것이다. 그때 머리를 든 김태우가 율리아를 올려다보면서 물었다.

"어때? 날 원해?"

"원해요, 김."

"그럼 내 대포를 넣어."

그러면서 김태우가 몸을 일으키자 율리아가 허물어지듯이 앉았다. 그러고는 두 손으로 김태우의 남성을 감싸 쥐더니 입에 넣었다. 율리아가 머리를 움직여 김태우의 남성을 깊게 넣었다가 빼내기를 반복했다. 김태우가 율리아의 머리칼을 두 손으로 움켜쥐고는 어금니를 물었다. 대여섯 번 동작을 계속하던 율리아가 숨이 막힌 듯이 남성을 빼내고는 입을 벌린 채 김태우를 올려다보았다. 그 순간 김태우가 율리아의 겨드랑이에 손을 넣어 일으켜 세웠다. 그러고는 율리아의 머리를 끌어당겨 키스했다. 입술이 부딪쳤을 때 율리아의 벌어진 입에서 혀가 뱀의 혀처럼 날름거렸다. 김태우가 내밀어진 율리아의 혀를 힘껏 빨아 당겼다. 그 순간 율리아가 혀를 늘어뜨리면서 김태우에게 맡겼다. 김태우의 혀가 곧 율리아의 혀를 굴리며, 꼬고, 들어 올렸다가 내렸다. 그 순간에 한 쌍의 사지가 어지럽게 엉켰다가 풀어졌고 서로의 몸을 애무했다. 김태우의 한쪽 손이 허리를 쓸어내렸다가 다리 안쪽으로 미끄러져 내려가 골짜기를 문질렀다. 율리아가 신음을 뱉으면서 다리 한쪽을 들어 올려 김태우의 손을 받는다. 율리아의 한쪽 손도 김태우의 남성을 움켜쥐고 진퇴 운동을 해 주기 시작했다. 순간 율리아가 입을 딱 벌리면서 남성을 쥔 손에 힘이 들어갔다. 김태우의 손가락이 율리아의 동굴 안쪽으로 깊숙이 진입했기 때문이다. 율리아의 입에서 거친 호흡과 함께 신음이 뱉어지기 시작했다. 율리아의 동굴은 이미 흘러넘치고 있다. 다시 김태우가 율리아의 혀를 빨았고 둘의 움직임이 더욱 거칠어졌다.

"아, 아, 여보."

율리아가 갑자기 소리친 것은 잠시 후다. 사지를 비튼 율리아가 입을 떼더니 다급하게 소리쳤다.

"나 지금 할 것 같아, 여보."

그때 거칠게 움직이던 김태우의 손가락이 멈췄다.

"아, 여보, 빨리."

율리아가 몸부림을 치면서 소리쳤다. 그때 김태우가 율리아의 몸을 번쩍 안아들었다. 놀란 듯 숨을 들이켠 율리아가 김태우의 목을 한 팔로 감아 안았다.

"침대에서 해 줄게."

율리아를 안고 욕실을 나가면서 김태우가 말했다. 밝은 밖으로 나온 율리아가 부끄러운 듯 외면했다가 곧 김태우의 목을 더 강하게 감았다. 침대로 다가간 김태우가 율리아를 눕혔다. 반듯이 누운 율리아가 무의식중에 다리를 벌려 맞을 채비를 한다. 곧 율리아의 몸 위로 오른 김태우가 남성을 골짜기 위에 붙이면서 물었다.

"율리아, 준비 됐나?"

"응, 어서, 여보."

율리아가 거침없이 대답했다. 이미 두 손은 김태우의 어깨를 움켜쥐었고 두 눈은 김태우를 응시하고 있다. 흐려진 눈이다. 그 순간 김태우가 진입했다.

"아아아."

턱을 치켜든 율리아의 입에서 긴 신음이 터져 나왔다. 그 순간 김태우도 온몸이 뜨겁고 좁은 동굴 안으로 빨려드는 느낌을 받고는 숨을 들이켰다. 율리아의 동굴은 좁았지만 탄력이 강했다. 그래서 빈틈없이 김태우의 남성을 조였는데 동굴 벽에 수만 마리의 벌레가 꿈틀거리고 있다. 김태우는 천천히, 그러나 강하게 움직이기 시작했고 율리아의 신음이 더 높아졌다. 두 알몸이 침대에서 격렬하게 꿈틀거리고 있다.

오후 2시 반이 되었을 때 방의 전화벨이 울렸다. 소파에 앉아 있던 김태우가 전화기로 다가가며 율리아를 보았다. 율리아는 막 욕실에서 씻고 나온 참이다. 시선이 마주치자 율리아는 눈을 흘기는 시늉을 하더니 외면했다. 얼굴이 상기되어 있다. 방금 섹스를 끝낸 것이다. 전화기를 귀에 붙인 김태우가 응답했다.

"예, 김태우입니다."

영어로 응답하자 곧 사내의 목소리가 귀를 울렸다.

"소령, 여학생 327명이 1시간쯤 후에 그린호텔에 도착할 거요."

숨만 들이켠 김태우에게 사내가 쏟아붓듯 말을 이었다.

"보코하람의 쿤바 대위가 그 여학생들을 소령한테 인계할 테니까 받으시오."

"알겠습니다."

"우리가 시장 놈한테 준비하라고 연락하겠지만 인계자는 소령이라는 것을 분명히 하겠소. 만일 시장 놈이 나선다면 쿤바가 당장 인계를 취소할 거요."

"알았습니다."

"보코하람 깃발을 단 3대의 무장 지프와 8대의 트럭이오."

사내가 말을 이었다.

"우리가 마음만 먹으면 1분 안에 시장을 암살시킬 수 있다는 것을 붐바사가 잘 압니다. 그러니 고분고분 말을 듣겠지만 이 기회에 소령의 위상을 보여 주려는 겁니다."

"고맙습니다."

통화를 끝낸 김태우가 옆에 다가와 있는 율리아에게 내용을 전해 주었다. 그러자 율리아가 바로 전화기를 들면서 김태우를 보았다.

"당신 위상이 높아지겠군요."

율리아의 눈동자가 심연처럼 느껴졌다. 뜨거운 심연이다. 김태우의 시선을 받은 율리아가 버튼을 누르면서 눈을 흘겼다.

"왜 그렇게 봐요?"

"한 시간 전의 당신과는 너무 달라서."

"시끄러워요!"

다시 눈을 흘긴 율리아가 송화구에 대고 말을 시작했다. 통화 상대는 시장 붐바사다. 김태우한테서 들은 보코하람 측의 주의사항을 다시 한 번 확인시켜 주는 것인데 말투가 엄격했다. 율리아는 시장을 지휘하고 있는 것이다. 그로부터 한 시간 반 후에 세계적으로 파문을 일으켰던 보코하람의 여학생 납치가 산스투시의 그린호텔 마당에서 해결되었다. 보코하람이 여학생들을 실어와 한국 대양상사 현지 법인 사장이며 보코하람의 소령 직책을 가진 김태우에게 인계한 것이다. 여학생들을 싣고 온 보코하람의 대위 쿤바는 시장 붐바사보다 더 거구였고 인상이 험악했다. 눈의 흰자위가 많은 데다 튀어나왔고 입은 악어 같았다. 돌출된 데다가 다물리지 않은 채 이가 튀어나왔기 때문이다. 시장이 부른 언론사 기자들이 핸드폰 카메라를 찍으면서 어수선해졌을 뿐 인계식은 정연하게 진행되었다. 쿤바가 김태우에게 경례를 하며 말한다.

"인계합니다!"

한마디 하고 다시 경례를 한 것이 끝이다. 김태우는 그저 경례만 두번 한 것이 되었다. 어깨를 추켜올린 쿤바가 무장 지프에 올랐을 때 사건이 일어났다. 핸드폰 카메라를 든 기자들에게는 대특종이다. 그린호텔 마당에 모여서 있던 327명의 여학생들이 일제히 손을 흔들었기 때문이다. 차를 돌려 호텔 마당을 빠져나가던 보코하람의 차량 대열이 주춤했고 여학생들은 이제 함성을 지르며 손을 흔들었다. 몇 명은 울기까지 했다. 그때 수십 명이 지프와 트럭으로 달려가 보코하람 병사들의 손을 잡거나 소리쳐 인사를 했다. 둘러선 수천 명의 구경꾼들이 아연한 듯 침묵을 지켰지만 여학생들의 소동은 트럭 대열이 시야에서 사라질 때까지 계속되었다.

"기가 막히는군."

머리를 돌린 김태우가 옆에 선 율리아에게 낮게 말했다. 김태우의 시선을 받은 율리아가 정색하고 대답했다.

"스톡홀름 증후군 같아."

"그거 뭔데? 감기야?"

김태우가 되물었을 때 아래쪽에 서 있던 시장 붐바사가 둘을 향해 경례를 했다. 쿤바 흉내를 내었지만 어색했다.

"그럼 학생들을 데리고 가겠습니다. 수고하셨습니다."

율리아와 김태우는 누구한테 한 경례인지 몰라서 둘 다 사양하느라고 가만있었고 붐바사는 몸을 돌렸다. 화창한 날씨다. 김태우가 율리아에게 말했다.

"자, 다시 방으로 들어가자, 율리아."

라고스로 돌아왔을 때는 오후 9시가 되어갈 무렵이다. 헬기편으로 율리아와 둘이서 돌아온 것이다. 빅토리아 아일랜드의 이코이 지역 헬기장에 착륙했을 때 김태우가 율리아에게 물었다.

"어때? 내 집에 가지 않겠어?"

"싫어."

헬기에서 떨어지면서 율리아가 눈을 흘겼다.

"보코하람이 개입되었을 때만 나는 당신의 약혼녀야."

"이제 곧 세상 사람들도 다 알게 될 텐데."

"다 정략적 관계라고 알게 되겠지."

각자의 차가 대기하고 있었으므로 김태우가 몸을 돌렸을 때 뒤에서 율리아가 말했다.

"전화할게요, 김."

그러나 김태우는 대답하지 않았다. 차 앞에서 기다리고 있던 미카사와 줌보가 장군을 맞는 하사관처럼 부동자세로 있다가 인사를 했다.

"어서 오십시오, 보스."

"축하드립니다, 보스."

둘이 동시에 인사를 했다. 김태우가 뒷좌석에 올랐을 때 옆자리에 탄 미카사가 말했다.

"사무실에서 모두 기다리고 있습니다, 보스."

머리만 끄덕인 김태우에게 미카사가 말을 이었다.

"빅토리아가 파티를 준비해 놓았습니다, 보스."

"파티?"

놀란 김태우가 눈을 크게 뜨자 앞쪽의 줌보가 몸을 돌렸다.

"예, 보스. 직원들만의 환영 파티라고 했습니다. 보스 허락을 받지 않았지만 어쩔 수 없다고 하더군요."

쓴웃음을 지은 김태우는 자신의 위상이 높아져 있는 것을 깨달았다. 보코하람의 소령 대우를 받는 데다 납치된 여학생을 인계받은 주인공이 되었다. 이 뉴스가 전 세계로 보도된 것이다. 더구나 만타난 유정의 원유를 하루 9만 배럴 받게 된 데다 빼앗긴 것으로 간주했던 금광도 대양의 소유권으로 돌아왔다. 그때 줌보가 말했다.

"보스, 오늘 파티에 이준혁 중좌가 오신다고 했습니다. 외부 손님은 이 중좌 한 분입니다."

김태우가 머리를 끄덕였다. 오늘밤 이준혁과 만나기로 한 것이다. 빅토리아는 이준혁이 안내 역할을 맡고 있다는 것을 안다. 회사로 들어선 김태우는 빅토리아, 아이렌 등 직원들의 열렬한 환영을 받았다. 모두 현지인 직원으로 경비와 보조 직원까지 포함하면 8명이다.

"보스 이제 보스는 라고스의 VIP가 되셨습니다."

빅토리아가 거구를 흔들면서 김태우에게 다가와 말했다. 뒤쪽에 선 아이렌의 두 눈이 반짝이고 있다.

"모두 열심히 도와준 덕분이야."

회의실에 마련해 놓은 다과상 앞에 서서 샴페인 잔을 들면서 김태우가 말했다.

"고맙다, 건배!"

모두 일제히 건배를 외치면서 샴페인을 삼켰다. 그때 경비원이 김태우에게 말했다.

"사장님, 이 중좌께서 오셨습니다."

경비원이 영어로 중좌를 중령으로 표현한다. 곧 회의실 안으로 이준혁이 들어섰다.

"내가 유일한 손님이라고 했습니다."

김태우에게 다가온 이준혁이 웃음 띤 얼굴로 말했다. 빅토리아가 건네준 샴페인 잔을 받은 이준혁이 구석으로 김태우를 데려가더니 말했다.

"보코하람도 여학생을 납치한 후에 시간이 지날수록 세계 여론이 나빠지자 부담을 느끼고 있었던 참이지요."

쓴웃음을 지은 이준혁이 말을 이었다.

"그래서 이용하기 좋은 상대를 찾고 있었던 겁니다."

"이 중좌님의 역할이 컸지요."

"김 형의 적극성이 보코하람의 눈에 띈 것이 결정적입니다. 난 중간 역할만 했어요."

바짝 다가선 이준혁이 정색했다.

"김 형, 우리는 돈이 없습니다."

김태우가 이준혁을 보았다. '우리'는 북한을 말하는 것이다. 김태우의 시선을 받은 이준혁이 말을 이었다.

"이곳에서 보코하람의 군사 자문역을 해주고 있지만 사업 실적이 거의 없어요."

"……."

"몇 년 전에는 무기나 다른 사업을 했지만 미국 군함이 철저하게 봉쇄시키는 바람에 이렇게 되었습니다."

길게 숨을 뱉은 이준혁이 말을 이었다.

"솔직히 북조선의 상품 수준은 열악해서 해외시장에 팔 수 없습니다."

"……."

"이곳에서 김 형이 베트남이나 미얀마에서 한 것처럼 우리하고 합작 사업을 일으켜 보지 않으렵니까? 조금 다른 사업이긴 하지만……."

"어떤 사업 말입니까?"

"용병 사업."

숨을 들이켠 김태우에게 이준혁이 말을 이었다.

"공장을 짓고 금광을 개발하고 유전을 찾는 것보다 용병 사업은 정권을 갖는 사업이오."

이준혁이 번들거리는 눈으로 김태우를 보았다.

"정권을 잡게 되면 모든 것을 갖게 되지요. 그리고 이것은 미국도 은 근히 바라고 있을 것이오."

김태우가 심호흡을 했다. 스케일이 크다.

12장 서울의 밤

"이 시간에 영웅께서 웬일이야?"

이경미가 활짝 웃는 얼굴로 김태우를 맞는다. 밤 11시 반, 김태우는 이경미의 집으로 찾아온 것이다. 저고리를 소파에 벗어던진 김태우가 자리에 앉자 이경미가 물었다.

"술 줄까?"

"응. 샴페인만 마셨더니 어중간해."

"그럼 스카치로 하지."

몸을 돌린 이경미의 뒷모습을 보자 김태우는 입안에 고인 침을 삼켰다. 몸에 딱 붙는 실크 원피스에 이경미의 엉덩이 곡선이 그대로 드러났기 때문이다. 이경미는 팬티도 입지 않은 것이다. 곧 이경미가 앞쪽 탁자 위에 술과 안주를 벌려 놓았다.

"며칠간 율리아하고 진하게 즐겼을 텐데 오늘은 숙소에서 쉬지 그랬어?"

옆쪽에 앉은 이경미가 웃음 띤 얼굴로 김태우를 보았다. 원피스가 허벅지까지 말려 올라갔고 맨다리가 드러났다. 김태우의 시선을 받은 이경미가 다리를 오므리는 시늉을 했다.

"뭘 봐?"

이경미의 얼굴이 조금 상기되었고 두 눈이 흐려져 있다. 김태우가 불쑥 물었다.

"누나, 씻었어?"

"왜 그거 물어?"

"그냥."

"그래, 씻었다, 왜?"

"내가 온다니까 준비했군."

"미쳤어."

"누가?"

"아, 싫어, 이런 이야기."

"누나, 벗어 봐."

"미쳤어?"

어느덧 이경미의 얼굴도 붉게 달아올랐고 목소리가 떨렸다.

"누나, 보고 싶었다고."

"술이나 먼저 한 잔 하고."

"한 번 하고 나서 마시지."

"아유, 나 몰라."

어느덧 오가는 말에 달아오른 이경미가 원피스를 말아 올리더니 위로 추켜올려 벗었다. 그 순간 이경미의 알몸이 드러났다. 건강하고 풍만한 몸이다. 저절로 숨이 들이켜진 김태우가 셔츠를 벗어던지자 이경미가 다가와 바지 혁대를 풀었다. 서두는 바람에 지퍼를 내리다가 걸렸다.

"내가 왜 이러는지 몰라."

이경미의 목소리가 떨렸다. 순식간에 김태우도 알몸이 되자 이경미가 두 손으로 남성을 움켜쥐더니 입에 넣었다. 머리가 헝클어져 얼굴을 덮었지만 개의치 않는다.

"으음."

김태우의 입에서 신음이 울렸다. 팔을 뻗은 김태우가 이경미의 몸을 이끌어 소파 위로 올렸다. 그러고는 자신이 아래로 눕는 자세를 취하고는 이경미의 하반신을 얼굴 위로 올렸다.

"아아아."

김태우가 거칠게 이경미의 엉덩이를 끌어당겼을 때 이경미의 입에서 놀란 외침이 일어났다.

"아아."

다음 순간 김태우의 입이 이경미의 골짜기를 물었다. 이경미는 김태우의 몸 위에 엎드려 남성을 깊게 넣고 있다. 방 안에 거친 숨소리에 섞여 둘의 신음이 계속해서 터지고 있다. 이윽고 이경미가 절정에 오르는 듯 입놀림이 빨라지면서 허리가 거칠게 들썩였을 때 김태우가 몸을 일으켰다. 그러고는 이경미의 몸을 소파에 눕히고는 위로 올랐다. 이미 서로에게 익숙해져 있는 터라 몸이 어긋나지도 않고 이경미가 다리를 벌려 맞을 준비를 한다. 목에서 가쁜 숨소리에 섞여 옅은 신음이 뱉어지고 있다. 그때 김태우가 남성을 골짜기에 붙이고는 말했다.

"이준혁 씨가 찾아와서 용병 사업을 하자는 거야."

이경미의 앓는 소리가 그쳤다. 그때 김태우는 거칠게 남성을 진입시켰다.

"아악!"

이경미가 커다랗게 신음을 뱉더니 허리를 들었다가 내렸다. 이경미의 동굴은 이미 흘러넘치고 있다.

"으아아!"

김태우가 끝까지 진입했던 남성을 천천히 끌어올렸을 때 이경미의 입에서 긴 비명이 터졌다.

"아이구, 엄마."

김태우의 양쪽 팔을 움켜쥔 이경미가 다시 커다랗게 신음했다. 그때 김태우가 말을 이었다.

"자금과 무기는 남한이 대고 북한도 인력을 대는 조건으로……."

"아아악!"

다시 진입하면서 김태우가 말하자 이경미는 비명으로 대답했다. 이제 김태우는 거칠고 빠르게 움직이기 시작했다. 방 안에서 요란하게 살 부딪치는 소리가 났다.

"아프리카에 용병이 필요한 나라가 여럿이라고 했어. 정권을 장악할 국가 말이야."

"아아아, 여보, 여보."

"미국도 배후에서 지원해 줄 것이라고 했어. 사전에 미국과도 협의를 한다는 거야."

"아이구, 여보, 나 죽어."

"그걸 말하려고 왔어. 서울 본부에다 연락해 봐, 누나."

"아아, 아이구, 여보."

그 순간 이경미가 폭발했다. 폭발이 빠른 것을 보니까 다 듣고 있었던 것 같다.

오전 10시, 이경미가 핸드폰을 귀에서 떼더니 말했다.

"서울로 오래."

"누구를?"

"나하고 너."

서울은 지금 오후 6시다. 어젯밤 격렬한 섹스를 마친 후에 이경미는 씻지도 않고 알몸인 채 서울 본사에다 보고를 한 것이다. 그 후로 10시간이 지나 본사에서 지시가 내려온 것이다. 김태우가 쓴웃음을 짓고 이경미를 보았다.

"듣고 보니까 이상한데 그래. 내가 국정원 직원이야? 누굴 맘대로 오라 가라 해?"

"맞아."

일단 맞장구를 친 이경미가 말을 이었다.

"자기 회사에서 자기한테 연락이 올 거래. 귀국하라고 말이야."

이경미는 이제 '자기'라고 한다. 아직도 침대에 누워 있는 김태우의 머리칼을 쓸면서 이경미가 말을 이었다.

"우리 회사에서 자기 회사에다 연락할 거야. 그런 식으로 부르겠지."

빅토리아한테는 오전에 정부기관 일을 본다고 말한 터라 김태우는 이경미 침대에서 뒹굴고 있다.

"하긴 내가 서울 가야 할 일이 있어. 그동안의 업무 보고를 할 것도 있고 무스타파 자금도 상의를 해야 돼."

김태우가 손을 뻗쳐 침대 가에 앉아 있는 이경미의 허벅지를 주물렀다.

"또."

눈을 흘긴 이경미가 손을 밀어낼 때 탁자 위에 놓인 김태우의 핸드폰이 울렸다. 이경미가 집어 김태우에게 건네주면서 웃었다.

"그것 봐."

핸드폰을 받은 김태우는 발신자가 기조실장 조세진인 것을 보았다. 김태우가 상반신을 일으키고 핸드폰을 귀에 붙였다.

"예, 김태우입니다, 실장님."

"김 사장, 오늘 중으로 티켓 끊고 서울로 와."

조세진이 대뜸 말했다.

"이번에 자네가 너무 엄청난 실적을 올려서 세상이 들끓고 있어. 서울에 와서 사장님하고 같이 점검하려고 그래."

"알겠습니다."

"원유도 차질 없이 배에 실리고 있으니까 이젠 서울에서 좀 쉬어도 되겠다."

"제가 보고드릴 일도 있습니다."

"글쎄, 여기서 이야기 하자."

김태우는 이미 국정원에서 이야기가 전해진 느낌을 받는다.

"알겠습니다. 다시 연락드리지요."

"그래, 기다리겠다."

핸드폰을 귀에서 뗀 김태우가 자신을 바라보는 이경미를 보았다.

"왜 보는 거야?"

"내가 서울에서 들어오라는 연락을 처음 받았어."

이경미가 상기된 얼굴로 말을 이었다.

"내가 이 일 하면서 밥값을 한다는 느낌도 오늘 처음 받는다."

"벗고 들어와."

달랑 팬티만 입고 있었던 터라 팬티를 벗어던지면서 김태우가 말했다. 이미 이경미를 보는 순간 남성이 곤두서서 흔들거리고 있다.

"아유, 못살아."

남성을 흘겨본 이경미가 다시 원피스를 벗어던지고 알몸이 되었다.

"나, 이렇게 자주 하는 건 처음이야."

침대로 올라오면서 이경미가 붉어진 얼굴로 말했다.

"자긴 색마야."

"난 이러고 있을 때가 가장 편해."

이경미를 끌어안으면서 김태우가 말했다.

"나도 그래, 자기야."

김태우에게 바짝 안기면서 이경미가 두 손으로 남성을 감싸 쥐었다.

"나, 벌써 거기가 축축해졌어. 그냥 넣어 줘."

"조금 있다가."

"또 감질나게 하려고?"

"왜? 그렇게 하는 거 좋아하면서?"

"자기는 왜 그렇게 잘해?"

"누나 그것하고 맞으니까 그래."

"자기 소시지는 너무 커."

"몇 놈하고 비교한 거야?"

"아유, 싫어."

그러더니 이경미가 김태우의 몸 위로 오르면서 남성을 골짜기에 붙였다. 쪼그린 자세로 앉은 이경미가 곧 허리를 굽히면서 남성을 넣더니 긴 신음을 뱉었다. 김태우는 어금니를 물었다. 다른 각도에서 이경미의 동굴로 들어서면서 강하고 특별한 감촉을 받았기 때문이다.

"아이구, 자기야. 나 몰라."

이경미가 비명 같은 외침을 뱉으면서도 김태우의 남성을 깊게 넣고는 허리를 흔들기 시작했다. 김태우는 이경미의 허리를 움켜쥐고 거들었다. 이경미의 동굴은 이미 애액이 흘러넘치고 있다.

"아이구, 자기야, 여보, 여보."

이경미의 움직임이 거칠어지면서 빨라졌다. 김태우는 이경미의 얼굴을 두 손으로 감싸 쥐었다. 아름답다. 그때 눈을 치켜떴던 이경미가 입까지 딱 벌렸다. 벌써 절정으로 치솟는 것이다.

인천 공항에 도착했을 때는 오후 1시 반이다.

"그럼 곧 연락할게."

입국장 문이 열리기 전에 이경미가 한 걸음 떨어지면서 말했다.

"잘 쉬어, 히어로."

김태우는 입국장으로 나왔다. 그때 정장 차림의 사내 둘이 다가왔다.

"김 법인장님, 대양 기조실 의전부 조 과장입니다. 저희들이 모시겠습니다."

김태우보다 5년은 연상으로 보이는 사내다.

"아이구, 이런."

김태우는 웃음을 띨 정도로 여유가 있다.

"내가 의전 팀의 영접을 받다니, 진짜 출세한 느낌이 드네요."

조 과장은 웃음만 띠고 맞장구치지 않는다. 의전 팀은 셋이었다. 둘이 김태우의 가방을 나눠 들고 조 과장은 한 걸음쯤 앞장서서 길을 트고 안내해 갔다. 외국의 그룹 회장이나 정부 관리가 대양 그룹을 방문할 때 맞는 것 같다. 공항 게이트 앞에는 이미 리무진이 대기하고 있었는데 김태우는 뒷좌석에, 조 과장이 조수석에 타자마자 진동도 없이 출

57

발했다. 그때 조 과장이 몸을 돌리고 말했다.

"그룹 회장님과 사장님이 기다리고 계십니다."

"회장님이?"

놀란 김태우가 조 과장을 보았다. 회장은 김태우가 처음 만난다. 사장 신재식의 부친이며 사주(社主) 신용학이다. 긴장한 김태우를 향해 조 과장이 말을 이었다.

"예. 법인장님을 만나시겠다고 하셨습니다."

"이런 영광이……."

"저도 영광입니다, 법인장님."

"조 과장님, 너무 그러지 마세요. 난 운수 좋게 벼락출세한 사람입니다."

"아닙니다."

정색한 조 과장이 손까지 저었다.

"제가 기조실에 있는 덕분에 법인장님 내력을 대충 압니다. 법인장님은 운이 좋아서 그렇게 되신 분이 아닙니다."

조 과장의 열변이 이어졌다.

"법인장님의 성공은 용기와 적극성, 그리고 목숨을 내놓은 애사심의 결과입니다."

"아이구, 너무 그러지 마시고."

"그런 환경에서 누가 법인장님처럼 행동하겠습니까?"

"그만 하십시다."

"진심으로 말씀드리는 것입니다."

"고맙습니다, 조 과장님."

"모시게 되어서 영광입니다."

김태우는 자신의 새로운 위치를 실감하고는 심호흡을 했다. 본사에 도착해서 중역 전용 엘리베이터로 곧장 회장실로 직행한 김태우는 비서실의 대기실을 거치지도 않고 곧장 그룹 회장실로 다가갔다. 의전실 조 과장은 비서실 입구까지만 안내했고 비서실에서는 비서실장이 김태우를 맞았다. 회장실 비서실장도 처음 본다.

"이쪽으로 오시지요."

앞장선 비서실장이 또 회장실까지 안내하더니 문에 노크를 하고 들어섰다.

"김태우 법인장입니다."

비서실장이 옆으로 비켜서면서 말했으므로 김태우는 안으로 들어섰다. 안에는 세 사내가 앉아 있다. 중앙의 머리가 흰 노인이 회장일 것이다. 그 좌우에 앉은 둘이 사장 신재식과 기조실장 조세진이다. 김태우가 중앙의 회장을 향해 허리를 90도로 꺾어 절을 했다.

"김태우입니다."

"어어."

탄성 같은 외침을 뱉은 회장이 손으로 앞쪽을 가리켰다.

"앉아라. 거추장스러울 것 같으니 악수는 생략하자."

"감사합니다."

다시 허리를 굽힌 김태우가 회장 정면에 놓인 소파에 앉았다. 좌우의 신재식과 조세진은 웃음 띤 얼굴이다. 회장이 눈을 가늘게 뜨고 김태우를 보았다.

"으음."

회장의 입에서 다시 탄성이 울렸다.

"이놈이 여자는 좀 밝히겠다."

숨을 들이켠 김태우는 온몸이 오그라드는 느낌을 받았다. 특히 사타구니에 달린 물건이 번데기가 되는 것 같았다. 이런 느낌은 처음이다. 그때 회장이 말을 이었다.

"그러나 대성하겠다. 회사에 아주 필요한 놈이야."

회장의 시선이 떼어지지 않았으므로 마침내 김태우는 시선을 내렸다. 회장은 관상을 보는 것 같다. 어쨌든 여자를 밝힌다는 것은 대번에 맞췄지 않는가? 속일 수 없는 사람이다. 그때 회장의 눈빛이 부드러워졌다.

"네 덕분에 우리가 정부로부터도 감사 인사를 다 받았다. 정부가 공로패를 준다는구나."

숨만 들이켠 김태우에게 회장이 말을 이었다.

"그 보코하람 사람들이 너를 잘 봐서 다행이야. 네 덕분에 금광도 건졌고 임야 수백만 평도 살아났지 않느냐?"

회장의 열띤 목소리가 이어졌다.

"넌 우리 회사 보배다. 회사는 너한테 어떻게 해 줘야 할지 모르겠구나."

"아이구, 내 아들."

오후 7시, 집에 가족이 다 모였다. 외삼촌 유상규까지 기다리고 있었던 것이다. 어머니는 눈물을 흘렸고 여동생 김혜은도 훌쩍거린다. 미얀마로 돌아간 줄 알았더니 테러단이 출몰하는 나이지리아로 떠난 것을 알자 어머니는 하루에도 열 번도 넘게 전화를 했다. 그러다가 CNN을 통해 김태우를 본 것이다. 보코하람의 소령으로 소개된 김태우가 여학생 327명을 인계받는 장면은 전 세계로 방송되었기 때문이다. 이번 귀국도 이경미와 함께 극비로 귀국했으니 망정이지 언론이 알면 난리가 났을 것이다.

"제가 급하게 오느라고 선물을 제대로 못 샀어요."

가방을 연 김태우가 선물 꾸러미를 내놓으며 말했다. 그러나 먼저 포장지를 벗긴 김혜은이 탄성을 뱉었다. 나이지리아 토산품이 깜짝 놀랄 만큼 정교하고 아름다웠기 때문이다. 손으로 짠 가운, 식탁보, 상아로 만든 반지, 목걸이 등 수십 가지 선물 꾸러미는 모두 빅토리아하고 아이렌이 준비해준 것이다. 나중에는 어머니 유진옥도 얼굴을 닦고 꾸러미를 풀면서 감탄했다. 저녁 식사를 마치고 뒷마당으로 나온 김태우가 유상규에게 다가갔다. 벤치에 앉아 있던 유상규가 이를 드러내고 웃었다.

"이제 넌 내 코치를 받을 필요가 없어, 인마."

"외삼촌은 제 사부이자 은인이에요."

옆자리에 앉은 김태우가 말을 이었다.

"절 다시 태어나게 한 분이고요."

"이자식이 말재주도 늘었군."

"사업도 잘 되세요?"

"건물을 사서 아웃렛을 운영한다."

유상규가 웃음 띤 얼굴로 말을 이었다.

"이젠 안정적이고 안전한 사업을 하고 있어."

"잘 되셨네요."

"이진이는 하와이로 갔다. 거기서 모텔을 한다는구나."

"아이구."

"하수진은 어떻게 되었는지 모른다. 다 흘러간 물이지."

김태우가 천천히 머리를 끄덕였다. 그렇다, 흘러간 물이다. 그 물 끝이 어디로 갔는지는 알 수도 없고 알 필요도 없는 것이다. 이용하고 이용당하는 세상, 그것을 반면교사로 삼고 살리라. 그때 김태우가 말했다.

"저 앞으로 CIA나 KCIA일을 해 줘야 할 것 같아요, 외삼촌."

"그, 보코하람인지 뭔지 그놈들하고 연결되어 있는 것이 너니까 그렇게 되겠지."

유상규가 금방 이해했다. 이런 이야기를 나눌 수 있는 친척은 유상규다. 김태우가 말을 이었다.

"보코하람의 자금을 제가 관리하게 되었으니까요. 아마 저를 통해 각국 정보기관과 보코하람이 은밀한 거래를 할 것 같아요."

"그렇지."

유상규의 두 눈이 어둠 속에서 번들거렸다.

"테러단이라고 다 강공책만 펴는 게 아닐 거다. 서로 협상도 할 거야. 넌 유연성 있게 대처하면 된다."

"외삼촌."

"뭐냐?"

"회사에서는 저를 라고스 법인장을 지내고 나면 본사 중역으로 발령을 낸다고 했습니다."

"당연히 그러겠지."

"전 이제 겨우 30입니다."

"야, 20대 중역도 많아."

"대기업에서 사주 친척도 아닌데 이런 경우는 없을 겁니다."

"넌 그럴 자격이 있어."

"회사를 하나 세우고 싶어요."

유상규는 시선만 주었고 김태우의 말이 이어졌다.

"현지 국정원 요원하고 상의했는데 그것이 더 편리할 것 같다네요."

"대양은 그만두고 말이냐?"

"아뇨, 대양 법인장을 하면서요."

"……"

"내 사업체를 통해 보코하람이나 각국 정보기관의 일을 거래하는 것이지요."

"그렇군."

"북한과의 사업도 말이지요."

그때 유상규가 물끄러미 김태우를 보았다.

"넌 이제 내가 감당 못 할 수준이 되어가는구나. 과연 큰물에서 뛴 보람이 있는 것 같다."

"아직 멀었어요, 외삼촌."

"네가 자랑스럽다."

유상규가 주머니에서 쪽지를 꺼내 김태우에게 내밀었다.

"네 통장에 든 자산이 그동안 좀 늘었다. 이제 30억쯤 된다."

"난 부자네요."

"넌 그 몇백 배 더 벌 거다."

"외삼촌도 끼어드릴게요."

그때 앞쪽에서 그림자가 어른거리더니 김혜은이 다가왔다.

"오빠, 여기 있어?"

"응, 여기다."

유상규와 김태우가 일어서자 김혜은이 다가와 말했다.

"오빠, 내가 소개시켜 줄 여자 있는데."

다음 날 오전, 김태우는 소공동의 국제호텔 20층의 스위트룸으로 들어섰다.

"아이구, 반갑습니다."

안쪽 소파에 앉아 있던 사내들이 반색하면서 일어섰다. 국정원 오명진 국장과 또 한 사내다. 문을 열어준 사내는 박응수였는데 모두 얼굴에 웃음을 띠고 있다. 오전 10시, 국정원에서 이번에는 이곳을 만나는 장소로 정한 것이다. 다가간 김태우에게 오명진이 처음 보는 사내를 소개했다.

"1 차장님이십니다."

김태우가 숨을 들이켰다. 이젠 김태우도 1 차장이 국정원장 다음 서열이라는 것 정도는 안다.

"예, 저는 김태우라고……."

인사를 하는 김태우를 향해 사내가 손을 내밀었다.

"장진호입니다. 만나서 반갑습니다, 김 사장님."

50대 중반쯤의 장진호는 부드러운 인상이었다. 김태우의 손을 쥔 장진호가 두 손으로 감싸더니 웃었다.

"운이 좋았다고 하지 마세요. 이건 모두 김 사장, 아니 법인장님 공적이니까요."

"아닙니다."

김태우의 얼굴이 붉어졌다. 회장한테 칭찬받은 것보다 장진호의 표현이 더 진솔하게 느껴졌다. 자리에 앉았을 때 장진호가 말을 이었다.

"큰 공적을 세우셨어요. 회사에 기여도 하셨지만 보코하람과 공식적인 연결 고리 역할을 맡게 된 것은 우리 회사에도 엄청난 소득이죠.”

'우리 회사'란 국정원이다. 장진호가 곧 말을 끝내겠다는 표시로 시계를 보는 시늉을 하면서 말을 이었다.

“그래서 오늘은 제가 원장님을 대신해서 인사차 온 겁니다. 어려운 일 있으시면 언제든지 말씀해 주시기 바랍니다. 진심입니다.”

그러고는 장진호가 자리에서 일어나더니 손을 내밀었다.

“불편하실 텐데 먼저 가겠습니다. 그럼 실무자들하고 이야기하시지요.”

“감사합니다.”

김태우는 장진호의 손을 잡고 다시 인사를 했다. 장진호가 나가고 방에 셋이 남았을 때 오명진이 웃음 띤 얼굴로 말했다.

“CIA 한국 지부장이 김 사장님을 만나고 싶다고 해서 우리가 일정을 잡고 있습니다.”

오명진이 김태우에게 꼬박꼬박 김 사장님이라고 부른다.

“보코하람이 김 사장님을 통해 조직을 인정받으려 한다고 생각하는 것 같습니다.”

옆에 앉은 박응수도 거들었다.

“김 사장님은 보코하람의 원유 자금 관리인이 된 상황이니까요.”

머리를 끄덕인 김태우가 웃음 띤 얼굴로 둘을 번갈아 보았다.

“그리고 또 있지요.”

“가장 중요한 일이지요.”

오명진이 이를 드러내며 활짝 웃었다.

“북한이 이제는 김 사장님을 전폭적으로 신뢰하는 것 같습니다.”

“보코하람하고 연결된 것도 실은 보코하람 군사 고문으로 가 있는 이준혁 중좌 덕분입니다.”

“이 중좌가 미얀마의 강철진 대좌하고 친하지요, 그렇지 않습니까?”

오명진이 웃음 띤 얼굴로 말을 이었다.

“우리한테는 보코하람과 그쪽과의 관계가 더 중요합니다.”

그때 박응수가 고쳐 앉더니 서류를 폈다. 녹음기의 전원을 켜고 메모지를 앞에 놓았다. 김태우가 국제호텔에서 나왔을 때는 오후 4시가 되어갈 무렵이다. 룸서비스로 점심을 시켜 먹고 6시간 가깝게 일을 한 것이다. 국가를 위한 일이다. 일하는 동안 유상규, 김혜은한테서 전화가 왔으므로 김태우는 먼저 유상규한테 연락했다.

“어, 끝났으면 나하고 밥 먹자.”

유상규가 대뜸 말했다.

“너한테 소개시켜 줄 사람도 있고.”

“외삼촌, 저, 여자는 싫어요.”

김태우는 대뜸 말했다.

“외삼촌이 그런 것까지 신경 쓰시는 것이 싫다고요.”

“앗하하.”

갑자기 유상규가 커다랗게 웃더니 곧 말을 이었다.

“돈 버는 일이야. 여자는 나중이고.”

“무슨 일인데요?”

“라고스에 기업체를 세우고 싶다는 사람이 있어. 너하고 동업으로 말이야.”

“전 회사 그만둘 생각이 없는데요?”

“회사 다니면서 동업해도 돼. 그리고 네 회사를 배신하는 것도 아니다.”

"저, 혜은이가 제 친구 소개시켜 준다고 했는데요."

"걔는 내일 만나."

입맛을 다신 김태우가 대답했다.

"알겠습니다."

유상규는 김태우의 사부이자 은인이며 외삼촌인 것이다. 택시를 타고 약속 장소인 논현동의 호텔 커피숍으로 들어선 김태우가 숨을 들이켰다. 유상규가 여자 둘과 마주보고 앉아 있는 것이다.

"어서 와."

유상규가 웃음 띤 얼굴로 김태우를 맞았다. 앞쪽 여자들의 얼굴에도 웃음기가 떠올라 있다. 다가선 김태우에게 유상규가 말했다.

"인사들 하지."

그때 여자들이 자리에서 일어섰다.

"전 오선옥이라고 합니다."

"전 박윤주고요."

"김태우입니다."

인사를 마친 셋이 자리에 앉았다. 김태우는 우선 꺼림칙했던 기분이 풀렸다. 영문은 아직 알 수 없지만 앞에 앉은 둘은 미인이다. 라고스에서 만난 여자들보다 등급이 위다. 이경미, 장주현, 민옥희 등의 얼굴이 떠올랐다가 순식간에 사라졌다. 아이렌의 얼굴은 아예 흐려져서 떠오르지 않는다. 가엾은 아이렌, 혼혈인 아이렌은 비교 대상에서 제외하자. 인간이 간사하다는 건 지금의 내가 바로 그 짝이 되겠구나. 떨어져 있다고 금방 등급을 낮추다니. 그때 옆에 앉은 유상규가 말했다.

"저기, 오선옥 씨는 네 누님뻘이고 박윤주 씨가 너하고 비슷한 또래겠구나."

그런데 김태우에게는 둘이 비슷한 연령대로 보인다. 화장발이란······. 유상규가 말을 이었다.

"오선옥 씨는 강남에서 룸살롱 7개를 운영하는 재벌이야."

"아유, 사장님."

오선옥이란 여자가 눈을 흘겼는데 요염했다. 갸름한 얼굴, 화장기도 옅고 쌍꺼풀도 없는 맑은 눈. 입술에 옅은 살구 색 루주를 발랐을 뿐이다. 유상규가 눈으로 옆쪽 여자를 가리켰다.

"박윤주 씨는 오 사장과 함께 일하는 영업 사장이야."

"마담이죠."

맑은 목소리로 여자가 정정했다. 눈웃음을 치는 얼굴에서 김태우의 시선이 떼어지지 않는다. 둘은 다 텐프로 룸살롱의 아가씨로 보내도 될 만했다. 유상규의 목소리가 들렸다.

"그런데 오 사장이 라고스에서 룸살롱을 열고 싶단다. 거기서는 사교 클럽이 되겠지. 현지 사정에 맞는 클럽 말이다."

정신을 차린 김태우가 두 여자를 번갈아 보았다. 그러나 경솔하게 입을 열지는 않았다. 그때 오선옥이 말했다.

"라고스가 여행하기에 위험한 지역으로 분류되었는데도 거기에 현지 교민들도 꽤 있더군요. 그리고 석유로 돈은 넘쳐나고요."

오선옥이 웃음 띤 얼굴로 김태우를 보았다.

"더구나 김 사장님은 그곳에 기반을 굳히셨고요. 지난번에 한국 TV에서도 김 사장님을 보도했거든요."

"아이구, 제가 출세했군요."

김태우가 쓴웃음을 지었다. 오명진의 말을 들으면 종편에 잠깐 나왔다고 했다. 미국이나 한국 정부에서 보코하람이 대놓고 김태우를 이용하는 것에 대해서 아직 공식적으로 받아들이지 않았기 때문이다. 보코하람의 원유 대금을 김태우가 관리한다는 사실은 철저히 비밀로 하고 있다. 그러니 김태우를 외부에 노출시키는 것을 막는 입장이다. 언론에서는 김태우가 우연히 산스투시에 갔다가 보코하람으로부터 학생들을 인수했다는 식으로 보고했다. 김태우가 보코하람의 소령으로 임명되었다는 사실도 비밀로 묻혔다. 회사 고위층과 정보기관들만 아는 일이다. 그때 유상규가 김태우에게 물었다.

"어때? 가능성이 있겠냐? 오 사장, 박 사장은 너하고 같이 라고스에 가서 시장조사를 해 보겠다는데 말이야."

"아니, 외삼촌."

쓴웃음을 지은 김태우가 유상규를 보았다.

"저한테 그렇게 물으시면 어떡해요? 제가 이 두 분 가이드가 되란 말인가요?"

"그렇군."

따라 웃은 유상규가 김태우와 여자들을 번갈아 보았다.

"내가 먼저 이것부터 물어봐야 했는데 말이다. 오 사장은 너하고 동업을 하자는구나. 지금은 오 사장이 투자하고 네가 뒤를 봐 주는 조건으로 말이다. 어떠냐?"

유상규의 시선이 박윤주에게 옮겨졌다.

"박 사장이 현지에 갈 거다. 아가씨들을 인솔하고 말이야. 이익금은 너하고 반씩 나누고."

"……"

"한국에서는 텐프로 장사가 잘 안 돼. 그래서 테러가 펑펑 일어나는 아프리카로 뻗어나가려는 거다."

오선옥과 박윤주는 웃기만 했고 유상규의 목소리에 열기가 띠어졌다.

"30년 전에는 한국 세일즈맨이 북극에서 냉장고를 팔았고 사하라 사막에서 밍크코트를 팔았어. 이제는 테러 지역에서 룸살롱 비즈니스를 하려고 한다."

김태우는 사하라에서 밍크코트를 팔았다는 말은 처음 듣는다.

"나이지리아에 로얄더치셸이 경제를 주무르고 있다는 건 알아요."

룸살롱 '제인'의 밀실 안이다. 오후 8시, 김태우는 압구정동의 룸살롱으로 옮겨와 있다. 유상규는 호텔 커피숍에서 헤어지고 셋이 이곳으로 옮겨온 것이다. 술잔을 든 오선옥이 말을 이었다.

"석유를 판 자금이 부패한 관리들에게 무더기로 쏟아진다는 것도 들었어요."

오선옥이 웃음 띤 얼굴로 김태우를 보았다.

"이곳 서울은 안정되고 치안 상태가 최고급이죠. 그런데 이곳이 최고급 룸살롱이지만 매출은 신통치 못해요."

오선옥이 다리 한쪽을 꼬았으므로 미끈한 허벅지가 드러났다. 농염하다. 문득 이경미가 떠올랐다. 지금 어디에 있을까?

"내가 6년 전 베이루트에서 카페를 운영했어요. 전쟁은 그쳤지만 아직 다 복구되지 않았어요. 하지만 내전 중인 중동 각 지역에서 또는 사우디나 쿠웨이트에서 상담을 하려고 베이루트로 사람들이 옵니다. 거기서 여자 장사가 돼요."

오선옥이 김태우를 보았다. 두 눈이 번들거리고 있다.

"내가 거기서 한밑천 잡았죠. 일 년 반 있었는데 하룻밤에 1백만 불을 번 적도 있었죠."

"⋯⋯."

"여자는 주로 동남아에서 공급받았고 한국에서는 무섭다고 안 왔어요. 물론 수준급 애들 말입니다."

"⋯⋯."

"이번에는 열 명쯤 데려갔다가 봐서 더 데려갈 수 있어요. 나머지는 동남아 라인을 아니까 그쪽에서 주로 공급받을 예정이고."

김태우가 한 모금 양주를 삼키고는 오선옥을 보았다. 도대체 이 여자는 몇 살인가? 6년 전에 베이루트에서 사업을 했다면 그때 나이는? 그런데 옆에 앉은 박윤주하고 비슷하게 보인다. 박윤주는 또래라고 했으니 30? 술잔을 내려놓은 김태우가 입을 열었다.

"외국에서 사업 경험이 있으시다니 다행인데요. 나이지리아를 선택하신 이유가 뭡니까? 조건이 더 좋은 곳도 많을 텐데."

"유 사장님이 TV에 나온 김 사장님을 보더니 조카라고 자랑하실 때는 그냥 넘겼다가 다음 날 생각이 나서 조사를 했죠. 그러고는 바로 결정을 하고 유 사장님께 부탁을 한 겁니다."

그때 박윤주가 웃음 띤 얼굴로 말을 받았다.

"저도 적극 찬성했어요."

"이 양반들이 돈 벌려고 눈이 뒤집혔군."

마침내 김태우가 소파에 등을 붙이면서 말했다. 이런 적극성이면 절반은 이룬 셈이 될 것이다. 북한의 이준혁도 어떻게든 라고스에서 사업을 해 보려고 애를 쓰고 있지 않은가? 사업적으로 몇십 배 앞서가고 있는 한국 사업가들이 라고스를 기회의 땅으로 본다는 것이 이상하지 않다. 더구나 김태우를 끼고 하는 사업인 것이다. 김태우는 오선옥에게

호의를 느끼고 있다. 그때 오선옥이 상반신을 세우더니 정색했다.

"내 정신 좀 봐. 손님 모시고 와서 사업 이야기만 하고 있네."

"그럼 또 있습니까?"

김태우가 시치미를 떼고 물었다.

"그리고 사업 이야기도 다 끝나지 않았어요."

긴장한 둘의 시선을 받은 김태우가 말을 이었다.

"그쪽 사업 이야기만 들었지 않습니까? 내 대답은 듣지 않으신 것 같은데."

"하실 거죠?"

그렇게 물은 것은 박윤주다. 박윤주가 흰 이를 드러내고 웃었다.

"저하고 같이요."

"미인계를 쓰는 겁니까?"

"무슨 계든 다 쓸 건데요."

박윤주가 거침없이 대답하더니 김태우의 잔에 술을 따랐다.

"저희들 사업체만 보호해 주시면 돼요."

"내가 경비 용역 회사를 차리라는 것 같군."

"아유, 왜 이러세요."

그때 오선옥이 정색하고 박윤주를 보았다.

"윤주, 너 잠깐 나가 봐."

"네."

고분고분 대답한 박윤주가 방을 나갔을 때 오선옥이 입을 열었다.

"쟨 내 외사촌 동생인데 이혼했어요. 국제대학 영문과를 나오고 중학교에서 교사를 했는데 이혼하고 나서 같이 일해요."

김태우가 한 모금 술을 삼켰고 오선옥이 말을 이었다.

"올해 스물아홉인데 김 사장님이 한 살 위죠?"

"잘 아시네요."

"유 사장님한테 다 물어보았죠."

웃음 띤 얼굴로 오선옥이 말을 이었다.

"예쁘고 섹시하고, 교양도 있어서 유혹이 쏟아지고 있지만 한 번도 남자한테 정을 준 적이 없죠. 스물여섯 살 때 이혼하고 한 번도 남자 만난 적이 없어요."

그때 김태우가 물었다.

"오 사장님 이력을 들읍시다."

"저요?"

오선옥의 검은 눈동자가 잠깐 흔들렸다. 얼굴도 굳어졌다. 그러더니 오선옥이 어깨를 늘어뜨리면서 풀썩 웃었다.

"농담하세요?"

"잘 아시면서."

김태우가 따라 웃으면서 물었다.

"눈치 채지 못하셨어요?"

"난 마흔셋이에요."

"내 첫사랑은 지금 마흔여섯입니다. 열여섯 연상이었죠."

숨을 들이켠 오선옥을 향해 김태우가 말을 이었다.

"그런데 그 여자는 나한테서 처음 쾌감을 느꼈다고 했죠."

"……."

"정말 같더군요."

"……."

"난 박윤주 씨한테는 관심 없어요."

그때 오선옥이 말했다.

"호텔방 잡아 놓고 저한테 문자 보내요."

외면한 채 오선옥이 말을 이었다.

"술좌석은 30분쯤 후에 끝내고 10시 반쯤 연락해요. 윤주한테는 집에 일이 있다고 하고."

"알았습니다."

"윤주한테는 비밀로 해 줘요."

"그래야죠."

"걘 당신한테 다 줄 생각인 것 같으니까 그냥 받아요."

자리에서 일어선 오선옥이 쓴웃음을 지었다.

"내가 당신하고 관계가 있다는 걸 알면 상처받을 테니까 입 다물어요, 알았죠?"

"당연히."

방을 나간 오선옥이 들어오지 않고 잠시 후에 박윤주가 들어왔다. 박윤주가 상기된 얼굴로 물었다.

"집에 일찍 가신다고요?"

"오늘은 일찍 들어갈 일이 있어서."

"우리하고 동업하시는 거죠?"

"박윤주 씨, 라고스 가 봤어요?"

"아뇨. 인터넷으로 다 봤어요."

"인터넷으로 보면 끝인가?"

"샅샅이 다 읽었어요. 정치, 사회, 문화, 경제까지 다."

"거기서 금덩이라도 캘 것 같습니까?"

"김 사장님이 도와주시면 가능해요. 언니가 그렇게 말했어요."

"돈 벌어서 뭐하려고?"

"학교 세우겠어요."

숨을 들이켠 김태우가 박윤주를 보았다. 박윤주도 김태우의 시선을 맞받는다. 박윤주가 대충 한 말인지는 모르지만 꿈은 있는 것 같다. 그때 박윤주가 말했다.

"오빠, 언제 시간 있어요?"

오빠라고 부르는 바람에 김태우의 심장 박동이 빨라졌다.

"왜?"

오빠라는데 존댓말은 어색했으므로 김태우가 똑바로 박윤주를 보았다.

"만나서 뭐하게?"

"라고스 이야기도 듣고 오빠에 대해서도 좀 알아야 될 것 같아서요."

"다음에."

김태우가 손목시계를 보는 시늉을 하면서 자리에서 일어섰다.

"내가 연락하지."

따라 일어선 박윤주의 얼굴이 굳어졌지만 입을 열지는 않았다. 로비로 나왔을 때 오선옥이 서둘러 다가왔다.

"가시게요?"

"예, 오늘은 이만."

"그럼 떠나시기 전에 다시 만나서 이야기해요, 김 사장님."

"그러시지요."

뒤쪽에 선 박윤주는 입을 열지 않았고 김태우는 밖으로 나왔다. 만일 동업을 하게 된다면 박윤주가 현지 파트너로 매일 접촉해야 될 것이었다. 박윤주는 지금부터 가까워지려는 듯이 적극적으로 나서지만 김태우는 아직 결심이 서지 않았다. 오늘밤 사주(社主)인 오선옥을 만나는 것이 순서다. 미끼로 내세운 박윤주를 덥석 물고 끌려 다닐 생각은 없는 것이다. 먼저 집에 연락해서 일 때문에 못 들어간다는 거짓말을 하고 호텔방을 잡았을 때는 10시 20분이다. 시청 앞 서울호텔의 스위트룸에 투숙한 김태우가 오선옥에게 문자를 보냈다.

"서울호텔 2001호실."

문자를 보낸 지 10초도 안 되어서 문자로 대답이 왔다.

"11시 반까지 가겠음."

김태우는 숨을 들이켰다. 곧 오선옥의 알몸이 눈앞에 펼쳐졌고 쾌락에 몸부림치는 교성이 귀에서 환청처럼 울렸다. 오선옥에게는 교태가 피어오르고 있다. 남자를 많이 겪은 만큼 그 색기(色氣)는 더 진해진다. 지금 오선옥의 몸이야말로 가장 무르익은 시기다. 김태우는 오선옥과 비슷한 연령대의 하수진한테서 기교를 배웠다.

노크 소리가 들렸으므로 김태우가 먼저 벽시계부터 보았다. 11시 20분이다. 자리에서 일어선 김태우가 문으로 다가가 문을 열었다. 그 순간 김태우가 숨을 들이켰다. 박윤주가 서 있는 것이다.

"아니, 여긴 어떻게……."

"언니가 가보라고 해서요."

"언니가 말이야?"

"여기 그냥 세워 두실 건가요?"

박윤주가 눈을 흘기는 시늉을 했으므로 김태우가 비켜섰다. 박윤주한테 이야기하지 말라고 신신당부했던 오선옥이었다. 도대체 이게 무슨 수작인가. 문을 닫고 다가오는 김태우를 향해 박윤주가 웃음 띤 얼굴로 물었다.

"왜요? 실망하셨어요?"

김태우가 잠자코 앞쪽 소파에 앉았다. 따라 앉은 박윤주가 두 손을 단정하게 무릎 위에 내려놓더니 똑바로 김태우를 보았다.

"언니는 도저히 못 오겠다고 해요."

"……."

"나한테 비밀로 할 수도 없다고 했습니다. 미안하다고 하시데요."

"……."

"그렇다고 오빠한테 불쾌한 감정을 갖고 계시지는 않다고 했어요. 맞춰 드리지 못한 언니가 거짓말을 한 셈이 되었다고……."

"그만."

손바닥을 펴 보인 김태우가 쓴웃음을 지었다.

"그럴 수도 있는 일이지. 사람이 어디 컴퓨터처럼 입력된 일만 하나?"

이번에는 박윤주가 입을 다물었고 김태우가 말을 이었다.

"내가 발정난 개처럼 날뛴 것이 문제야. 손에 칼자루를 쥐었다고 우격다짐으로 덤벼들었으니까."

"오빠, 그게 아니라……."

"난 오 사장한테 끌렸어."

"……."

"나한테 섹스를 가르쳐 준 여자도 연상녀였거든."

탁자 위에 놓인 술병을 든 김태우가 병째로 한 모금을 삼켰다. 위스키 병이다. 김태우가 번들거리는 눈으로 박윤주를 보았다.

"넌 자존심도 없냐? 언니가 가란다고 여길 와?"

"일이 중요하니까."

김태우의 시선을 받은 박윤주가 쓴웃음을 지었다.

"오빠 분위기를 어떻게든 맞춰야지."

"됐다, 안 맞춰도."

"나, 돌아가?"

"돌아가."

그러자 박윤주가 정색했다.

"라고스 사업은?"

"내가 하자고 말한 적 없어."

다시 한 모금 위스키를 삼킨 김태우가 말을 이었다.

"난데없이 사업하자고 덤벼든 너희들이나 대뜸 호텔로 불러들인 나나 모두 비정상이지."

"오빠, 나 싫어?"

불쑥 박윤주가 물었으므로 김태우가 술병을 쥔 채 대답했다.

"넌 나한테 과분해."

"언니는 맞고?"

"어차피 떨어질 여자야."

한 모금 위스키를 삼킨 김태우가 말을 이었다.

"그러니 인사치레로 한 번 주었으면 서로 개운했을 텐데, 일을 꼬이게 만들었어."

"언니가 왔으면 라고스 사업 시작했을 거야?"

"모르지."

"언니 부를까?"

"됐어."

술병을 내려놓은 김태우가 자리에서 일어섰다.

"네가 여기서 자고 가. 난 집에 가야겠다. 방값은 냈으니까 스위트룸에서 즐겨."

박윤주가 시선을 주었으므로 문으로 다가가면서 김태우가 말을 이었다.

"그래, 라고스 사업은 비전이 있어. 내가 시작하고 싶었던 사업이야."

문손잡이를 쥔 김태우가 박윤주를 보았다. 두 눈이 번들거리고 있다.

"나는 널 안지 못해서 그래. 오 사장이야 돈만 투자하고 서울로 돌아갈 사람이다만 넌 동업을 한다면 나하고 부대낄 상대거든."

김태우의 얼굴에 웃음이 떠올랐다.

"너 같은 미인이 동업하자면서 그냥 준다는데 덥석 덮치는 놈은 영락없이 코가 꿰이는 거지."

"나, 미치겠네."

박윤주가 혼잣소리로 말했을 때 김태우가 문을 열고 나오면서 말했다.

"글쎄, 넌 과분한 여자라니까? 그리고 겁도 나고 말이다."

마음속에 있던 말은 다 뱉었다.

다음 날 아침, 본사로 출근한 김태우에게 기조실장 조세진이 말했다.

"무스타파가 지정한 계좌로 자금이 송금되었네. 매일 원유가 배에 실리는 시점에 송금이 되고 있어."

매일 4만 배럴씩 실리고 있는 것이다. 조세진의 방 안에는 둘이 마주 앉아 있다. 웃음 띤 얼굴로 조세진이 말을 이었다.

"라고스 법인에 본래 파견 사원 티오가 6명이었어. 그런데 상황이 불안해서 다 귀국했지."

김태우의 시선을 받은 조세진이 말을 이었다.

"라고스 법인 지원자를 모집했더니 7명 모집에 150명이 지원했어. 20대 1이 넘어. 이제 라고스가 기회의 땅이 되었어."

정색한 조세진이 물었다.

"어떻게 생각하나? 자네 의견대로 하겠네. 법인에 사원들을 데려가겠나?"

"현지 인력을 쓰는 것이 효율적이고 경비도 10퍼센트 수준밖에 안 됩니다."

김태우가 말을 이었다.

"가족까지 데려와 주택, 가족 수당까지 지급하면 경비는 몇십 배로 늘어납니다. 저 혼자서 현지 인력을 쓰도록 해 주십시오."

"그래 준다면 고맙지."

조세진이 만족한 표정으로 말을 이었다.

"자네한테 맡기겠네."

기조실장실을 나온 김태우가 중역용 상담실로 들어섰더니 기다리고 있던 오명진과 박응수가 맞았다. 이곳에서 만나기로 한 것이다.

"바쁘시군요."

자리에 앉았을 때 오명진이 웃음 띤 얼굴로 말했다.

"어제 오선옥 씨, 박윤주 씨를 만나셨지요?"

불쑥 오명진이 물었으므로 김태우가 눈을 크게 떴다가 곧 웃었다.

"빠르군요."

"김 형께서는 우리 VIP이거든요."

감시 대상이란 말이나 같았으므로 김태우는 시선만 주었다. 그때 박응수가 말을 이었다.

"오선옥 씨는 CIA와 연관되어 있습니다. CIA 자금으로 라고스에서 사업을 벌일 계획이었습니다."

김태우가 머리만 끄덕였다. 때맞춰 접근해 온 것이 이해가 된 것이다. 박응수가 웃음 띤 얼굴로 김태우를 보았다.

"김 형께서 귀국하시기 전에 미리 외삼촌 유상규 씨에게 접근해서 만날 준비를 하고 있었던 것이지요. 그쯤은 공작도 아닙니다."

"난 어젯밤 거절했는데요."

"압니다."

오명진이 말을 이었다.

"박윤주한테서 들었습니다."

"박윤주도 CIA 정보원입니까?"

"박윤주는 우리 요원이죠."

오명진의 얼굴에도 쓴웃음이 번졌다.

"박윤주는 이경미하고 손발을 맞추게 될 겁니다."

"그렇군요."

"훈련받은 요원은 아니죠. 우리 협조자라고 부르는 게 낫겠습니다. 그러고 보면 김 형께서도 협조자시지요."

"……."

"모두 애국하는 것이니까요. 애국자 아닌 사람이 있습니까?"

"CIA도 알고 있습니까?"

"그럼요. 공동 작전이나 마찬가지입니다. 김 형께서 라고스에서 경영하는 클럽은 CIA, KCIA의 서아프리카 본부가 될 겁니다."

"……."

"김 형께서 동업자로 계시니 보코하람도 드나들 것 아니겠습니까? 알면서도 이용하게 되겠지요."

"……."

"그런 장소가 필요한 것입니다. 협상과 조정하는 장소 말입니다."

"난 어젯밤 같이 일 안 한다고 했는데요? 알고 계시지요?"

"예, 압니다."

외면한 오명진이 말을 이었다.

"클럽 설립 자금 반은 오선옥 씨가 CIA 자금을 받아서 낼 겁니다. 김 형께서는 저희들 자금으로 나머지 반을 내시고 동업자가 되시지요."

"……."

"저희가 돈 냈다고 지분이나 이익금 내라고 안 합니다. 정보 투자비로 김 형께 드릴 테니까요."

어깨를 편 오명진이 정색하고 김태우를 보았다.

"그럼 박윤주 씨는 김 형 지휘를 받게 되는 것입니다. 이제 위치가 명확해졌지요. 아마 오선옥 씨는 경리 역으로 누구를 하나 보낼 겁니다. CIA 연락원으로 말이죠."

13장 주고받는다

주고받는 것이 사회생활의 기본이다. 이것은 모든 대인 관계에서 통용된다. 사교의 원칙이기도 하다. 일방적으로 주기만 하고 받기만 하는 관계는 없다. 자선 사업을 하더라도 주는 사람은 그 행위로부터 봉사했다는 자부심, 또는 만족감을 얻는 것이다. 상대방으로부터가 아니어도 얻는 것이 있으니 내놓는 셈이다. 김태우는 오선옥, 박윤주의 내막을 듣고 놀라지 않았다. 그만큼 사회생활에 물이 들었다고 봐도 될 것이다. 오후 4시, 회사 일을 마친 김태우가 사당동 사거리의 커피숍으로 들어섰다.

"오빠, 여기."

기다리고 있던 김혜은이 손을 들고 반겼다. 김혜은의 옆에 앉은 여자가 자리에서 일어섰다. 김혜은의 친구다. 다가간 김태우가 쓴웃음을 짓고 말했다.

"내가 네 친구를 소개받다니, 되게 어색하다 야."

"잘나가는 오빠 있으면 그럴 수도 있는 거야."

말을 받은 김혜은이 옆에 선 여자를 소개했다.

"내 초등학교 동창. 지금은 대방 항공 승무원이야."

"안녕하세요."

여자가 웃으면서 머리를 숙였다. 스튜어디스다. 지금도 스튜어디스는 미인이며 수준이 높은 신붓감으로 통한다.

"서연주라고 합니다."

"반갑습니다."

김태우가 지그시 서연주를 보았다. 늘씬한 몸매, 희고 깨끗한 피부, 눈웃음을 친 얼굴이 가슴 설레도록 아름답다. 자리에 앉았을 때 김태우가 길게 숨을 뱉고 나서 김혜은에게 말했다.

"네 친구 중에 이런 미인이 있을 줄은 몰랐다."

"나도 요즘 만났어."

김혜은이 웃음 띤 얼굴로 말을 이었다.

"오빠가 유명 인사가 돼서 그래. 대양상사 현지 법인장이라고 동창들한테 소문이 좍 난 덕분이야."

"그렇군."

"그랬더니 연주가 나한테 오빠 소개시켜 달라고 했어."

"그랬구나."

김태우가 지그시 서연주를 보았다. 서연주는 웃기만 한다. 김태우가 김혜은에게 물었다.

"내가 정수기 사업 본부 A/S 요원이었다면 그런 말 못 들었겠구나, 그렇지?"

"당연하지."

"내가 대양 법인장에서 잘리면 소개 취소가 될지 모르겠다."

"오빠, 농담 그만 하고."

김혜은이 자리에서 일어서며 말했다.

"연주는 우리 동창 중에서 제일 잘 나가는 애야, 성격도 좋고. 그래서 오빠 만나게 한 것이니까 잘해 봐."

그러고는 김혜은이 서연주에게 한쪽 눈을 감아 보이더니 커피숍을 나갔다.

"내가 쟤한테 친구 소개 받은 건 처음이야."

김태우가 금방 반말로 바꿨다. 예전 같으면 어림도 없는 일이었지만 환경이 성격도 개조시킨다. 김태우의 시선을 받은 김혜은이 눈을 가늘게 뜨고 웃었다. 가슴이 찌릿해질 정도로 매력적인 웃음이다.

"혜은이도 그러더군요. 제가 처음이라고."

"그럴 만해."

"뭐가요?"

"남한테 주기 싫었을 거야."

"뭘요?"

"연주를 말이야."

"참나."

다가온 종업원에게 커피를 시킨 김태우가 지그시 서연주를 보았다.

"라고스 가 봤어?"

"거긴 안 가 봤어요."

서연주가 반짝이는 눈으로 김태우를 보았다.

"뒤쪽 라스팔마스는 몇 번 갔죠. 모로코, 아비장도 가 봤었는데."

"한 번 놀러 와."

다시 눈웃음을 친 서연주가 말을 이었다.

"라고스로 가실 때 파리 거쳐서 가세요. 내가 파리 노선을 뛰니까요."

"그러지."

"언제요?"

"열흘쯤 후에."

"그럼 나도 오빠 스케줄 맞출게요."

그때 김태우가 지그시 서연주를 보았다.

"파리에서 나하고 같이 라고스로 갈까? 연주 휴가내고 말이야."

"아유, 벌써."

다시 서연주가 눈웃음을 쳤으므로 김태우는 심장이 부풀어 오르는 느낌을 받는다. 이러다가 심장이 터지는 모양이다. 눈도 뜨거워지는 느낌이 들었으므로 김태우가 눈을 치켜뜨고 서연주를 보았다.

"뭐, 벌써라니. 우리 그럴 것 없이 지금 강릉 갈래? 바닷가에서 술 한 잔 하자."

평일 오후 5시 반, 국산 최고급 승용차 라이언은 굉장한 속도로 달려 나갔다. 차량 통행이 밀리지 않은 데다 400마력의 엔진을 보유한 라이언은 승차감도 좋아서 마치 침대 속에 앉은 느낌이다.

"오빠, 천천히."

시속 200이 넘었을 때 마침내 서연주가 말했다.

"시간 많아, 오빠."

둘은 지금 강릉을 향해 달리는 중이다.

"그렇구나."

속도를 줄이면서 김태우가 웃었다.

"난 빨리 호텔방으로 들어갈 생각밖에 없었거든."

"미치겠네."

서연주가 눈을 흘겼다.

"오빠 스타일이야?"

"그렇게 되었어."

2차선으로 들어와 시속 110킬로로 달리면서 김태우가 말을 이었다.

"호감이 가는 상대에게는 주저하지 않게 되었다고."

"나, 처음이 아니지?"

"물론이지."

서연주가 입을 다물었으므로 김태우가 말을 이었다.

"겪어 보는 것도 나쁘지 않지 않아?"

"……."

"너, 남친 있어?"

"있어."

"지금도 만나?"

"응."

"결혼 약속은 했어?"

"했으면 이렇게 강릉 가겠어?"

"그렇구나."

"오빠도 그래?"

"나도 마찬가지야."

"오빠는 여친이 몇 명이나 돼?"

"글쎄, 서너 명? 아니, 대여섯인가?"

"미치겠네."

"너처럼 독특한 분위기의 여자는 처음이다."

"다른 분위기의 여자는 뭔데?"

"제각기 목적이 있는 상대. 사업이라든지, 정보라든지, 등등."

등등 속에 섹스가 차지하는 비중이 컸지만 지금 말할 수는 없다. 서연주가 머리를 돌려 김태우를 보았다.

"날 만나는 목적은 뭔데?"

"애인 만들기."

"애인?"

"지갑 속에 든 부적 같은 존재로."

"부적?"

"우리 외삼촌은 지갑 안에 낡은 부적을 넣고 있어. 그것이 있으면 든든하다는 거야."

"……."

"돈이 없었을 때는 그 부적을 믿고 기다렸고 돈이 생긴 요즘은 그 부적 덕분에 성공했다고 믿어."

"……."

"난 그런 부적 같은 애인을 만들고 싶었어. 네가 그 후보지."

"몇 순위인데?"

그때 김태우가 갓길로 들어서더니 쉼터로 들어가 주차시켰다. 쉼터 주차장에는 그들의 차 한 대뿐이다. 김태우가 차 시동을 끄고는 서연주를 보았다.

"네가 지금 1순위야."

"거짓말."

"믿어 봐."

"어떻게?"

"이리 와."

김태우가 팔을 뻗어 서연주의 어깨를 당겨 안았다.

"싫어."

서연주가 어깨를 흔들었지만 세지는 않았다. 몸을 숙인 김태우가 서연주의 허리를 감아 안고는 상반신을 끌어당겼다. 이제는 서연주가 저항하지 않고 끌려 안겼다.

"싫어."

말은 그렇게 했지만 서연주가 엉덩이를 비틀어 올리더니 김태우의 몸 위에 앉았다. 김태우는 이제 품에 안긴 서연주의 입술에 입을 맞췄다. 서연주가 두 팔로 김태우의 목을 감아 안더니 입을 벌렸다. 곧 부드러운 혀가 김태우의 입안으로 들어왔고 뱀처럼 꿈틀거리기 시작했다.

"아이, 오빠."

서연주가 헐떡이며 말했다. 김태우의 손이 서연주의 스커트 안으로 들어갔기 때문이다.

"여기선 싫어."

"장소가 무슨 상관이야?"

김태우가 서연주의 팬티를 끌어내리면서 말했다. 다리를 오므렸던 서연주가 곧 다리의 힘을 풀었다. 팬티가 내려갔고 곧 스커트가 풀렸다.

"오빠, 불편해."

서연주가 헐떡이며 말했으므로 김태우는 의자를 뒤로 젖혔다. 외삼촌 유상규의 차를 빌릴 때 의자 젖히는 법도 익혀 놓았다.

김태우는 서연주의 몸을 의자에 붙여 눕혔다. 의자는 길게 펴져서 딱 맞는 침대가 되었다.

"아유, 오빠."

서연주가 위로 오르는 김태우를 향해 들뜬 목소리로 말했다.

"이게 뭐야?"

김태우는 잠자코 서연주 위에서 바지와 팬티를 끌어내렸다. 그러고는 이미 쇠뭉치처럼 달아오른 남성을 서연주의 골짜기 위쪽에 붙였다. 서연주가 가쁜 숨을 뱉으며 김태우를 보았다.

"어때? 넣을까?"

김태우가 몽둥이 끝부분을 서연주의 동굴 위쪽에 문지르면서 물었다. 그곳이 곧 소음순, 돌출된 성감대다. 김태우는 성감대가 콩알처럼 단단하게 세워져 있는 것을 느낄 수 있었다.

"오빠."

서연주가 김태우의 양쪽 팔을 손으로 움켜쥐었다. 눈동자의 초점이 흐리다.

"오빠, 응."

"그게 무슨 말이야?"

그때 서연주가 손을 뻗어 김태우의 몽둥이를 쥐더니 동굴에 붙였다. 그러고는 허리를 올렸으므로 몽둥이 끝이 조금 들어갔다가 나왔다.

"아아."

서연주의 탄성이 터졌다. 엉덩이를 떨어뜨린 서연주가 헐떡이며 신음했다.

"오빠, 빨리."

그 순간 김태우가 남성을 천천히 진입시켰다.

"아아아."

차 안이 터질 듯한 서연주의 비명이 울렸다. 비명 같은 탄성이다.

"으음."

어금니를 문 김태우의 입에서도 신음이 울렸다. 서연주의 동굴 안은 이미 흠뻑 온천수가 고여 있었던 것이다. 동굴은 좁았지만 탄력이 강했다. 동굴 안쪽에 기름을 바른 것처럼 남성이 미끄러져 들어갔지만 탄력이 강하다. 그래서 저도 모르게 쾌락의 신음이 터진 것이다.

"아유, 아파."

서연주가 두 손으로 김태우의 엉덩이를 움켜쥐면서 끌어당겼다. 아프다면서 당긴다.

"오빠, 나 죽어."

그 순간 김태우는 천천히 남성을 끌어올렸다. 남성의 표면에 강한 압박이 가해지면서 다시 서연주의 탄성이 울렸다. 단 한 번 왕복 운동을 했는데도 서연주는 두 차례의 비명을 내질렀다.

"오빠, 천천히."

다시 김태우가 진입할 때 서연주가 소리쳐 말했다. 숨에서 쇳소리가 난다.

"아유, 나 죽어!"

차 안은 이제 비명과 외침으로 가득 찼다. 서연주는 거침없이 엉덩이를 치켜 올렸고 두 다리를 쳐들었는데 쾌락의 극치로 오르고 있다. 서연주의 동굴에서는 홍수가 쏟아졌다. 김태우는 잠깐 움직임을 멈추고는 서연주의 옷을 벗겼다. 브래지어까지 풀어 내던지자 곧 서연주는 알몸이 되었다. 서연주도 김태우의 옷을 누운 채로 벗겼으므로 둘은 곧 알몸으로 엉켰다. 서연주의 몸은 신비했다. 동굴은 좁고 길었지만 탄력이 강해서 김태우의 남성을 그대로 받아들인다. 이윽고 서연주가 절정으로 솟아오르기 시작했다. 무아지경이 되어서 몸짓은 컸지만 리듬이 맞지 않는다. 그러나 입에서는 거침없이 비명이 터졌다.

"아, 아, 아, 아."

시트에는 서연주의 동굴에서 분출되는 애액이 흘러넘치고 있다. 김태우의 움직임이 더 거칠어졌고 서연주의 신음은 더 높아졌다. 이제 서연주는 사지를 김태우의 몸에 빈틈없이 엉긴 채 터지려고 한다. 김태우의 몸짓이 서연주를 부숴 버릴 것처럼 난폭해졌다. 그 순간 서연주가 폭발했다. 차 안이 터질 것 같은 신음을 뱉더니 김태우의 몸을 감싸 안고 굳어지기 시작한 것이다. 김태우는 어금니를 힘껏 물고 분출을 참았다. 남성은 서연주의 동굴에 잡힌 채 무섭게 압박을 받는 중이다. 이제는 뜨겁고 미끄러운 용암 속에 몸이 갇힌 느낌이 온다. 그러나 달콤하다. 이곳에 빠져 죽어도 여한이 없을 것 같은 동굴이다. 김태우가 신음을 뱉는 서연주의 입술에 키스했다.

"좋았다."

아직도 동굴에 갇힌 남성이 계속해서 죄여들고 있다. 김태우가 서연주의 이마에 다시 키스했다.

"자, 이제 인사는 했으니까 호텔방에 가서는 더 익숙해질 수 있을 거야."

그때 서연주가 앓는 소리를 내더니 김태우의 목을 감아 안았다.

"오빠, 나 이런 느낌 처음이야."

강릉 바다호텔의 스위트룸에서는 동해와 강릉, 설악산까지 다 보인다. 37층 높이에서 보이는 야경에 감동한 서연주가 김태우의 허리를 감아 안고 몸을 딱 붙였다.

"오빠, 멋있어."

"난 네가 있어서 분위기가 살아난다."

서연주의 어깨를 감싸 안은 김태우가 베란다에 나란히 서서 동해 바다를 본다. 밤 9시 반, 호텔에 투숙하고, 씻은 둘은 가운으로 갈아입은 차림이다. 수평선위에 오징어잡이 배들의 불빛이 가득 깔려 있다. 그때 문에서 벨이 울렸으므로 김태우가 다가가 문을 열었다. 룸서비스 둘이 술과 음식이 실린 운반차를 밀고 들어왔다. 베란다 탁자에 옮겨놓은 직원들이 돌아갔을 때 서연주가 눈을 반짝이며 웃었다.

"내가 서비스만 하다가 오늘은 1등석 대접을 받네."

"넌 그럴 자격이 있지."

"오빠, 나 스위트룸에서 처음 자."

눈웃음을 친 서연주가 말을 이었다.

"이제야 부자들의 기분을 알겠어."

김태우가 샴페인 마개를 열고 서연주의 잔에 술을 채워 주었다.

"넌 남자들을 행복하게 해주는 여자군."

"오빠는 참."

눈을 흘긴 서연주의 모습이 요염했다. 가운 밑에는 아무것도 걸치지 않아서 벌어진 사이로 젖가슴 윗부분과 허벅지 한쪽이 드러났다. 한 모금 샴페인을 삼킨 서연주가 랍스터를 포크로 찍으면서 웃었다.

"오빠, 지금 내가 어떤 상태인지 알아?"

"1등석에 탄 기분이라며?"

"이런 행복감 처음이야."

랍스터를 삼킨 서연주가 눈을 가늘게 뜨고 김태우를 보았다.

"다 갖췄어. 남자, 돈, 미래."

"고맙다. 내가 그 남자냐?"

"그리고 섹스."

숨을 들이켠 김태우가 서연주를 보았다. 이렇게 과감한 표현을 내놓으리라고는 예상 밖이다.

"섹스라고?"

"응. 만족한 섹스."

"나하고 말이야?"

"아까 고속도로 쉼터에서의 섹스는 내 평생 처음 만족한 섹스였어."

"조금 있다가 그보다 몇 배 더 만족한 섹스 해 줄게."

김태우가 두 손을 흔들며 열변을 토했다.

"아까는 한 가지 체위로만 했지만 이번에는 최소한 네 가지로 하자. 그럼 네 배에다 시너지를 합쳐서 여섯 배는 더 만족한 섹스를 할 수 있을 거다."

말을 마친 김태우가 한 모금 샴페인을 삼키고는 마무리를 했다.

"내가 섹스 이야기는 길게 할 수 있어. 다른 이야기는 길게 이어지지가 않아."

그러자 서연주가 입을 딱 벌리면서 소리 없이 웃었다.

"오빠 귀여워."

"네 골짜기하고 굴이 귀엽더라. 아까 얼핏 봤지만 말이야."

"오빠."

"내가 이번에는 입으로 애무해 줄게."

"오빠."

눈을 흘긴 서연주의 모습이 요염했으므로 김태우가 숨을 들이켰다.

"이리 와."

김태우가 옆쪽을 가리켰다.

"내 옆에 앉아서 마셔."

"싫어. 넘어뜨리려고."

"그럼 어떠냐?"

"술 마시고 천천히, 오빠."

그때 탁자 옆쪽에 놓인 핸드폰이 진동으로 떨었다. 핸드폰을 쥔 김태우가 발신자를 보았다. 국정원 박응수다. 자리에서 일어선 김태우가 베란다에서 방 안으로 들어서며 응답했다.

"예, 접니다."

"지금 어디 계세요?"

대뜸 박응수가 물었으므로 김태우는 심호흡부터 했다. 숨길 필요는 없다.

"지금 강릉으로 왔는데요. 바다호텔……."

"같이 가셨겠군요?"

서연주와 같이 갔느냐고 묻는 것이다. 커피숍에서 박응수에게 서연주를 만난다는 이야기를 했다. 김태우는 국정원의 신변 보호를 받는 VIP이기 때문이다. 그래서 서연주가 동생 김혜은과 초등학교 동창이며 대방 항공 스튜어디스라고만 말해주었다. 그때 박응수가 말했다.

"저기, 옆에 있습니까?"

"아니, 좀 떨어져 있는데요."

그러자 박응수가 말을 이었다.

"서연주 씨, 스튜어디스 아닙니다. 지금 수배자로 도망 다니는 중입니다."

"아이구, 여보, 여보."

서연주의 비명이 자지러지듯이 크게 울렸다. 세 번째 체위를 바꿨고 지금 서연주는 네 번째 터지는 중이다. 빠르다. 차 안에서 안았던 때보다 절정이 빨리 오는 것이다. 분위기가 바뀐 때문인가?

"아이구, 나 죽어!"

비명 소리도 더 컸다. 물론 스위트룸의 침실 안이다. 소음 걱정을 안 해도 될 만큼 방음 장치도 잘 되어 있는 방이다. 김태우는 이제 서연주의 하반신을 들어 올리고는 거꾸로 눕힌 자세에서 공격했다. 김태우는 침대 위에서 선 채로 서연주의 두 다리를 감싸 안은 것이다. 놀란 서연주가 눈동자의 초점을 잡았다가 다시 신음했다.

"아악, 오빠, 여보!"

호칭이 들쑥날쑥하면서 서연주가 다시 절정으로 솟아오르기 시작했다. 몸이 굳어지면서 동굴이 수축되기 시작한 것이다.

"아아아."

서연주의 비명이 높아지면서 몸이 늘어졌다. 또 절정이다. 그때 김태우는 땀에 젖은 몸이 서늘해지는 느낌을 받았다. 다시 한 번 서연주의 몸을 내리꽂듯 공격했던 김태우가 머리를 돌려 옆쪽을 보았다. 어느새 침실 안에는 사내들이 들어와 있다. 하나, 둘, 셋, 넷이다.

"아이구, 엄마."

머리가 반대쪽으로 돌려진 서연주가 다시 비명을 질렀다. 절정에 오른 것이다. 두 손으로 침대 시트를 찢어질 듯이 움켜쥐었고 얼굴은 잔뜩 일그러져 있다. 그 순간에도 김태우는 서연주의 얼굴이 아름답다고 느꼈다. 그때 앞장선 사내가 말했다.

"재미 좋구나."

쇠를 손톱으로 긁는 것 같은 목소리다. 험악한 인상, 단단한 어깨, 손에 길이가 3센티쯤 되는 회칼을 쥐었다. 섬뜩한 분위기, 뒤에 벌려선 셋도 마찬가지다. 각양각색의 얼굴이었지만 하나같이 더러운 인상이다.

잘생긴 얼굴이라고 해도 더러운 바탕에서 놀면 더럽게 변한다. 김태우가 쥐고 있던 서연주의 다리를 옆으로 밀면서 몸에서 떨어졌다. 서연주는 몸이 침대 위로 다리부터 떨어지면서 들썩였다. 놀란 서연주가 머리를 들었다가 사내들을 보았다.

"악!"

짧은 외침을 뱉은 서연주가 몸을 웅크렸고 김태우는 반대쪽으로 내려왔다. 물론 김태우도 알몸이다. 그때 사내들 셋이 김태우의 앞을 가로막았다. 중앙에 선 사내가 지휘자다. 눈매가 험악했고 체격도 컸다.

"이 연놈들, 오늘 여기서 다 죽인다."

사내가 회칼을 좌우로 휘둘렀다. 흰 칼날이 불빛에 반짝였고 방 안이 순식간에 얼어붙었다.

"야, 이 개새끼야. 남의 와이프를 데려다가 떡을 쳐?"

김태우는 네 번째 사내의 손에 든 핸드폰을 보았다. 핸드폰의 카메라 렌즈가 지금도 이쪽으로 향해 있다. 그때 김태우가 알몸으로 선 채 물었다.

"누구야?"

"누구냐고?"

사내가 한 걸음 다가섰다. 이제 찌르면 닿는 거리다.

"야 이 개새끼야. 내가 저년 남편이다."

사내의 눈빛이 이글거렸다.

"저년한테 물어봐, 이 개새끼야."

김태우의 시선이 서연주에게로 옮겨졌다. 그때 서연주는 시트로 알몸을 가린 채로 침대 끝에 앉아 있었는데 머리를 들었다. 김태우를 올려다보는 시선이 차갑다.

"나, 저 사람한테 끌려와서 당한 거야."

서연주가 김태우를 턱으로 가리키면서 말했다.

"어쩔 수 없이 당한 거라고."

"이년아, 너희들 둘 떡치는 거 다 찍었어. 오늘 유튜브에 다 올릴 거다."

회칼을 휘두르면서 사내가 말을 이었다.

"어디, 너희 연놈들 어떻게 되는가 두고 보자."

"다 찍었다고?"

다시 김태우가 묻자 사내의 어깨가 늘어졌다. 좀 얼떨떨한 표정이 되었다가 다시 눈썹이 곤두섰다.

"시발 놈아, 보여줘?"

사내가 되묻더니 회칼의 면을 김태우의 가슴에 붙였다. 얼음 같은 찬 기운이 김태우의 가슴에 덮였다.

"자, 이 새끼, 어떻게 할래? 저년 데리고 살려면 나하고 협상을 하고 싫다면 여기서 네놈 난도질을 하고 떡치는 장면을 유튜브에 올리고 끝낼 거다."

사내가 회칼을 김태우의 가슴에 문질렀다. 그때 김태우가 피식 웃었고 그 웃음을 본 사내의 얼굴이 금방 일그러졌다. 뒤쪽의 세 사내도 마찬가지다.

"어라? 웃어?"

사내가 여전히 회칼을 김태우의 가슴에 붙인 채 외마디 외침을 뱉은 순간이다.

"뻑!"

김태우가 올려 친 주먹이 정통으로 사내의 턱에 맞았다. 턱이 부서지는 소리와 함께 단 한 방에 사내는 뒤로 반듯이 넘어졌다. 기절해 버리는 바람에 뒤쪽 사내들이 우르르 비틀거려야 했다.

"아니, 이 새끼가!"

뒤쪽 사내들이 와락 덤벼들려는 순간이다. 이번에는 그 뒤쪽에서 사내들이 나타났다.

"손들어!"

짧고 굵은 목소리, 깜짝 놀란 사내들이 몸을 돌렸을 때 손에 제각기 권총을 쥔 사내들이 나타났다.

"손들어, 이 새끼들아."

다가선 사내들이 권총을 휘두르며 위협했는데 보통 포스가 아니다. 더구나 총신에는 제각기 소음기까지 끼워져 있는 터라 길고 더 위협적이다.

"퍽!"

그때 앞장선 사내의 총구가 들썩이더니 방 안을 울리는 발사음이 울렸다.

"아이고!"

비명을 지르면서 사내 하나가 손으로 어깨를 움켜쥐면서 칼을 떨어뜨렸다.

"이 새끼들, 손들고 무릎 꿇어!"

다시 사내가 소리치자 나머지 둘이 번쩍 손을 들면서 무릎을 꿇었다. 소리친 사내의 시선이 힐끗 김태우를 스치고 지나갔다. 그때 김태우는 옷을 찾아 입는 중이다. 서연주는 침대 끝에 앉아 시트를 뒤집어쓰고 있었는데 이쪽저쪽 눈치를 살피느라고 정신이 없다. 그때 사내들이 다가와 김태우에게 말했다.

"이것들이 전문 협박범입니다."

사내가 총구로 서연주를 가리켰다.

"저년, 서연주는 지금 현상 수배 중이지요. 현상 수배 중에 다시 협박 현장에서 체포되었으니까 최소한 5년은 교도소에서 살아야 할 겁니다."

그때 사내들에게 수갑을 채우던 사내 하나가 김태우의 주먹에 맞고 늘어진 사내를 보면서 말했다.

"이놈은 턱이 부서졌는데요."

"앰뷸런스 불러. 여기 총 맞은 놈도 있으니까."

사내가 어깨에 총을 맞고 시퍼렇게 굳어져서 신음도 못 뱉고 꿇어앉아 있는 사내를 눈으로 가리켰다.

"총 처음 맞는 놈들은 대게 이렇게 얼어붙지요. 지금 아픔을 느끼지도 못할 겁니다. 겁이 덮쳐서요."

그러더니 침대 끝에 앉아 있는 서연주에게 말했다.

"야, 너 빨리 옷 입어. 니 구멍에서 오징어 썩은 냄새가 난다."

그때서야 서연주가 시트로 몸을 감은 채 허둥지둥 일어섰고 사내가 이제는 의자에 앉아 있는 김태우에게 말했다.

"박 과장님이 일이 끝나면 전화하실 겁니다."

박 과장이란 박응수다.

"수고하셨습니다."

그때서야 김태우가 인사를 했을 때 사내가 쓴웃음을 지었다.

"저놈들이 호텔 뒤에다 봉고차를 가져왔습니다. 법인장님을 차에 싣고 갈 계획이었던 것 같습니다."

김태우는 입맛만 다셨고 사내가 말을 이었다.

"아마 안가도 만들어 놓았겠죠. 전문가들이니까요."

"앰뷸런스가 왔습니다."

핸드폰을 귀에서 뗀 사내 하나가 보고했으므로 사내가 자리에서 일어섰다.

"여기 계시겠습니까?"

사내가 물었으므로 김태우는 머리부터 저었다.

"돌아가야지요."

"그럼 저희들이 모셔다 드리지요. 차 가져오셨으니 운전사 부르겠습니다."

"감사합니다."

사내들이 서연주까지 끌고 밖으로 나갔는데 김태우는 시선도 주지 않았다. 호텔 로비에 앉아 운전사를 기다리고 있을 때 핸드폰이 울렸다. 발신자를 보았더니 박응수다. 핸드폰을 귀에 붙인 김태우가 인사부터 했다.

"박 과장님, 하마터면 한국에서 죽을 뻔했습니다. 고맙습니다."

"그쯤은 우리가 해 드려야지요."

박응수가 웃음 띤 목소리로 말을 이었다.

"이젠 박윤주 씨를 만나 주시지요. 박윤주 씨는 안심하셔도 됩니다."

다음 날 오후 3시, 김태우가 외삼촌 유상규를 만나고 있다. 시청 앞 소공동의 커피숍이다. 커피 잔을 든 유상규가 쓴웃음을 짓고 말했다.

"네가 이젠 유명 인사가 되어서 그런다."

김태우한테서 어제 사건을 다 들은 것이다. 한 모금 커피를 삼킨 유상규가 말을 이었다.

"요즘은 유명 인사한테 덤벼드는 세상이야. 유명 인사가 약점이 많다고 생각하거든. 그리고 실제로 체면이나 명성이 깨질까 봐 서둘러 덮으려는 인간들이 많지."

서연주 일당은 경찰에 인계되어 형을 살게 될 것이다.

"혜은이한테는 이런 말 안 하는 게 낫겠어요."

"그래야지. 걔는 너 생각해서 소개해 줬는데."

머리를 끄덕인 유상규가 김태우를 보았다.

"박윤주를 만나기로 했다니, 잘했다."

"나라를 위한 일이기도 하니까요."

"그것들이 나한테 계획적으로 접근했건 어쨌건 간에 국가를 위한 일이야."

유상규가 말을 이었다.

"어쩐지 나한테 적극적으로 너하고의 사업을 부탁하는 것이 자연스럽지가 않았어. 그런 배경이 있었기 때문이군."

"저는 보호세만 받는다고 하지만 같이 투자할 겁니다."

"이젠 네가 알아서 해야지."

"그리고 전 독자적으로 다른 사업도 할 작정입니다."

"무슨 사업 말이냐?"

"대양상사에서 법인장까지 지냈으니까 이젠 내 사업도 해 보고 싶어요."

"네가 입사한 지 4년인가?"

"예, 초고속 승진을 했죠. 운이 좋았어요, 삼촌."

"운이라니?"

눈을 크게 떴던 유상규가 머리를 저었다.

"네 잠재된 능력이 분출된 것이지. 굳이 말하면 운은 20퍼센트, 네 적극성과 능력이 80이었다."

"지금 KCIA와 CIA가 밀어주는 상황이라 사업 시작하기에 좋을 것 같아요."

"내 생각도 그렇다."

유상규가 상반신을 앞쪽으로 기울였다.

"나도 투자를 할 생각이 있으니까 언제든지 이야기해라."

"저 혼자 할 겁니다."

"어이구, 그럴 줄 알았어."

쓴웃음을 지은 유상규가 의자에 등을 붙였다.

"내가 지분 달라고 안 할 테니까 자금 모자라면 말해. 이자 조금만 받고 빌려줄 테니까."

"고맙습니다, 삼촌."

"내가 이만큼 기반을 굳힌 것도 네 덕이 많아. 너한테 신세를 갚아야지."

그러고는 유상규가 손목시계를 보면서 자리에서 일어섰다.

"그럼 다시 연락하자."

유상규가 커피숍을 나가자 김태우는 핸드폰을 집어 들고 버튼을 눌렀다. 곧 신호음이 두 번 울리고 나서 박윤주가 응답했으므로 김태우가 말했다.

"사업 이야기를 하자. 오늘 오후 7시에 인사동에서 만나."

"마음이 변한 거야?"

박윤주의 목소리에 웃음기가 섞여졌다.

"예상보다 빨리 변했네."

"그럼 좀 늦출까?"

"아니, 됐어."

"오늘밤은 나한테 줄 준비가 됐지?"

"네 마음대로는 안 돼."

박윤주가 차가운 목소리로 말을 이었다.

"그럼 7시에 인사동 순천집에서 봐. 내가 방 예약해 놓을 테니까."

박윤주가 먼저 전화를 끊었다. 오선옥의 대리인으로 간다고 하지만 박윤주는 절반이 국정원 요원이라고 보면 될 것이다. 그날 오후 7시에 김태우는 순천집의 방 안에서 박윤주와 마주앉아 있다. 주문을 마치고 둘이 되었을 때 김태우가 물었다.

"투자금은 얼마나 준비했어?"

"5백만 불."

박윤주가 바로 말했다.

"하지만 상황을 봐서 더 늘릴 수도 있어. 오 언니는 능력 있는 여자야."

"국정원 자금도 지원받나?"

"국정원이 미쳤어? 이것저것 편의만 봐줄 뿐이야."

"넌 국정원 연락 임무를 맡고 있잖아?"

"그렇다고 매인 몸은 아냐. 난 돈 벌려고 그곳에 가는 거라고."

"넌 이익금의 얼마를 먹는데?"

"20퍼센트."

"나는?"

"넌 30. 그리고 오 언니가 50퍼센트야."

50퍼센트인 줄 알았더니 줄어들었다. 10시가 되었을 때 식탁 위에는 소주 5병이 놓여 있다. 둘이 5병을 나눠 마신 것이다. 사업 이야기도 다 마쳤고 출발 일정만 조정하면 된다. 김태우가 술잔을 내려놓고 박윤주를 보았다. 박윤주도 소주를 두 병쯤 마신 터라 얼굴이 술기운으로 붉어져 있다.

"너, 남자 있냐?"

"당연히 있지."

바로 박윤주가 말했으므로 김태우가 혀를 찼다.

"없으면 큰일이라도 나는 모양이군."

"정상적이란 말이야."

"그래서 나하고 자지 못하겠다, 그 말이냐?"

"유치하게."

"너도 알다시피 난 2년제 공업전문대 출신이야. 유치한 게 당연하다."

김태우가 번들거리는 눈으로 박윤주를 보았다.

"뭐 싫다는데 억지로 다리 벌리기는 싫다, 나도."

김태우가 자리에서 일어섰다. 그젯밤 분위기와는 달라져 있었지만 따질 기분도 아니다. 서연주한테 데었기 때문일 것이다. 방에서 나와 계산을 마친 김태우가 골목길로 나왔을 때 박윤주가 옆으로 다가와 섰다.

"갈 거야?"

"응."

"그럼 저기로 가."

박윤주가 눈으로 앞쪽 어둠 속에 떠 있는 빌딩을 가리켰다. 호텔이다. 쓴웃음을 지은 김태우가 발을 떼었다.

"집에 간다고 했어."

박윤주가 입을 다물었고 김태우는 말을 이었다.

"다음에 보자."

"오늘 같이 자도 된다니까."

"생각 없어."

"왜? 남자 있다고 해서 걸려?"

골목 밖으로 나온 김태우가 지나는 택시를 세우고는 박윤주에게 말했다.

"타고 가."

"같이 가."

눈을 치켜떴던 김태우가 택시에 오르자 박윤주가 따라 탔다. 그러고는 운전사에게 말했다.

"논현동 웨스턴호텔로 가 주세요."

택시가 출발하자 김태우가 박윤주를 보았다.

"거기가 네 숙소냐?"

"지하 1층에 룸살롱이 있어."

"거기서 마시자고?"

"그곳이 내가 대표로 있는 곳이야."

김태우의 시선을 받은 박윤주가 말을 이었다.

"오 언니가 투자한 곳이고."

"……."

"애들이 특급이지. 텐프로 업소야. 거기 애들을 라고스로 데려갈 테니까 한번 봐."

"……."

"가기 전에 한번 보여주려고 했는데 오늘 보는 게 좋겠네."

"……."

"거기서 한잔 마시고 가."

"……."

"마음에 드는 애 데리고 나가도 돼."

"이제 좀 대화가 되는군."

의자에 등을 붙인 김태우가 말했다.

"계속 어긋나기만 하더니 이제 톱니가 딱 맞았어."

택시가 호텔 현관에 도착했을 때는 30분쯤 후다. 박윤주의 연락을
받은 지배인이 기다리고 있다가 택시 문을 열어주었다. 지하 룸살롱은
현관 안쪽의 계단을 내려가면 되었다. 붉은색 양탄자가 깔린 계단을 내
려가니 곧 마담이 그들을 맞았다.

"어서 오세요."

마담은 박윤주 못지않은 미인이다. 룸사롱 '에덴'은 방이 8개, 아가
씨 30명을 보유한 특급으로 예약 손님만을 받는다고 했다. 방음 장치가
잘 되었기 때문인지 소음도 거의 들리지 않는다. 안쪽 방으로 안내된
김태우에게 박윤주가 말했다.

"난 조금 있다가 올 테니까 아가씨들 체크해 봐."

"넌 안 와도 돼."

김태우가 정색하고 말했더니 박윤주는 잠자코 몸을 돌렸다. 혼자 남
은 김태우가 방 안을 둘러보았다. 방 안 분위기는 화려하지도 않고 그
렇다고 무거운 분위기도 아니다. 지금까지 김태우가 겪은 룸살롱 중 최
고급 분위기다. 그때 문이 열리더니 마담이 아가씨 둘을 데리고 들어섰
다. 둘 다 저절로 숨이 들이켜질 만큼 미인이다. 둘은 웃음 띤 얼굴로 들
어오더니 김태우의 좌우에 앉았는데 움직임이 자연스럽다. 과연 특급

이다.

"전 강유라예요."

오른쪽 아가씨가 자신을 소개했다. 긴 머리, 자주색 원피스, 혼혈 미인인 줄로 착각할 만큼 서구적 용모, 모델이나 탤런트라고 해도 믿을 만한 몸매의 미인. 김태우의 시선을 받은 아가씨가 말을 이었다.

"스물셋이고요, 한국대 영문과 나왔습니다. 모델 일을 좀 하다가 여기 나온 지 반년 되었어요."

사근사근한 목소리, 비음이 조금 섞여서 목소리만 들어도 자극이 온다. 그때 왼쪽 아가씨가 말했다.

"전 한영아, 스물넷이고요. 이 생활 1년째 되어가요. 전문대 의상학과 나왔고요, 전에는 여행사 가이드였습니다."

한영아는 짧게 커트한 머리, 젖가슴과 엉덩이가 크지만 탄력 있는 몸매다. 서글서글한 눈, 얼굴을 보면 빨려 들어가는 느낌이 든다. 김태우가 술잔을 들고 한 모금에 위스키를 삼켰다. 인사동에서 마신 소주는 이미 다 깼었다. 술잔을 내려놓은 김태우가 양팔을 벌려 둘의 어깨를 감싸 안았다.

"너희들, 내가 누구라고 하더냐?"

"사장님 친구라고 하셨어요."

한영아가 말했고 강유라가 거들었다.

"잘 모시라고 했어요."

"어떻게?"

"원하시는 대로요."

강유라가 비음 섞인 목소리로 대답했다.

"2차라도 나간다는 말이지?"

108

"네."

"둘 다?"

그러자 한영아가 이를 드러내고 웃었다.

"하나에 집중하시는 것이 낫지 않으세요?"

"사람이 다 똑같냐? 짐승 같은 놈도 있는 거다."

"그렇군요."

둘이 시선을 맞추더니 웃었다. 그때 한영아가 물었다.

"혹시 사장님 사업 파트너 아니세요? 나이지리아에 계신다는……."

"맞아."

"어머머."

놀란 둘의 얼굴이 환해졌다.

"우리도 거기 가기로 했어요."

강유라가 김태우에게 바짝 몸을 붙였다.

"가서 1년만 돈 벌고 오겠어요."

"목표가 얼만데?"

"그건 가 봐야죠."

"사장님."

한영아가 김태우의 팔을 당겨 제 허벅지 위에 놓았다.

"오늘밤 저희들 데리고 가요."

"어디로?"

"멀리 가실 것 없죠. 위층이 호텔인데."

"얼마 줘야 돼?"

"두당 2백만 원."

"좋아. 방 잡으라고 해."

김태우가 손목시계를 보면서 말했다.

"박 사장 불러. 계산할 테니까."

그러자 둘이 자리에서 일어서더니 방을 나갔다. 김태우가 소파에 등을 붙이고는 심호흡을 했다. 처음부터 둘을 데리고 나갈 생각은 없었던 것이다. 한영아가 데리고 나가라고 해서 그냥 그러자고 했을 뿐이다. 오늘은 집에 들어가기는 늦었으니 호텔에서 자고 갈 것이다. 그때 방문이 열리더니 박윤주가 들어섰다.

"둘 데리고 나갈 거야?"

"걔들이 나가자는데."

김태우가 웃음 띤 얼굴로 박윤주를 보았다.

"애들이 순수해."

머리를 끄덕인 박윤주가 키를 내밀었다.

"먼저 방에 들어가 있어."

키를 받은 김태우가 자리에서 일어섰다.

"술값 얼마야?"

"쓸데없는 소리 말고 그냥 나가."

"애들 2차 값 2백씩이라는데, 직접 주는 거야?"

"그럼 내가 받아? 내가 포주냐?"

박윤주가 눈을 흘겼으므로 입맛을 다신 김태우는 방을 나왔다. 복도 끝 쪽 엘리베이터를 타고 18층에서 내린 김태우는 붉은 카펫이 깔린 복도에 서서 방 번호를 확인했다. 이곳은 스위트룸이다. 1802호실은 복도 맨 끝 쪽이었으므로 김태우는 다가가 문을 열었다. 안으로 들어선 김태우가 숨을 들이켰다. 응접실 소파에 오선옥이 앉아 있었던 것이다. 김태우와 시선이 마주치자 오선옥이 얼굴을 펴고 웃었다.

"왜요? 실망했어?"

"아니, 천만에요."

대답은 했지만 김태우가 선 채로 심호흡을 했다. 이 방이 오선옥의 방인 것 같다. 그때 자리에서 일어선 오선옥이 앞쪽 소파를 가리켰다.

"앉아요. 내가 두 사람 몫 해 줄게."

김태우가 소파로 다가가 앉았을 때 오선옥이 웃음 띤 얼굴로 물었다.

"자꾸 어긋나기만 하죠?"

"그러네요."

"술 한 잔 더 하실까?"

"됐습니다."

김태우가 소파에 등을 붙이고는 지그시 오선옥을 보았다.

"박윤주하고 사업 이야기 끝냈습니다."

"들었어요."

"그런데 시작하기도 전에 자꾸 비틀고 골탕을 먹이는 것을 보니까 예감이 안 좋네요."

"그건 김 사장님도 책임이 있죠."

은근한 웃음을 띠면서 오선옥이 말을 이었다.

"행동에 진실성이 보이지 않았기 때문이죠."

김태우가 숨을 들이켰다. 처음 듣는 말이었기 때문이다. 여자한테서 처음 듣는 질책이기도 했다. 그러나 그 말이 김태우의 가슴에 박히듯이 파고들었다. 진실이었기 때문이다. 오선옥의 말이 맞는 것이다. 진실된 이야기는 짧고 거짓말은 길다. 그러나 짧은 진실의 파괴력은 긴 거짓말 보다 수십 배나 더 큰 것이다. 그때 오선옥이 말을 이었다.

"하지만 기회는 많아요, 김 사장님."

김태우가 머리를 끄덕였다.

"알겠습니다."

"화나셨어요?"

"감동했어요."

"감동하셨다고요?"

정색한 오선옥을 향해 김태우도 눈을 크게 뜨고 대답했다.

"그리고 안하무인적인 제 행동도 사과합니다."

"아휴."

오선옥이 낭패한 표정을 짓고 무릎 위의 두 손을 움켜쥐었다.

"그럴 의도는 아니었는데."

"난 지금까지 누구를 사랑하거나 진심으로 좋아한 경험이 없었던 것 같습니다."

얼굴을 굳힌 김태우가 말을 이었다.

"서로 이용하는 관계로 여자를 만났기 때문이지요."

"……."

"그래서 서로 즐기자는 의식이 깔려 있었고."

"……."

"여자를 만족시킬 수 있다는 자신감만 차 있었죠."

김태우가 번들거리는 눈으로 오선옥을 보았다.

"주고받는다는 선입견 말입니다."

쓴웃음을 지은 김태우가 머리를 저었다.

"진심을 가진 상대에겐 내 행동이 모욕이 되겠지요. 저는 그것을 무시했습니다."

"됐어요, 김 사장님."

오선옥이 똑바로 김태우를 보았다.

"이젠 제가 감동했습니다."

"천만에요."

김태우가 자리에서 일어났다.

"난 돌아가겠습니다."

"김 사장님."

따라 일어선 오선옥이 울상을 지었다.

"그냥 일어나시면 어떻게 해요?"

"난 아까 그 아가씨들하고 뒹굴 생각도 없었어요."

쓴웃음을 지은 김태우가 발을 떼면서 말을 이었다.

"박윤주한테 허세를 부렸을 뿐입니다."

그때 오선옥이 김태우의 소매를 잡았다.

"난 김 사장님을 받아들일 준비를 하고 있었는데, 어쩌죠?"

"다음에."

소매를 흔들어 오선옥의 손을 떼어낸 김태우가 웃었다.

"오늘은 누님의 충고를 가슴에 깊게 새기는 의미에서 절제하겠습니다."

"말도 잘해."

오선옥이 이제는 김태우의 허리를 두 팔로 감아 안았다. 그러고는 몸을 딱 붙였으므로 젖가슴의 뭉클한 촉감이 가슴에 닿았고 아랫배가 하체에 빈틈없이 붙여졌다. 짙은 향내가 체취에 섞여 맡아지는 순간에 김태우는 숨이 막히는 느낌을 받았다. 촉감과 후각, 시각까지 한꺼번에, 그것도 동시에 덮쳐온 것이다. 그때 오선옥의 검은 눈동자가 김태우를 올려다보았다.

"날 누님이라고 부른 순간 그곳에 전류가 흐르는 것 같았어."

"누님."

정색한 김태우가 다시 부르자 오선옥이 이를 드러내고 웃었다.

"이젠 나도 진심으로 열이 올랐어."

"누님."

"장난 그만 하고."

오선옥이 허리를 감은 팔에 힘을 주면서 하반신을 문질렀다. 그 순간 김태우의 남성이 순식간에 시멘트 기둥처럼 일어섰으므로 오선옥이 숨을 들이켰다.

"아이구, 깜짝이야."

"누님."

"난 자기가 주먹으로 내지른 줄 알았어."

오선옥이 다시 하반신을 문지르며 말했다.

"자기야, 가지 마. 이젠 내가 원해."

김태우는 마침내 오선옥의 허리를 감아 안았다. 오늘 또 한 가지 배웠다. 진심으로 부딪쳐야 한다는 것.

"아니, 오늘은 이만."

쇠기둥처럼 솟아오른 남성을 오선옥의 허벅지 사이로 문지르면서 김태우가 웃었다. 오선옥의 두 눈이 열기로 번들거리고 있었기 때문이다. 성욕이다. 이제 온몸이 뜨거워졌고 골짜기는 젖어가고 있을 것이다.

"다음에, 누님."

"자기야, 화났어?"

오선옥이 가쁜 숨을 뱉으며 다시 하반신을 문질렀다.

"그러지 마. 나 지금 젖었어."

"그래도 다음에."

"싫어."

이제는 김태우도 여자가 한번 달아오르면 식는 것이 남자보다 더 어렵다는 것을 안다. 그때 갑자기 오선옥이 무릎을 꿇고 앉더니 김태우의 바지 혁대를 풀었다. 그러고는 손을 뻗어 팬티까지 한꺼번에 끌어내렸다.

"누님, 뭐 하는 거야?"

놀란 김태우가 소리쳤지만 이미 늦었다. 오선옥이 두 손으로 김태우의 남성을 움켜쥐고 있었기 때문이다. 그 순간 김태우가 입을 벌렸다. 남성이 오선옥의 입안으로 들어간 것이다.

"으음."

김태우의 입에서 저절로 신음이 뱉어졌다. 남성이 골짜기에 들어간 것보다 더 강한 자극이다. 입을 딱 벌려 목구멍 안까지 남성을 넣은 오선옥이 혀로 압박을 했다. 익숙한 솜씨다. 무릎을 꿇고 앉은 오선옥이 천천히 머리를 흔들면서 남성을 삼켰다가 뺐다. 지금 둘은 문 앞에 서 있는 상황이다. 김태우가 문에 등을 붙이고 있는 것이다.

"누님, 정말 이래야겠어?"

김태우가 다시 묻자 오선옥이 머리를 들었다. 남성을 입에 가득 물고 있는 오선옥의 상기된 얼굴을 보다 김태우가 마침내 폭발했다. 절제를 풀어 던진 것이다. 그 순간 김태우가 오선옥을 밀어 방바닥에 넘어뜨렸다. 양탄자 위에 뒹굴듯이 넘겨졌지만 오선옥은 기다리고 있었다는 듯이 두 팔을 벌렸다. 김태우는 거칠게 오선옥의 원피스를 걷어 올렸다. 선홍빛 팬티가 드러났고 희고 풍만한 허벅지를 본 순간 김태우는 숨이 막히는 느낌이 들었다. 김태우가 팬티를 와락 잡아당기자 얇은 팬티가 찢어지면서 벗겨졌다. 김태우는 눈을 부릅떴다. 오선옥의 검붉은 골짜기가 드러난 것이다. 일부러 두 다리를 벌린 채였으므로 안쪽까지 선명하게 드러났다. 검은 숲에 싸인 은밀한 동굴이 눈앞에 활짝 펼쳐져 있다. 그때 오선옥이 김태우의 어깨를 두 손으로 움켜쥐었다.

"해."

단 한마디 말이었지만 기를 쓰듯이 외쳤고 오선옥의 눈동자는 이미 흐려져 있다. 붉게 상기된 얼굴, 반쯤 벌어진 입에서는 거친 숨소리가 신음처럼 뱉어지고 있다. 그때 오선옥이 허리를 올리면서 재촉했다.

"어서. 나, 죽겠어!"

그 순간 김태우가 남성을 골짜기 위에 붙이면서 자세를 잡자 오선옥이 엉덩이를 감싸 쥐었다. 잠깐 숨을 멈춘 것이 기다리고 있는 것이다. 치켜뜬 눈, 딱 벌린 입. 김태우는 몸을 던지듯이 오선옥의 동굴 안으로 뛰어들었다.

"아이구, 엄마."

커다란 비명이 오선옥의 입에서 터졌다. 방 안이 울리는 비명이다. 동굴로 진입한 순간 김태우의 입도 딱 벌어졌다. 동굴은 좁다. 그러나 김태우의 남성이 진입한 순간 빨아들이듯이 받아들였다. 뜨겁고 탄력이 강한 동굴이다. 이미 동굴은 애액으로 가득 차 있었으므로 김태우는 온몸에 전류가 지나는 것 같은 쾌감을 받는다. 어금니를 문 김태우가 천천히 남성을 끌어올렸다.

"아아아."

온몸을 빈틈없이 밀착시키면서 오선옥이 다시 쾌락의 함성을 내뱉는다. 김태우는 이제 기계가 되었다. 상대방을 만족시키기 위해서는 희생이 필요하다. 같이 즐긴다는 자세로는 절대로 상대방을 만족시키지 못하는 것이다. 섹스의 진정한 쾌락은 상대방의 만족도와 비례하는 것이다. 그 몇 초를 위하여 온갖 노력을 다 하는 것이 남성이다. 그러나 상대방을 만족시키기 위해서 자신의 쾌락을 참고, 잊고, 기다리는 자에게는 배설의 쾌락보다 몇백 배의 보상이 온다. 그것은 상대방으로부터 받는 '믿음과 감사'인 것이다.

"아이구, 엄마."

오선옥의 신음이 점점 더 높아지고 있다. 이미 오선옥의 몸은 땀으로 젖었고 몸이 부딪칠 때마다 물 때리는 소리가 난다. 어느덧 김태우는 오선옥의 원피스를, 그리고 나서 브래지어까지 벗겨 던졌고 자신도 알몸이 되었다. 오선옥이 절정에 오르기 시작하더니 기다릴 사이도 없이 터졌으므로 김태우는 잠시 기다려야 했다. 오선옥은 무섭게 흥분해 있는 것이다. 정상위로만 움직이다가 터졌기 때문에 김태우가 늘어진 오선옥 귀에 입술을 붙이고 말했다.

"누나, 내가 다시 일으켜 줄게."

그러고는 다시 천천히 몸을 움직였더니 오선옥이 다시 살아났다. 김태우는 이제 오선옥의 몸을 돌려 후배위로 시작했다. 땀에 젖은 온몸이 번들거린다.

14장 새 사업

　파리행 한국 항공 비즈니스 좌석에 김태우가 앉아 있다 비행기는 지금 3만 피트 고공을 그냥 떠 있는 것처럼 날고 있는 중이다. 오후 11시 반, 김태우는 좌석을 뒤로 눕히고는 눈을 감았다. 이륙한 지 4시간째. 저녁 식사도 끝나고 기내등도 꺼져서 대부분의 승객은 잠이 들었다. 바쁘게 오가던 승무원도 보이지 않는다. 통로 건너편의 위쪽에 오선옥과 박윤주가 나란히 앉았는데 둘도 자는 것 같다. 같이 라고스로 가는 것이다. 라고스는 파리를 거쳐 비행기를 바꿔 타고 내려가야 한다. 깜박 잠이 들었던 김태우는 옆자리의 인기척에 눈을 떴다. 옆쪽 자리는 비어 있었기 때문이다. 머리를 돌린 김태우는 이쪽을 바라보고 있는 이경미를 보았다. 시선이 마주치자 이경미가 소리 없이 웃었다.

　"바쁘셔서 돌아가는 비행기 안에서야 만나는군."

　"좌석이 어디야?"

　김태우가 낮게 묻자 이경미가 뒤쪽을 가리켰다.

　"나도 비즈니스야. 세 칸 뒤쪽."

이경미의 시선이 앞쪽 오선옥을 스치고 지났다.

"저 여자들은 서울에서 두 번 만나 교육시켰어. 내가 저 여자들을 관리해야 되거든."

"박윤주가 현지에 남을 거야."

"알아. 오선옥이 당분간 라고스에 머물다가 갈 거야."

주위는 어둠에 덮였고 비행기의 엔진 음만 귀를 울리고 있다. 이경미가 상체를 이쪽으로 기울이더니 낮게 물었다.

"오선옥하고 잤지?"

"응."

"아유, 넌 왜 그러니?"

이경미가 눈을 흘기더니 손을 뻗어 김태우의 남성을 쥐었다.

"아유, 이것 좀 봐."

남성을 움켜쥔 이경미가 탄성을 뱉었다.

"벌써 섰네."

"여기서 한번 할까?"

"미쳤니?"

얼른 손을 뗀 이경미가 정색하고 김태우를 보았다.

"CIA가 오선옥을 통해 우리한테 접근해 온 거야. 모두 너하고 줄을 대려는 것이지. 우리는 어쩔 수 없이 CIA 제의를 받아들였지만 핵심은 너야. 우리라고."

이경미가 목소리를 낮춰 말을 이었다.

"앞으로 보코하람에 대한 정보나 연락은 CIA가 박윤주를 통해 너하고 접촉하게 될 거야."

"CIA 연락원은 누구야?"

"아마 라고스에 있겠지."

이경미의 얼굴에 웃음이 떠올랐다.

"네가 핵이야. 모두 너를 중심으로 움직인다고."

"저 여자들은 날 동업자 식으로 끌어들였지만 이곳까지 와서 룸살롱을 할 생각은 없어."

김태우가 손을 뻗어 이경미의 치마 속을 더듬었다. 눈을 흘긴 이경미가 담요를 꺼내더니 하반신을 덮었다. 그러자 김태우의 손이 보이지 않게 되었다.

"팬티 벗어 봐."

김태우가 말하자 이경미가 담요 밑에서 꾸물거리더니 곧 팬티를 끌어내렸다.

"살살 만져."

비즈니즈 좌석이 컸으므로 몸을 이쪽으로 딱 붙인 이경미가 가쁜 숨을 뱉으며 말했다. 옆 좌석과 앞뒤 좌석도 빈 터라 눈치를 볼 필요는 없다. 비즈니스 석은 거의 비어 있었기 때문이다. 김태우가 이경미의 동굴에 손가락을 넣고 애무하기 시작했다. 이경미의 동굴은 이미 잔뜩 젖어서 애액이 흘러나오는 중이다.

"벌써 넘치고 있군."

김태우가 투정하듯 말하자 이경미는 몸을 비틀었다.

"네 옆에 왔을 때부터 젖기 시작했어."

"누나는 좀 물이 많은 편이야."

"넌 그게 좋다고 했잖아?"

"아, 물론이지."

"의자 다 젖겠네."

다리를 꼬던 이경미가 가쁜 숨을 뱉으며 말했다.

"나, 죽겠어."

"참아."

"여기서 잠깐만 안 될까?"

"어떻게 잠깐 동안 하란 말이야?"

"나, 미치겠어."

엉덩이를 치켜 올렸다가 내린 이경미가 담요를 머리 위까지 끌어올렸다가 내렸다. 그러고는 눈을 치켜뜨고 김태우를 보았다.

"아무도 없지 않아, 응?"

"미쳤어?"

"잠깐만, 잠깐만 넣으면 나 터질 거야."

"파리에서 비행기 바꿔 탈 동안 세 시간 있으니까 그때."

"그때까지 어떻게 참아?"

이미 이경미의 의자는 흥건하게 젖어 있는 상태다. 손을 뺀 김태우가 담요로 이경미의 몸 위를 덮어주면서 말했다.

"한숨 자."

"나쁜 놈."

"파리에서 만나."

"저는 실컷 즐겨 놓고. 난 그동안 굶었어."

눈을 흘긴 이경미가 부스럭거리더니 자리에서 일어났다. 그러고는 어둠 속으로 소리 없이 사라졌다. 김태우는 다시 자리에 누워 눈을 감았다. 이경미가 남기고 간 여운이 온몸에 덮여 있었지만 나쁘지 않다.

파리를 거쳐 라고스에 도착했을 때는 오후 2시경이다. 공항에는 빅토리아가 리무진을 끌고 왔으므로 김태우가 오선옥, 박윤주, 이경미까지 다 태우고 시내로 들어왔다. 빅토리아 아일랜드는 유럽 어느 대도시 못지않게 화려하고 세련된 구역이다. 쉐라톤호텔까지 가는 동안 오선옥과 박윤주는 벌린 입을 다물지 못했다.

"그럼 나도 여기서 내리겠어요. 두 분하고 할 이야기도 있고."

이경미가 쉐라톤에서 함께 내리면서 말했다. 오선옥은 라고스에 한 달간 머물 예정이었고 박윤주는 아파트를 구해야만 한다. 셋을 내려주고 회사로 갈 때 빅토리아가 말했다.

"사장님, 광산 관리자 몬타바한테서 연락이 왔습니다."

김태우의 시선을 받은 빅토리아가 말을 이었다.

"사장님이 광산에 오실 것이냐고 묻는데요."

"무슨 일 있는 거야?"

"지금도 보코하람과 정부군이 광산을 공동 관리하고 있거든요."

3년 가깝게 방치해 놓았던 광산이다. 관리자와 근로자 1백여 명은 뿔뿔이 흩어졌다가 작년에 금맥에서 금이 나오자 다시 모였는데 정부군과 보코하람이 절반씩 나눠먹는 구조가 되었다. 관리자 몬타바는 그들과 협상을 한 후에 근로자 임금을 정했지만 1년 동안 받은 적이 거의 없다고 했다. 정부군과 보코하람의 감시하에 도망치지도 못하고 짐승 같은 대우를 받는다는 것이다. 몬타바는 김태우가 무스타파의 신임을 얻는 것을 알자 금광을 되찾고 대우를 개선해 주기를 바라는 것이다. 사무실로 들어선 김태우는 직원들의 열렬한 환영을 받았다. 한국에서 사온 선물을 나눠주자 함성이 일어났다. 한국산 시계와 옷, 가전제품은 이제 세계 최상급 제품이다. 선물을 나눠주고 방으로 들어온 김태우가 전화기를 들었다. 버튼을 누르자 곧 응답 소리가 울렸다.

"예, 김 형."

이준혁이 반갑게 전화를 받았다.

"지금 도착하신 거요?"

"예, 사무실입니다."

오후 4시 반이 되어가고 있다. 서울에서 2주일간 머물렀지만 원유는 차질 없이 공급되었고 보코하람분 원유 대금도 모두 지급되었다.

"별일 없지요?"

김태우가 묻자 이준혁이 웃음 띤 목소리로 대답했다.

"오늘 저녁에 볼까요?"

"그러지요."

"그럼 럭키호텔 로비에서 6시에 만납시다."

럭키호텔은 사무실에서 5백 미터 거리다.

"알겠습니다. 그때 뵙지요."

전화기를 귀에서 뗐을 때 방문이 열리더니 아이렌이 들어섰다. 손에 커피가 담긴 쟁반을 들고 있었는데 시선이 마주치자 눈웃음을 쳤다. 그 순간 김태우의 심장 박동이 빨라졌다. 자주색 원피스 차림의 아이렌은 교태가 넘쳐흘렀다. 흑갈색 비단처럼 매끄러운 피부, 조각처럼 단정한 얼굴, 검은 머리는 단정하게 뒤에서 묶어 올렸고 엉덩이와 가슴의 볼륨이 터질 것처럼 부풀었다. 아이렌이 커피 잔을 탁자에 내려놓았을 때 김태우가 손을 뻗어 원피스 밑으로 집어넣었다. 놀란 아이렌이 허리를 폈지만 몸을 피하지는 않는다. 김태우의 손이 아이렌의 팬티를 내리고는 숲을 아래쪽에서 밑으로 움켜쥐었다. 그때 아이렌이 몸을 비틀더니 다리를 벌렸다. 손이 더 자연스럽게 펼쳐지도록 한 것이다.

"아이렌, 이놈을 누구한테 보여주지 않았지?"

김태우가 골짜기에 손가락을 넣으면서 묻자 아이렌이 몸을 비틀며 눈을 흘겼다. 그러나 입을 열지는 않는다. 김태우가 손가락을 아이렌의 동굴 안에다 넣었다.

"아, 잠깐만요."

아이렌이 몸을 비틀면서 말했다.

"문을 잠글까요?"

근무 시간, 바깥 사무실에는 직원이 다 모여 있는 것이다. 그런데 문을 잠그다니. 숨을 들이켠 김태우가 아이렌의 몸에서 손을 뗴었다.

"나중에, 아이렌."

"보고 싶었어요."

"나도 그랬어, 아이렌."

아이렌이 상기된 얼굴로 김태우를 내려다보았다. 두 눈이 반짝였고 반쯤 벌린 입은 육감적이다. 아이렌과는 지난번 아이렌의 집에서 한 번 했을 뿐이다.

"아이렌, 나중에."

정색한 김태우가 말하자 아이렌이 몸을 세웠다.

"오늘 숙소로 오실 거죠?"

"그래야지."

김태우가 머리를 끄덕였다. 아이렌은 지금도 숙소 당번이다. 숙소에서 묵고 있는 것이다. 그때 아이렌이 속삭이듯 말했다.

"저, 모두 제가 당신 애인인 거 알아요."

"집에 같이 있으니까 당연하지."

"그러니까 부담 갖지 마세요."

그렇다고 근무시간에 그럴 수는 없다. 쓴웃음을 지은 김태우가 커피 잔을 들고 말했다.

"알았어, 아이렌. 내가 곧 나가야 돼. 그래서 그래."

"어디로요?"

"럭키호텔. 차 준비해 놓으라고 해."

오늘 이준혁과 만나면 늦게 들어올지도 모른다. 아이렌이 몸을 돌려 방을 나갔다.

"잘 다녀오셨습니까?"

이준혁이 웃음 띤 얼굴로 물었다. 얼굴에 반가운 기색이 역력했다. 럭키호텔의 로비 안, 이준혁이 먼저 와서 기다리고 있다. 종업원에게 차를 시키고 나서 이준혁이 말했다.

"무스타파가 안부 전하라고 했습니다."

"내가 무스타파에게 선물을 가져왔는데 전해 주실 수 있지요?"

김태우가 묻자 이준혁이 빙긋 웃었다.

"아, 그럼요."

"화장품을 가져왔습니다. 한국산 화장품."

"화장품요?"

이준혁이 눈을 크게 떴다. 의외인 모양이다. 김태우의 얼굴에도 웃음이 떠올랐다.

"여자용입니다. 5박스를 가져왔는데 지금 프런트에 맡겨 놓았어요."

"알겠습니다. 전해 드리지요."

머리를 끄덕인 이준혁이 지그시 김태우를 보았다.

"세심하게 신경을 쓰셨군요."

국정원에서 신경을 써 준 것이다. 무스타파는 와이프가 3명 있다고 했다. 국정원은 이 정보를 CIA에서 받았을 것이다. 그때 정색한 이준혁이 물었다.

"김 형이 이번에 데려온 여자들, 한국 국정원, CIA하고 관계가 있지요?"

숨을 들이켠 김태우가 이준혁의 시선을 받았다. 그러고는 대답을 결정했다. 이것은 운동에서 단련된 반사 능력이다.

"예, 맞습니다."

"우리한테 바로 연락이 되어서요."

이준혁이 말을 이었다.

"그들이 라고스에서 사업을 하겠지요?"

"예, 그럴 예정입니다."

"정보 창구로 이용하려는 것이군요. 무스타파 측도 예상하고 있습니다."

"……."

"그건 그렇고."

커피 잔을 든 이준혁이 김태우를 보았다.

"김 형, 이건 나하고 김 형과의 이야기입니다."

정색한 이준혁이 말을 이었다.

"사업 이야기인데요."

"식당입니까?"

"아닙니다."

쓴웃음을 지은 이준혁이 김태우를 보았다.

"우리, 무역을 합시다."

"무슨 무역 말입니까?"

"군수품 거래."

이준혁이 말을 이었다.

"라고스가 서아프리카의 중심이죠. 라고스항 창고는 로얄더치셸 관할이라 가장 안전합니다."

"……."

"라고스 창고에 물건을 쌓아 놓고 사업을 하는 겁니다. 수요는 얼마든지 있어요."

"무기 거래군요."

김태우가 말하자 이준혁이 어깨를 부풀렸다가 내렸다.

"용병 사업도 함께."

"……."

"이건 보코하람뿐만 아니라 CIA도 묵인해 줄 겁니다."

"어떻게 말입니까?"

"예를 들어서……."

이준혁이 커피 잔을 들고 식은 커피를 한 모금 삼키더니 말을 이었다.

"시에라리온에 지금 다시 내전이 일어나고 있지 않습니까?"

그렇다. 프리타운은 이미 전쟁터가 되었고 수천 명이 학살당했다. 정부군, 반군이 혼전 상태였는데 종족 분쟁이다. 정부군과 반군은 하루 사이에도 몇 번이나 전세를 뒤집었고 국제 사회의 중재도 받아들이지 않았다. 수시로 지휘관이 죽거나 바뀌어서 실권자가 없었기 때문이기도 했다. 이준혁이 말을 이었다.

"그곳에 용병단을 보내는 거요. 물론 그 대가를 받아야지."

"……."

"거긴 다이아몬드 광산이 있어요. 알고 계시지요?"

"들었습니다."

"반군이건 정부군이건 다이아몬드로 무기를 사고 식량을 삽니다. 아마 CIA도 우리가 용병으로 개입하는 것에 반대하지는 않을 겁니다."

이준혁이 상반신을 기울이고 김태우를 보았다.

"김 형이 CIA하고 절충해 보시지요."

"어떻게 말입니까?"

"정부군이건 반군이건, 또는 새로운 집단이건 우리가 지원하면 정권을 잡는다고 말입니다. 그때 우리한테 이권을 달라는 것이지요."

"우리라면 누굽니까?"

"그야, 김 형하고 우리지요."

이준혁의 얼굴에 웃음이 떠올랐다.

"이건 김 형의 용병 회사에서 계약을 해야 될 테니까요."

머리를 끄덕인 이경미가 핸드폰을 들더니 버튼을 눌렀다. 오후 9시, 지금 김태우는 이경미의 집에 들어와 있다. 이준혁과 만나고 나서 이곳으로 온 것이다. 조용한 집 안에 이경미의 버튼 누르는 소음이 울렸다. 김태우는 자리에서 일어나 창가로 다가가 섰다. 자리를 피해 주려는 것이다. 이준혁한테서 들은 제의 내용을 말해 주었고 지금 이경미는 한국 본사에 보고를 하는 것이다. 벽 쪽의 선반으로 다가간 김태우가 위스키 병을 집어 들었다. 마개를 따고 두 모금을 삼켰을 때 이경미가 보고하기 시작했다. 이경미는 헐렁한 원피스 차림이었는데 머리를 뒤로 묶었고 맨다리가 드러났다. 방금 씻어서 팔다리에 물기가 가시지 않았다. 김태우가 온다는 연락을 받고 씻은 것이다. 이제 이경미는 보고를 마치고 듣기만 했으므로 다시 두 모금을 삼킨 김태우가 옆으로 다가가 앉았다. 그러고는 이경미의 원피스를 걷어 올렸다. 그 순간 김태우가 숨을 들이켰다. 이경미는 원피스 밑에 아무것도 입지 않은 것이다. 그때 눈을 흘긴 이경미가 원피스를 내렸지만 김태우는 다시 올렸다. 그러자 지친 듯 이경미가 열심히 응답을 하면서 내버려 두었다. 김태우는 이경미의 허벅지를 손바닥으로 쓸어 올렸다. 그러고는 동굴 밑에 손바닥이 닿자 힘을 주어 밀어 올렸다. 이경미가 입을 딱 벌렸지만 응답 소리는 태연했다. 그때 김태우가 일어나 바지를 벗어 던졌다. 그것을 본 이경미의 얼굴이 금방 상기되었다. 김태우는 이제 저고리와 셔츠까지 벗어던져 알몸이 되었다. 남성은 이미 무섭게 팽창되어 건들거리고 있다. 그때 통화를 끝낸 이경미가 핸드폰 전원을 끄더니 눈을 흘겼다.

"정말 왜 이래?"

했지만 시선이 김태우의 남성에 꽂혀 있다. 핸드폰을 내려놓은 이경미가 김태우 앞에서 몸을 돌렸다.

"지퍼 내려 줘."

김태우가 지퍼를 내린 순간 원피스가 바닥으로 흘러내렸다. 그 순간 이경미의 풍만한 알몸이 드러났다. 뒤에서 이경미의 알몸을 껴안은 김태우가 귀를 입술로 물면서 물었다.

"뒤에서 해 줄까?"

"응."

이미 거친 숨을 뱉으면서 이경미가 엉덩이를 흔들었다. 엉덩이 사이에 끼어 있던 남성에 강한 자극이 왔으므로 김태우는 어금니를 물었다.

"그냥 해."

소파에 두 손을 짚고 엎드리면서 이경미가 말했다. 목소리가 흥분으로 떨렸고 서둘다가 손 하나가 미끄러졌다. 곧 이경미가 소파에 상반신을 붙이고는 엉덩이를 치켜든 채 엎드렸다. 김태우는 이경미의 거대한 엉덩이를 본 순간 눈에 불이 붙는 것 같은 느낌을 받는다. 두 다리를 벌린 채 엎드려서 이경미의 골짜기와 동굴이 환하게 드러났다. 김태우가 바짝 붙어 서자 이경미가 두 손으로 소파를 단단히 움켜쥐었다.

"나 젖었어, 빨리."

이경미가 엉덩이를 흔들며 재촉했다. 목소리가 떨렸고 가쁜 숨소리가 울렸다. 그 순간 김태우가 골짜기 끝에 대었던 남성을 사정없이 진입시켰다.

"아윽."

날카로운 비명이 울렸고 그 순간 김태우도 온몸이 미끄러운 동굴 속으로 빠져드는 느낌을 받는다. 강한 압박감이 느껴지면서 격렬한 쾌감으로 머리끝이 솟는 것 같다. 이경미의 말대로 동굴은 뜨거운 애액으로 흠뻑 젖었다. 김태우는 거칠게 이경미에게 부딪쳤다.

"아이구, 여보."

이경미가 얼굴을 소파에 붙인 채로 울부짖었다. 그러나 몸짓은 더욱 거칠어졌다. 김태우가 손을 뻗어 뒤에서 이경미의 젖가슴을 움켜쥐었다. 그러고는 이경미의 몸을 부숴 버릴 것처럼 공격했다.

"아아악!"

이경미의 신음이 끝없이 이어지고 있다. 비행기 안에서부터 애를 태웠고 파리에서 쉴 적에도 밖으로 나가지 못했다. 그래서 이경미는 지금에야 뜻을 이룬 것이다. 이경미의 신음이 높아졌고 곧 절정에 이르고 있었으므로 김태우는 움직임을 멈췄다. 신음을 뱉던 이경미가 겨우 머리를 돌려 김태우를 올려다보았다.

"바꿔?"

김태우가 잠자코 몸을 떼자 이경미는 신음과 함께 소파에 눕더니 두 다리를 벌리면서 서둘렀다.

"여보, 빨리. 나, 그냥 터질 거야."

김태우는 다시 이경미의 몸 위로 엎드렸다.

다음 날 오후 3시, 김태우의 사무실로 한 무리의 남녀가 몰려들어 왔다. 정확히 말하면 국정원 오명진 국장, 박웅수 과장, 그리고 이경미, 거기에다 백인 둘이다. 곧 다섯이 자리 잡고 앉았을 때 오명진이 백인 둘을 소개했다. 리처드와 존슨. 선임이 리처드로 40대 중반쯤, 존슨도 그 또래다. 백인 둘은 오명진이 이름만 밝혔고 이경미는 어젯밤 너무 자주 본 때문인지 김태우에게 시선도 맞추려고 하지 않았다. 다섯이 소파에 둘러앉았을 때 당연히 주인석인 상석에 앉은 김태우가 리처드와 존슨을 번갈아 보았다.

"CIA에서 오셨습니까?"

"아니, 그건……."

쓴웃음을 지은 존슨이 먼저 대답했다. 붉은 피부, 짧은 머리, 푸른 눈동자, 턱이 완강했다.

"그건 말씀드릴 수가 없는데요, 미스터 김."

"그래요?"

머리를 끄덕인 김태우가 지그시 존슨을 보았다.

"난 라고스에 온 지 반년도 안 되었어요."

리처드와 존슨은 시선만 주었고 김태우가 말을 이었다.

"하지만 이곳 분위기는 좀 빨리 파악했습니다, 존슨 씨."

이경미가 침 삼키는 소리를 내더니 얼굴이 빨개졌다. 그것이 섹시하게 보였으므로 김태우가 말을 그치고는 이경미를 보았다. 김태우와 시선이 마주치자 이경미의 얼굴이 더 빨개졌다. 이윽고 김태우가 머리를 돌려 존슨을 보았다.

"그럼 내가 신분을 확인하지 못하는 백인 둘하고 만나는 셈이군요. 그렇지요?"

"무슨 말입니까?"

이번에는 리처드가 부드럽게 물었으므로 김태우가 대답했다.

"한 시간 전에 난 보코하람에서 전화를 받았어요. KCIA 간부 둘하고 CIA 요원 둘이 에어프랑스 827편으로 내렸다고 말입니다."

김태우의 목소리가 방을 울렸다.

"나한테 그러더군요. 나한테 가는 것 같은데 신분 확인이 안 되면 이야기해 주기 바란다고요."

그러고는 김태우가 옆에 놓인 전화기를 집어 들었다.

"신분 확인이 안 되는 사람들이라고 전해 주지요."

그러고는 버튼을 누르자 리처드가 손을 들어 보이면서 말했다.

"존슨이 실수한 것 같습니다, 미스터 김."

그때 신호음이 떨어지고 곧 응답 소리가 송화구에서 울렸으므로 리처드가 입을 다물었다. 존슨은 조금 전부터 얼굴이 파랗게 굳어 있다. 그때 송화구에서 목소리가 들렸다.

"여보세요."

"핫산, 여기 백인 둘의 신분이 뭐야?"

그러고는 김태우가 전화기를 탁자 위에 놓았다. 그때 송화구에서 울려 나온 목소리가 방을 울렸다.

"그중 선임이 마이클 번이라고 파리 주재의 아프리카 담당 CIA 부국장보요, 48세. 따라온 놈은 로버트 우반으로 보좌관이고."

"나한테는 리처드와 존슨이라고 하는데."

"그럼 소령님을 무시하는 수작이군요. 당장 쫓아내시지요, 소령님."

모두 탁자 위의 송수화기에 시선만 주었고 사내의 목소리가 이어졌다.

"장담컨대 둘이 사무실 밖으로 나와서 10분 안에 이 세상과 작별하게 만들어 주지요, 소령님."

"지금 그 둘이 듣고 있네."

"사업을 하려고 왔다면 탁 털어놓고 협상을 해야지요, 그렇지 않습니까?"

"맞아, 대위."

"상담하실 필요 없는 것 같습니다."

"알았네. 다시 연락하지."

송수화기를 전화기에 내려놓은 김태우가 소파에 등을 붙이고는 웃음 띤 얼굴로 리처드를 보았다.

"제가 연극하는 것 같습니까?"

리처드가 입술을 달싹였지만 말을 뱉지 않았다. 얼굴에 웃음기가 떠올랐다가 지워졌다가 했다. 존슨은 이미 굳어져서 눈을 부릅뜨고 김태우를 노려보는 중이다. 그때 김태우가 오명진에게 말했다.

"이 시발 놈들이 절 우습게보고 온 것 같아요. 리처드, 존슨이라면서 신분도 밝히지 않다니요."

웃음 띤 얼굴로 말해서 욕을 한 것으로 보이지는 않았지만 오명진은 굳어졌다. 박응수는 말할 것도 없고 이경미는 숨도 쉬는 것 같지가 않다. 그때 김태우가 말을 이었다.

"나가라고 할까요? 나가면 아마 곧 살해될 겁니다. 기다리고 있었으니까요."

"그, 그것이."

오명진이 이마의 땀을 손등으로 닦더니 말했다.

"내가 잠깐 이 친구들하고 이야기를 하지요."

오후 7시, 이곳은 빅토리아 아일랜드 끝 쪽의 인터내셔널호텔 특실 안. 회의실의 원탁에 다섯이 둘러앉았다. 이번에도 상석에는 김태우가 앉았고 왼쪽에서부터 오명진과 박응수, 이경미, 마이클 번과 이준혁의 순서다. 김태우에게 무례한 언동을 한 존슨, 실명이 로버트 우반은 마이클이 회의에서 제외시켰다. 속이 뒤집힐 테지만 김태우의 위상을 실감한 터라 그렇게라도 하지 않을 수가 없었던 것이다. 김태우는 CIA, KCIA, 보코하람, 그리고 북한까지 합작한 종합 용병 회사의 대표 역할을 하고 있다. 그리고 김태우가 소속된 보코하람이 주역인 셈이다. 회의는 순조롭게 진행되었는데 서로의 이해가 맞아 떨어졌기 때문이다. 이곳에서 북한 '핵문제'는 거론되지 않는다. 나이지리아 정부 측에서 보면 위법 행위겠지만 개의치 않는다. 국제 사회에서는 미국과 북한, 보코하람이 서로 죽고 죽이는 관계지만 이곳은 다르다. 세상 이치가 이렇다. 한쪽에서 싸우고 다른 한쪽에서 협상하는 것이 인간 세상이다. 짐승과 다른 점이다. 이윽고 오명진이 서류를 들더니 주위를 둘러보았다. 오명진이 '회사'의 틀을 정리한 것이다.

"회사 이름은 '김코'라고 하겠습니다."

김태우의 성을 딴 회사다. 오명진이 말을 이었다.

"위치는 대양 법인 사무실을 이용하되 한국 측 연락원은 이경미, 북한 측 대리인은 이 중좌가 맡기로 했으며 미국 측 참관인은 곧 파견시키기로 합니다."

오명진의 시선이 이준혁에게 옮겨졌다.

"용병 주력은 북한에서 공급하되 상황에 따라서 한국과 미국, 또는 보코하람의 지원을 받습니다."

이준혁이 머리를 끄덕였다.

"리비아, 이란에서 고문단으로 일했던 정예 특수군 병력이 얼마든지 있습니다."

김태우는 심호흡을 했다. 용병단의 1차 목표는 바로 토고인 것이다. 토고는 나이지리아 북쪽 가나와 붙어 있는 나라로 인구는 6백만 정도, 작은 나라다. 그런데 수도인 로메에서 쿠데타가 일어나 정권이 뒤집힌 것이다. 그때 마이클 번이 김태우에게 말했다.

"보코하람 본대만 움직이면 승산이 있어요, 김. 그 말을 꼭 전해 주시오."

오후에 사무실에서 한바탕 당한 후부터 마이클은 정중해졌다. 갑자기 정중해지면 비꼬는 것처럼 보이기 쉬운데 진심이 보인다. 마이클이 말을 이었다.

"지금 정권을 장악하고 있는 하타마는 미친놈입니다. 주술사 출신으로 닥치는 대로 학살을 하고 있는 터라 시급히 처리해야 돼요."

유엔 평화유지군이나 미군, 또는 다국적군을 투입하지 않는 이유는 물어볼 필요가 없는 것이다. 이것 또한 세상 이치다. CIA가 보코하람, 북한군과 비밀 용병 사업을 하는 이유인 것이다. 머리를 끄덕인 이준혁이 힐끗 김태우를 보았다.

"김 소령이 보코하람 대표 역할이니 곧 무스타파한테서 이야기를 듣고 올 것입니다."

김태우의 얼굴에 쓴웃음이 번졌다. 자신은 무스타파의 간판이며 이용물인 것이다. 그러나 이용만 당하려고 이 사업의 바지사장 노릇을 하겠는가? 내 몫을 챙긴다. 그리고 무스타파도 그것을 알고 있을 것이었다. 회의를 마쳤을 때는 밤 10시 반이 되어 가고 있다. 호텔 방 앞에서 김태우는 마이클 번, 한국 국정원 요원들하고도 헤어졌다. 호텔 현관 앞에서 이준혁과도 헤어진 김태우가 기다리던 줌보의 차에 타고 회사로 돌아왔다. 회사에는 새로 채용한 경비가 주야로 3명씩 근무한다. 줌보를 보내고 숙소로 들어섰을 때 아이렌이 맞았다.

"식사 하셨어요?"

수줍어서 시선도 마주치지 못한 채 아이렌이 물었으므로 김태우가 빙긋 웃었다. 한국에서 돌아와 이경미의 집에서 자고 오는 바람에 아이렌은 숙소에서 혼자 있었을 것이다.

"응, 먹었어. 너는?"

"저도요."

아이렌이 다가와 뒤에서 김태우의 상의를 벗기면서 다시 물었다.

"어젯밤 누구하고 잤어요?"

"왜?"

"여자 냄새가 나요."

"그럴 리가."

몸을 돌린 김태우가 아이렌을 보았다. 검은 진주 같은 아이렌의 눈동자가 똑바로 김태우를 응시하고 있다. 아이렌한테서 독특한 향내가 맡아졌다. 아이렌은 분홍색 원피스 차림이었는데 가슴에 젖꼭지 자국이 선명하게 드러났다. 김태우가 아이렌의 원피스를 가슴께까지 치켜 올리자 대리석처럼 미끈한 하체도 드러났다. 김태우가 아이렌의 허리를 두 손으로 끌어 당겼다. 아이렌이 허물어지듯이 김태우의 가슴에 안긴다. 아이렌은 적극적이다. 순식간에 알몸이 되더니 김태우의 옷도 벗겼다.

"아이렌, 너, 달라졌구나."

쓴웃음을 지은 김태우가 말했으나 아이렌은 가쁜 숨을 뱉으며 대답하지 않았다. 곧 둘은 알몸이 되었고 침대로 다가가 한 덩어리가 되어서 엉켰다. 아이렌이 김태우의 몸 위로 오르더니 거침없이 남성을 잡아 제 골짜기에 붙였다. 김태우는 눈을 치켜떴다. 두 손을 뻗어 아이렌의 젖가슴을 움켜쥔 김태우가 물었다.

"아이렌, 내가 그리웠어?"

그 순간 아이렌이 김태우의 남성을 깊게 받아들였다.

"아아아."

아이렌의 신음이 길게 울렸다. 아직 젖지도 않은 동굴 안으로 남성이 깊게 들어간 것이다. 김태우 또한 강한 압박을 느끼면서 숨을 들이켰다. 그러나 아이렌은 주저하지 않고 거칠게 몸을 흔들었다. 말을 타듯이 상체를 들었다가 내리면서 신음한다.

"아아아."

김태우는 아이렌의 젖가슴을 뜯어내는 것처럼 움켜쥐었다. 강한 압박감과 함께 쾌감이 솟구쳐 왔기 때문이다. 방 안은 금방 쾌락의 탄성과 가쁜 숨소리로 덮였다. 이제 아이렌은 무릎을 세우고 쪼그린 자세가 되더니 상반신을 흔들기 시작했다. 그러자 김태우는 남성이 골반 뼈에 닿는 느낌을 받으면서 전신이 녹는 것 같은 쾌감을 느꼈다. 이를 악문 김태우의 귀에 아이렌의 신음이 더 크게 울렸다. 아이렌이 받는 쾌감도 마찬가지인 것 같다.

"아아, 여보."

마침내 아이렌이 상반신을 번쩍 세우면서 절규했다. 절정에 오르기 시작하는 것이다. 그 순간 김태우가 상반신을 일으키면서 아이렌의 몸을 밀어 눕혔다. 남성은 그대로 아이렌의 몸에 박힌 채다. 아이렌이 두 다리를 치켜들면서 눕더니 김태우의 어깨를 두 손으로 움켜쥐었다.

"사랑해요, 여보."

김태우는 아이렌의 눈동자가 흐려져 있는 것을 보았다. 반쯤 벌린 입에서는 거친 숨과 함께 신음이 터져 나왔고 흑갈색 피부는 땀에 젖어 반들거리고 있다. 김태우는 아이렌의 두 다리를 벌려 마찰 각도를 넓게 펴 주면서 진입했다.

"아아아."

아이렌의 신음이 터졌다. 이제 질 안은 애액이 흘러넘치는 중이었고 터질 준비가 되었다. 상반신을 곧게 편 김태우가 아이렌의 양쪽 무릎을 눌러 쥔 채로 거칠게 움직이기 시작했다. 거칠고 빠르게 때리는 것처럼 움직인다.

"아아앗!"

격렬한 쾌감이 깊고 빠르게 전해지면서 아이렌의 상반신이 뒤틀렸다. 두 주먹을 움켜쥐었던 아이렌이 제 젖가슴을 감싸 안았다가 김태우를 잡으려는 듯이 손을 뻗는다. 손이 닿지 않자 계속 비명을 지르면서 몸을 비튼다. 상반신을 들썩였다가 머리를 좌우로 세차게 흔들었고 두 팔을 쫙 뻗어 시트를 찢어 버릴 듯이 움켜쥐었다가 긴 비명을 뱉는다.

"아아아악!"

두 다리는 무릎이 꽉 잡힌 채 눌려 있는 터라 발가락이 잔뜩 굽혀져 있다. 김태우는 계속해서 거칠게 파고들었고 아이렌이 절정으로 솟아올랐다.

"아아, 여보."

아이렌이 비명을 지르면서 두 손을 뻗었다가 곧 제 젖가슴을 움켜쥐더니 하반신까지 흔들었다. 그 순간 아이렌이 절정으로 솟아올랐다. 입을 딱 벌린 아이렌이 상반신을 두 팔로 감싸 쥐면서 하반신을 치켜 올렸다. 그때 김태우가 아이렌의 무릎을 누르던 손을 펴면서 상반신을 숙였다. 그러고는 아이렌의 몸을 빈틈없이 감아 안았다.

"으음."

저도 모르게 신음이 터지면서 김태우도 폭발했다. 아이렌이 다시 긴 신음을 뱉더니 김태우의 몸을 감아 안았다. 두 다리도 빈틈없이 김태우의 하반신을 감싼다. 방 안은 금방 소나기가 내린 것처럼 짙은 습기에 젖었고 비린 애액의 냄새가 진동했다. 격렬한 정사다. 침대 시트는 아이렌이 흘린 애액으로 흥건하게 젖었고 둘의 몸은 땀에 젖어 물을 뒤집어 쓴 것 같다. 이윽고 아이렌에게서 몸을 뗀 김태우가 옆으로 굴러 누웠다.

"좋았어요, 여보."

그때 아이렌이 김태우의 가슴에 볼을 붙이면서 속삭였다. 가쁜 숨을 뱉으면서 말하느라고 그렇게 들린다. 김태우가 아이렌의 이마에 입술을 붙였다.

"내가 좋았어, 아이렌."

"가끔 한 번씩 이렇게 안아 주세요, 보스."

아이렌의 숨결이 김태우의 가슴을 스치고 지나갔다.

"질투하지 않겠다고 약속할게요, 보스."

박윤주와 오선옥이 사무실로 찾아온 것은 다음 날 오후 2시 반이다.
빅토리아의 안내로 사장실로 들어선 둘이 자리에 앉더니 먼저 오선옥
이 말했다.

"사무실에서 보는 김 사장 분위기가 전혀 다르네요."

"그래요? 칭찬입니까?"

쓴웃음을 지은 김태우가 둘을 번갈아 보면서 물었다.

"건물은 구했습니까?"

"한인회장 부인이 도와줘서 쉽게 구할 수 있었어요."

김태우가 숨을 들이켰다. 민옥희다. 그 후로 여러 번 전화를 했지만
만나지는 못했다. 오선옥이 말을 이었다.

"컨티넨탈호텔 지하 1층 나이트클럽 자리인데 그곳을 리모델링해서
영업하기로 했어요."

"좋은 곳을 고르셨네요."

특급 호텔의 특급 클럽 자리인 것이다. 오선옥의 재력이 뒷받침했기
때문이다. 그때 박윤주가 입을 열었다.

"공사 업체하고 곧 계약을 해야 되는데요……."

김태우의 시선을 받은 박윤주가 말을 이었다.

"한 달 동안 공사를 할 것이고 그동안에 준비할 것이 많아요."

"그러시겠지요."

"공사 업체도 한인회장님이 골라 주셨어요. 그런데 또 이곳저곳에다
뇌물을 줘야 한다는데요."

"……."

"공사비 견적이 350만 불이나 나왔어요. 우리가 한국 건설 회사에다 물어봤더니 대충 150만 불이면 된다는데……."

김태우가 둘의 시선을 받고는 입맛을 다셨다. 자신도 동업자인 것이다. 머리를 든 김태우가 둘을 번갈아 보았다.

"한인회장한테 우리 이야기 안 했지요?"

"그럼요."

대답은 오선옥이 했다. 오선옥의 눈동자가 번들거리고 있다. 그 순간 꿈틀거리던 오선옥의 알몸과 촉감, 쾌락의 신음이 떠올랐으므로 김태우가 외면했다. 강렬한 자극이다. 오선옥도 동시에 그것을 떠올리고 있는 것 같다. 오선옥이 말을 이었다.

"오 국장께 말씀드렸더니 김 사장님하고 상의하라고 하시네요."

머리를 끄덕인 김태우가 손을 내밀었다.

"그 공사 견적을 낸 회사 연락처를 주시지요."

"여기 있어요."

박윤주가 서둘러 가방에서 명함을 꺼내 건네주면서 말했다.

"그런데 공사하기 전에 허가를 받으려면 뇌물을 줄 곳이 6군데나 된다네요. 각각 3만 불에서 5만 불씩 해서 내일까지 24만 불을 달라고 해요."

"내가 알아서 할게요."

그때 아이렌이 쟁반에 찻잔을 받쳐 들고 들어왔다. 오선옥, 박윤주의 시선을 받은 아이렌의 갈색 얼굴이 붉어졌다. 눈동자가 흔들렸고 행동도 부자연스러워졌다.

"아름답네요."

오선옥이 아이렌의 몸매를 보면서 감탄했다. 물론 한국말로 한다.

"이런 애들을 데려오면 좋겠는데……."

"내 비서인데요."

"그렇군요."

머리를 끄덕인 오선옥이 지그시 김태우를 보았다. 눈빛이 강해졌고 입 끝에 웃음기가 떠올라 있다.

"어쨌든."

김태우가 정색하고 둘을 보았다.

"공사 계약도 나한테 맡기세요."

김태우가 전화기를 들고 버튼을 누르면서 말했다.

"모두 나한테 일임했다고 하세요."

버튼을 누른 김태우가 전화기를 내려놓고는 스피커 버튼을 눌렀다. 그러자 신호음이 울리더니 곧 이준혁의 목소리가 들렸다.

"웬일이오?"

"이 건설 회사를 확인해 주세요. 우리 영업장 실내 공사를 할 업체인데 한인회장이 소개시켜준 회삽니다."

김태우가 전화번호와 대표자 이름을 불러 주자 이준혁이 적고 나서 물었다.

"한인회장이 소개시켜준 회사라고요?"

"예, 지금 스피커폰으로 내 동업자분들이 같이 듣고 있어요."

"아, 그러시군."

헛기침을 한 이준혁의 목소리에 웃음기가 섞여졌다.

"안녕들 하시오, 동무들."

순간 오선옥과 박윤주가 동시에 숨 들이켜는 소리를 내었고 이준혁이 말을 이었다.

"나, 북조선 이 중좌올시다."

"안녕하세요."

오선옥이 대표로 인사를 하자 김태우가 말을 이었다.

"그리고 한인회장이 이곳에서 영업을 하려면 허가 받는 데 뇌물을 뿌려야 된다면서 24만 불을 요구했다는 겁니다."

그러자 이준혁이 짧게 웃고 나서 말했다.

"이 기회에 사기꾼들 정리도 하셔야겠군. 그것도 내가 도와드리지요."

30분쯤이 지났을 때 전화벨이 울렸으므로 모두 긴장했다. 박윤주와 오선옥은 자리를 고쳐 앉았고 김태우가 발신자 번호를 보더니 스피커 버튼을 눌렀다.

"예, 이 중좌님."

"김 형, '뉴라고스 건설'은 등록되지도 않은 회사요. 명함만 찍은 회사라고 할까."

이준혁의 목소리가 방을 울렸다.

"여긴 그런 회사 많아요. 세금 계산서도 발행 않고 현금만 받는 회사지요."

"그럼 공사 실력은 있습니까?"

"공사는 무슨."

이준혁의 목소리에 웃음이 섞였다.

"대표자 하지드 조지는 가명인 것 같습니다. 사무실 전번은 주유소로 되어 있고 핸드폰은 통화가 안 돼요."

"한인회장이 소개시켜주었어요."

"그놈이 사기꾼이지."

"한인회장 부인 민옥희는?"

"둘은 지금 별거 중이오."

"그렇군요."

"한인회장 유동환이 요즘 실종된 엄주학 대신 브로커 노릇을 하고 있다는 것 아시지요?"

"전 모릅니다."

"우리한테 여러 번 정보를 넘기겠다는 연락이 왔지만 묵살했어요. 전부 싸구려, 가짜 정보지."

"……."

"엄주학이 몇 년 전에 그걸로 재미를 보았는데 그 흉내를 내려는 거요. 한국의 배신자 말이오."

"알겠습니다."

"공사, 사업자 등록에 뇌물이 들어간다는 거짓말에 요즘도 속아 넘어가는 사람이 있을까?"

이준혁이 묻자 오선옥과 박윤주가 시선을 맞추더니 제각기 외면했다. 박윤주의 얼굴은 조금 상기되어 있다. 그때 김태우가 말했다.

"일이 다른 곳으로 넘어가면 방해할 가능성이 많겠어요. 그렇지요?"

"당연하지. 그놈에게 그런 일은 쉽겠지."

"어떻게 하는 것이 좋겠습니까?"

"지금 나한테 부탁하는 거요?"

"리모델링 공사, 사업자 등록까지 부탁합니다."

"좋소."

이준혁이 선선히 승낙했다.

"우리 근로자들이 북부 지방에 있어요. 감독까지 다 데려오지요. 그

144

런데 이놈들은 공사비를 얼마를 받는다고 했지요?"

그 말을 들은 오선옥이 메모지를 집더니 펜으로 서둘러 350을 적었다. 그리고 '우리'라고 쓴 다음에는 150을 적었다. 조금 전에 설명한 공사비 내역이다. 김태우가 대답했다.

"우리 한국 측 업체에다 물어보았는데 150만 불이 나왔는데 이자들은 350만 불을 불렀답니다. 그리고 등록비, 로비 비용으로 24만 불을 요구했고요."

"도둑놈들."

욕설을 뱉은 이준혁이 말을 이었다.

"제가 150만 불로 공사를 다 끝내드리지요. 그리고 신고, 등록비 등 모든 서류도 그 150만 불에 포함시켜 해 드리지요."

그때 김태우가 오선옥에게 말했다.

"오 사장님이 직접 말씀하시지요."

김태우의 시선을 받은 오선옥이 얼굴을 붉히더니 탁자 위의 핸드폰에 대고 말했다.

"저, 오선옥입니다. 제가 투자자인데요."

"아아, 듣고 계셨습니까?"

이준혁의 웃음 띤 목소리가 울렸다.

"반갑습니다, 오 사장님. 제가 이 중좌입니다."

"이 중좌님께 폐를 끼칩니다."

"아닙니다. 김 사장하고는 서로 돕는 사이라서요."

"150만 불로 해 주신다면 맡기겠습니다."

"알겠습니다. 일을 맡지요."

이준혁의 목소리가 활기를 띠었다.

"내일 계약서 만들어 가겠습니다. 시간 약속을 하고 대양 사무실에서 뵙지요."

"예, 기다리겠습니다."

"감사합니다."

그러고는 통화가 끊겼을 때 오선옥이 환해진 얼굴로 김태우를 보았다.

"이제 됐어."

흥분한 김에 반말이 나와 버렸다. 오선옥이 '아차' 하는 표정을 지었다가 활짝 웃었다.

"이제 살았어."

"다행이에요."

박윤주도 두 손을 모으고 들뜬 표정이 되었다.

"그럼 우리는 애들 모으기만 하면 되겠어요, 관리자하고."

"그런데 저 사람."

오선옥이 탁자 위의 핸드폰을 눈으로 가리켰다.

"진짜 북한군 중좌 맞아요?"

"보코하람 고문관이오."

김태우가 말하자 둘이 똑같이 숨을 들이켰다. 그러나 '김코'의 동업자라고 말해줄 수는 없다. 김태우가 둘의 표정을 보고는 쓴웃음을 지었다.

"하지만 이곳에서는 우리들하고 좋은 관계지요. 남북한이 동맹을 맺은 셈이란 말입니다."

"오 국장님도 잘 아시겠죠?"

"물론입니다."

어제 만나서 '김코'를 합의한 사이인 것이다. 그때 오선옥이 자리에
서 일어섰다.

"그럼 우린 호텔로 돌아갈게요."

15장 용병단

오후 8시 반, 오늘은 숙소에서 여유 있게 아이렌과 함께 저녁을 먹고 TV를 보던 김태우가 전화벨 소리를 들었다. 탁자 위에 놓인 핸드폰이 울리고 있다. 다가간 김태우가 발신자를 보았다. 박윤주다. 소파에 앉으면서 김태우가 핸드폰을 귀에 붙이고 물었다.

"이 시간에 무슨 일이야?"

오후에는 오선옥과 함께 있었기 때문에 존댓말을 썼다. 대뜸 반말로 물었더니 박윤주가 웃음 띤 목소리로 대답했다.

"우리 오 언니하고 그렇고 그런 사이가 되어서 나 만나기 어색한 거야?"

"그럴 리가?"

"그럼 왜 연락도 안 해?"

"바빠, 너도 알다시피."

"나 안 만날 거야?"

"무슨 말인데?"

"다 알면서."

"내가 바쁘다고 한 거 못 들었어?"

김태우가 지나가는 아이렌의 원피스 자락을 잡고 끌어당겼다. 아이렌이 끌려와 옆에 붙어 섰다. 김태우가 손을 뻗어 원피스 밑의 허벅지를 쓸어 올렸다. 아이렌이 몸을 비틀더니 두 다리를 벌려 주었다. 그때 박윤주가 말했다.

"여자 때문에 바쁘다는 말이구나."

"그것도 그렇고."

"아이렌이라고 했던가? 호텔 미녀."

"이름도 기억하고 있구나."

"깜짝 놀랄 만한 미인이어서."

"그런가?"

"걔도 손댔어?"

"그럴 수가 있나?"

김태우가 아이렌의 팬티를 끌어내리고는 골짜기를 손가락으로 문지르기 시작했다. 골짜기에 금방 습기가 번지더니 곧 김태우의 손가락이 흠뻑 젖었다. 아이렌이 몸을 비틀면서 신음을 뱉었다.

"회사 직원하고 그런 관계가 되면 관리하기가 힘들어져."

손가락으로 거칠게 골짜기를 문지르면서 김태우가 말을 이었다.

"난 신조가 그래. 회사 여직원하고는 깊은 관계를 맺지 않는다는 거야."

"오 언니가 내일 한국으로 돌아가. 아가씨들하고 관리자 채용 문제 때문인데 이달 말쯤 돌아올 거야."

"그럼 내일부터 혼자 있겠구나."

김태우의 얼굴에 쓴웃음이 번졌다.

"문단속 잘 하고 자. 그럼 다시 연락해."

전화기를 내려놓은 김태우가 아이렌의 원피스를 뒤집어 벗겼다. 그러자 브래지어만 찬 아이렌의 알몸이 드러났다. 아이렌이 김태우의 무릎 위에 앉으면서 두 손으로 목을 감아 안았다.

"누구예요?"

"어제 왔던 한국 여자들."

아이렌의 브래지어를 풀어 던진 김태우가 입을 벌려 젖가슴을 입안에 넣었다. 아이렌이 더운 숨을 뱉으면서 다시 물었다.

"둘 다 미인이던데요. 여기는 무슨 일로 온 거죠?"

"사업."

김태우가 아이렌의 젖꼭지를 혀끝으로 굴리면서 물었다.

"아이렌, 네 꿈이 뭐냐?"

"돈 많이 버는 거죠."

김태우의 가운을 벗기면서 아이렌이 상기된 얼굴로 말했다.

"그래서 가족과 함께 우마로 옮겨 가는 거요."

우마는 라고스에서 서북방으로 150킬로쯤 떨어진 작은 도시다. 인구 2만 명 정도의 소도시로 아이렌이 사진을 보여준 적이 있다. 아이렌이 김태우의 팬티를 끌어내리면서 말을 이었다.

"2만5천 불만 있으면 그곳에다 땅과 집, 그리고 염소 1백 마리, 소 1백 마리를 키울 수 있어요. 그럼 부자 소리를 들으면서 가족들이 살아갈 수 있어요."

"2만5천 불?"

"네. 10년 계획을 세우고 있어요."

아이렌이 김태우 앞에 무릎을 꿇고 앉더니 남성을 두 손으로 잡고 혀로 애무했다. 그러면서 말을 이었다.

"월급을 반만 쓰고 반은 모을 예정이에요. 그럼 가능성이 있어요."

이제 아이렌이 남성을 입에 넣더니 머리를 흔들기 시작했다. 김태우가 아이렌의 머리칼을 두 손으로 움켜쥐었다. 자극이 머리끝까지 번져오면서 온몸에서 전류가 흐르는 것 같다. 마침내 견디지 못한 김태우가 아이렌을 끌어당겨 소파 위에 눕혔다. 아이렌이 다리 한쪽을 소파 위에 걸치면서 헐떡이며 말했다.

"보스, 젖었어요. 그냥 넣어요."

김태우가 아이렌의 몸 위에 올라 남성을 붙이고는 곧장 진입했다.

"아아."

아이렌이 커다랗게 신음을 뱉으면서 김태우의 어깨를 두 손으로 움켜쥐었다.

"보스, 좋아요."

김태우는 아이렌의 동굴이 강하게 수축하자 저절로 신음을 뱉었다. 아이렌의 동굴은 뜨겁고 좁으며 무섭게 신축성이 강하다. 그리고 애액이 항상 넘쳐난다. 명기(名器)다.

컨티넨탈호텔의 1층 로비 안, 김태우와 이준혁, 오선옥, 박윤주 넷이 둘러앉아 있다. 방금 넷은 지하 1층의 클럽을 둘러보고 온 것이다. 오선옥이 이준혁에게 말했다.

"설계도를 메일로 보냈으니까 리모델링 작업 계획서가 3일 후에는 도착할 거예요."

"빠르군요."

이준혁이 오선옥과 박윤주를 번갈아 보았다.

"우리는 준비가 다 되었습니다. 오늘 오후에 다시 이곳에서 만나 건설 회사 관계자와 계약을 하시지요."

북한이 나이지리아에 세운 건설 회사인 것이다. 이준혁이 말을 이었다.

"기간은 맞춰 드리겠습니다."

"등록까지 다 해 주신다니 마치 하느님을 만난 것 같아요."

"돈이면 다 되는 세상이지요."

그 말에 오선옥은 숨을 들이켰고 박윤주는 시선을 내렸다. 그때 이준혁이 물었다.

"북한 사람한테 이런 말 들으니까 이상합니까? 우리도 돈 좋아합니다."

"알겠습니다."

오선옥이 웃음 띤 얼굴로 이준혁을 보았다.

"정말 150만 불에 다 해 주시는 거죠?"

"전 두말 하지 않습니다."

"우리가 숙소도 이곳으로 옮겼어요."

오선옥이 말을 이었다.

"공사 체크하기도 쉬울 것 같아서요."

"그럼 오후 3시쯤 다시 만나기로 하지요."

이준혁이 자리에서 일어서며 말했다. 따라 일어선 김태우가 이준혁과 함께 호텔을 나왔다.

"김 형, 난 오후에 계약을 하고 평양에 다녀와야겠어요."

이준혁이 현관 앞에 서서 말을 이었다.

"용병단을 데려오려는 거요."

"며칠이나 걸립니까?"

"연락해 놓았으니까 준비하고 있을 거요. 병력은 얼마든지 있으니까."

이준혁이 웃음 띤 얼굴로 말을 이었다.

"이건 CIA와 합작 사업이니 평양에서도 대성과라고 합니다."

"승진하시는 것 아닙니까?"

"미얀마의 강철진 대좌는 소장으로 승진했습니다. 모두 김 형의 덕분이오."

"제가 운이 좋았지요."

"그리고 이번에는 내가 대좌로 승진됩니다. 대좌 계급장 붙이고 올 거요."

"아이구, 축하합니다."

"나도 김 형 덕분에 승진된 거요."

이준혁이 김태우가 내민 손을 잡고 힘 있게 흔들었다.

"강 소장이 나한테 그렇게 말합디다, 김 형이 우리 둘을 승진시켰다고."

"언제 떠납니까?"

"내일 오전에."

"그럼 오후에 계약 끝내고 내 사무실로 오시지요."

"무슨 일 있습니까?"

"평양 돌아갈 때 빈손으로 가실 겁니까? 윗분들하고 가족한테 선물이라도 사 가셔야죠."

"……."

"제가 5만 불 준비해 놓겠습니다."

"김 형."

바짝 다가선 이준혁이 어깨를 늘어뜨리면서 길게 숨부터 뱉었다.

"내가 지금 썩어 가고 있는 것 같소."

"아닙니다."

김태우가 머리를 저었다.

"이건 기계에 기름칠을 하는 겁니다. 그리고 내가 뭘 부탁하는 것도 아니지 않습니까?"

정색한 김태우가 말을 이었다.

"그리고 이건 내 접대비에서 나가는 겁니다. 부정한 돈도 아닙니다."

그러고는 김태우가 덧붙였다.

"자료도 남지 않고요."

몸을 돌린 김태우가 다시 호텔로 들어섰을 때 로비에 앉아 있던 오선옥이 손을 들었다. 박윤주는 방에 들어갔는지 보이지 않았다. 다가간 김태우가 앞쪽에 앉았을 때 오선옥이 물었다.

"요즘 바빴어?"

"응."

둘뿐이었으므로 김태우가 반말을 했다.

"누나, 곧 서울 간다면서?"

"응. 오늘 계약 끝내고 내일 가야겠어. 여기 일은 윤주가 있으니까."

머리를 끄덕인 김태우가 지그시 오선옥을 보았다.

"그럼 오늘밤 나하고 같이 있어야겠군."

"정말?"

오선옥의 얼굴이 환해졌다.

"나한테도 순서가 오는 거야? 갑자기 곗돈 받는다는 말 듣는 것 같네."

"누나 몸을 떠올리면 온몸이 근질거려."

"아유, 나 미쳐."

눈을 흘긴 오선옥이 갑자기 정색했다.

"윤주는 싫어? 아꼈다가 먹으려는 거야?"

"아니, 난 윤주 손대지 않을 거야."

김태우가 천천히 머리를 저었다.

"동업자하고는 안 해."

바다가 내려다보이는 뉴스타호텔의 방 안. 밤 10시가 지나면서부터 바다 위에는 서너 척의 배가 떠 있을 뿐이다. 베란다 쪽 창문을 열어 놓아서 바닷바람이 방 안으로 몰려들어와 커튼 자락을 흔들었다. 방 안의 불은 꺼 놓았지만 사물의 윤곽은 선명하게 드러난다. 침대 위에 누운 오선옥은 알몸이다.

"천천히, 천천히."

오선옥이 가쁜 숨을 뱉으면서 소리쳤다.

"아이구, 나 죽어."

한 덩어리로 엉켜 꿈틀거리고 있는 터라 오선옥의 몸이 다시 밑으로 깔렸다. 폭풍이 휘몰아치는 것 같다. 김태우는 거칠게 오선옥의 몸을 다루었고 그것이 쾌감을 더 증폭시킨다는 것을 안다. 오선옥이 천천히 움직이라고 소리쳤지만 오히려 더 빨리, 거칠게 공격했다. 이제 오선옥이 다시 터지고 있다. 방 안은 비린 애액의 냄새가 진동했고 습기가 가득 찼다. 오선옥은 적극적이어서 어떤 체위도 마다하지 않는다. 이윽고 오선옥이 다시 폭발했다. 목구멍이 터질 것 같은 신음을 뱉으며 두 다리를 김태우의 허리를 감고 굳어진 오선옥이 흐느껴 울었다. 그 순간 김태우도 남성을 강하게 압박하는 오선옥의 동굴 안에서 함께 터졌다. 그것을 느낀 오선옥의 탄성이 더 길어졌다. 만족한 한 쌍의 몸이 구름 위로 솟아오르고 있다. 빈틈없이 부둥켜안은 둘의 숨소리는 아직 증기 기관차가 내뿜는 증기 소리 같다. 이윽고 둘의 몸이 떼어졌을 때는 땀이 식었을 무렵이다. 몸을 굴려 옆에 누운 김태우가 말했다.

"나도 여기서 사업체가 만들어졌어. 이제 누나 회사하고 같이 시작하게 될 거야."

"어떤 회산데?"

"누나하고 비슷해."

"그럼……."

김태우와 시선을 마주쳤던 오선옥이 몸을 붙였다.

"내 가게는 로얄더치셸과 나이지리아 정부 관리들 용이야. 그곳에서 공작이 이루어지는 거야."

"그렇군."

김태우가 오선옥의 허리를 당겨 안았다. 살집이 좋은 오선옥의 몸이 빈틈없이 밀착되었다.

"내 회사는 그 공작을 기반으로 움직이는 회사지. 손발이 맞을 거야."

"가게에 훈련받은 애들이 올 거야, 한국과 미국에서."

"내 회사에도 곧 사원들이 올 거야."

김태우가 오선옥의 젖가슴을 움켜쥐고 말했다.

"사원들을 데리러 갔어."

"한국으로?"

"아니, 북한."

눈을 둥그렇게 뜬 오선옥의 허벅지를 쓸어 올리면서 김태우가 말을 이었다.

"이번 사업은 규모가 커."

"얼마짜린데?"

"가격으로 계산할 것이 못 돼."

"엄마, 또 섰네."

김태우의 남성을 움켜쥔 오선옥이 감동했다.

"지치지도 않나봐."

"또 해 줘?"

"얘가 또 하자고 하는데, 자기는 괜찮아?"

그때 김태우가 오선옥의 몸 위로 올라왔다.

"아이구, 나 몰라."

오선옥이 벌써부터 가쁜 숨을 뱉으면서 김태우의 어깨를 움켜쥐었다.

"아까는 죽는 줄 알았어, 자기야."

벌써부터 허리를 흔들면서 오선옥이 김태우를 보았다. 가쁜 숨이 김태우의 가슴을 스치고 지나갔다. 김태우가 남성을 오선옥의 골짜기에 붙이고는 천천히 진입시켰다.

"아아악."

다시 오선옥의 신음이 방을 울렸다. 김태우도 남성이 깊게 들어가는 쾌감으로 어금니를 물었다. 오선옥의 동굴은 이미 흠뻑 젖어 있는 터라 거침없이 들어갔지만 접촉면이 미끄러지는 쾌감에 온몸에 전류가 흐르는 것 같았기 때문이다.

"자기야, 자기야."

오선옥이 김태우의 팔을 움켜쥐고 비명을 질렀다. 또다시 급격하게 쾌감이 상승되고 있는 것이다. 김태우는 몸을 굽혀 오선옥의 젖가슴을 입에 물었다.

"누나, 좋아?"

"응, 응. 좋아."

오선옥이 턱을 치켜 올리면서 신음했다.

"너무 좋아, 자기야."

그 순간 김태우가 거칠게 몸을 움직이자 오선옥의 신음이 커졌다. 다시 방 안에 열풍이 휘몰아쳤다. 뜨겁고 습기 찬 열풍이다. 오선옥이 김태우의 머리칼을 두 손으로 움켜쥐면서 신음했다. 그렇다. 모두 연결되어 있는 것이다. 오선옥의 클럽과 김코는 이제 CIA, KCIA, 그리고 보코하람과 북한까지 모두 연결되어 있는 것이다. 이것이 새로운 로직, 새로운 세상이다. UN이 처리하는 일에는 한계가 있다. 원칙을 지키면서 보코하람, IS, 또는 북한과 대화할 수는 없는 것이다. 그리고 세계 각국에서 일어나는 수많은 테러, 분쟁, 이것을 처리하려면 각국의 은밀한 조직이 필요하다. 김코, 그리고 오선옥의 클럽이 시발점이다. 그때 오선옥이 비명을 질렀다. 절정에 오르고 있다.

이준혁이 평양으로 돌아간 사이에 김태우는 조스주에 위치한 금광에 들렀다. 보코하람의 무스타파와 정부군 측에도 다시 통보한 터라 김태우가 탄 헬리콥터는 금광 사무실 앞마당에 방해받지 않고 착륙했다.

"오셨습니까?"

지배인 응고가 김태우를 맞았는데 백발의 흑인이다. 오후 3시 무렵,

김태우는 줌보와 미카사를 대동했고 무스타파가 보내준 경호원 넷의 호위를 받고 있다. 회의실로 들어가 앉았을 때 응고가 흑인 여직원 둘과 함께 서류 뭉치를 들고 왔다.

"기다렸습니다, 보스."

앞자리에 앉은 응고가 정색하고 말했다. 대양의 금광은 본래 폐광이 되었다가 금이 다시 채굴되기 시작한 것은 3년 전이다. 대양 법인이 폐쇄되기 직전이었던 것이다. 그래서 금광은 정부군과 보코하람이 나누어서 관리를 해 왔는데 생산량 때문에 싸움이 그치지 않았다. 이곳 광산은 사방 2백 킬로 반경에 민가도 없는 불모지에 위치해 있다. 그래서 정부군 1개 중대, 보코하람 2백여 명이 주위 산에 기지를 만들어 놓고 채굴된 금을 빼앗았지만 양측의 합의를 지킨 적이 드물었다. 지난달에는 정부군 1개 소대를 전멸시키고 금을 빼앗았던 보코하람이 이달에는 정부군 폭격으로 몰사해서 다시 병력이 보충되었다고 했다. 그렇게 3년 동안 싸움이 그치지 않았기 때문에 주위에서는 이곳을 '피 광산'이라고 했다. 응고가 말을 이었다.

"서로 금을 빼앗아가는 바람에 3년 동안 채굴된 금이 4톤이나 되었지만 하나도 남아 있지 않습니다. 이제는 매일 저녁에 보코하람과 정부군 대표가 사무실로 찾아와 채굴량을 절반씩 나눕니다."

"응고 씨, 앞으로는 주지 말아요."

김태우가 말하자 응고는 긴장했다. 그러나 경솔하게 입을 열지는 않는다. 김태우가 말을 이었다.

"보코하람은 앞으로 찾아오지 않을 거요. 그리고 정부군도 곧 철수할 겁니다."

"그, 그렇게만 된다면야……."

"그래서 내가 찾아온 거요."

김태우가 똑바로 응고를 보았다.

"응고 씨, 앞으로 정부군과 보코하람은 이곳 대양 광산에 손을 대지 못할 겁니다."

"알겠습니다."

응고의 시선이 옆에 앉은 여직원들에게 옮겨졌다.

"여기 생산 자료가 있습니다."

그때 여직원들이 서류 뭉치를 앞으로 밀어놓자 줌보와 미카사가 받았다. 3년 동안의 작업량을 기록해 놓은 것이다. 전(前) 법인장 최길성은 이곳 광산에 한 번도 온 적이 없고 나이지리아 사태가 험악해지자 회사 재단을 처분하고 도망친 놈이다. 응고가 번들거리는 눈으로 김태우를 보았다.

"광산 근로자가 관리 직원 22명을 포함해서 265명입니다."

김태우의 시선을 받은 응고가 말을 이었다.

"근로자 가족까지 포함하면 1천2백여 명이 이곳 광산 때문에 굶어 죽지 않고 살았습니다."

"다 빼앗겼는데 어떻게 살았습니까?"

그것이 전부터 궁금했으므로 김태우가 물었다. 보코하람이나 정부 군이 근로자 처우를 생각해 줄 리는 없는 것이다. 그때 응고가 검은 얼 굴을 일그러뜨리며 웃었다.

"보코하람, 정부군 측으로부터 임금 명목으로 굶어 죽지 않을 만큼 받았습니다."

"그래야지요."

"여기 월급 명세표가 있습니다."

응고가 다시 서류 한 묶음을 김태우 앞으로 밀어 놓았다. 서류를 받은 김태우가 한동안 들여다보더니 머리를 끄덕였다. 5인 가족을 가진 근로자 1명의 월급이 15불인 것이다.

"지독한 놈들이군."

혼잣소리처럼 김태우가 말하자 응고가 힐끗 옆에 앉은 여직원 둘을 보았다. 입술이 두껍고 코가 넓은 원주민 여자다. 그러나 피부는 흑단처럼 매끄럽고 몸매는 조각해 놓은 것처럼 아름답다. 응고가 눈으로 여자들을 가리켰다.

"이 둘이 지난 5년간 저와 함께 이 광산을 이끌어간 공로자입니다."

김태우의 표정을 본 응고가 길게 숨을 뱉었다.

"남자들은 믿을 수가 없어서 여자 둘을 제 심복으로 삼았습니다. 아르마와 토기스는 둘 다 미망인으로 아이들이 있습니다. 아이들을 굶겨 죽이지 않으려면 어떤 일이라도 하지요."

"……."

"둘 다 고등 교육을 받은 터라 나하고 이 광산을 관리해 왔습니다."

"수고하셨어요."

김태우가 여자들에게 말하자 둘은 눈만 껌벅였다. 무표정한 얼굴이다. 그때 응고가 목소리를 낮추고 말했다.

"사장님, 우리가 금광맥을 발견했습니다."

김태우가 숨을 죽였고 응고가 말을 이었다.

"엄청난 금광입니다. 당장 생산할 수 있고 연간 3톤은 캐낼 수 있습니다."

연간 3톤이라니? 지금까지 금광에서는 연간 1톤 규모로 채굴되었고 그것만 가지고도 수백 명의 희생을 내는 전쟁이 일어나고 있었던 것이다. 응고의 두 눈이 번들거리고 있다.

"우리 셋이 그 금맥을 숨기고 있었습니다. 알고 있는 사람은 다 죽었습니다."

광산에서 이틀 동안 머물면서 김태우는 직원들에게 상금을 지급했다. 일단 모든 직원에게 1백 불씩을 지급했고 다음 달부터는 월 50불씩 지급할 것을 약속했다. 응고의 건의대로 성과제를 도입해서 실적이 많으면 기준급보다 많이 받을 수 있도록 했다. 광산 노동자의 사기가 순식간에 올라갔고 아래쪽 가족들이 사는 마을에서는 축제가 열렸다. 그동안 정부군과 보코하람군은 얼씬도 하지 않았다. 대양 광산에 접근하지 않도록 양측의 약속을 받은 것이다.

"금맥이 발견되었다는 것을 알면 정부나 보코하람이 가만있지 않을 것입니다."

응고가 김태우에게 말했다.

"지금은 연간 1톤 정도니까 양보했지, 새 금맥에서 연간 3톤씩이 더 나온다면 엄청난 재산이라……."

그렇다. 보코하람의 무스타파는 김태우가 어떤 입장이건 광산을 탈취할 가능성이 많았다. 머리를 끄덕인 김태우가 응고를 보았다.

"그 금맥은 당분간 덮어둡시다."

"예, 폐광시키지요. 입구를 허물어 놓으면 아무도 손대지 못합니다."

응고가 말을 이었다.

"정국이 안정되면 시작하지요, 사장님."

"응고, 당신한테 맡기겠소."

"난 광산에 딸린 주민들이 굶주리지 않고 지내면 됩니다."

"부자는 만들어 줄 수 없겠지만 의식주 걱정은 하지 않도록 하겠습니다."

"감사합니다."

응고의 붉은 흰자위에 물기가 고였다. 김태우가 라고스로 돌아왔을 때 사무실에서 빅토리아가 말했다.

"보스, 광산에 가신 사이에 사원 모집을 했습니다. 1차 시험에서 합격한 사람이 35명입니다. 면접은 내일 오전입니다."

김태우가 머리를 끄덕였다. 이번에 7명을 충원할 예정이다. 그러면 라고스 대양 법인의 직원 수는 18명이 된다. 한국인은 김태우 하나였고 나머지가 현지인인 것이다. 한국인 1명의 비용으로 현지인 10명을 채용할 수 있는 것이다. 김태우는 앞으로 현지 인력을 더 늘릴 예정이었다. 대양 법인 일을 마친 김태우가 걸어서 3분 거리인 같은 블록의 10층 건물 3층 사무실로 들어섰을 때는 오후 5시다. 아직 간판도 달지 않은 사무실에 앉아 있던 이경미가 웃음 띤 얼굴로 김태우를 맞았다.

"사무실 들렀다 온 거야?"

"그럼. 연락 온 데 없어?"

"이준혁 씨가 이번 토요일에 돌아온다는 연락이 왔어."

사흘 후다. 이준혁은 북한 용병단을 인솔하고 오는 것이다. CIA와의 합작 사업이니 수상쩍기 짝이 없는 북한인들이 민항기를 이용하여 날아오게 될 것이다.

"몇 명이야?"

"1차로 58명, 2차는 120명."

서류를 본 이경미가 말을 이었다.

"1개 중대 병력인데 모두 하사관 장교야. 완벽한 테러 부대지."

쓴웃음을 지은 이경미가 김태우를 보았다.

"무기는 다음 주에 미군 수송기 편으로 들어오게 되었어."

"숙소 준비는?"

"바닷가의 이스턴호텔을 통째로 빌렸어. 방이 120개짜리라 적당해."

머리를 든 이경미가 말을 이었다.

"그리고 CIA에서 보낸 요원이 곧 올 거야."

CIA 현지 연락관 겸 김코에서 상주할 보좌관이다. 김코 대표인 김태우의 감시 역이기도 할 것이다. 김코에는 보코하람의 대리인이며 김코의 간판인 김태우와 용변단을 공급하는 북한 측 대표 이준혁, 한국 국정원의 연락관 이경미, 그리고 CIA의 연락관까지 4개 조직이 모여 있다. 그때 문에서 노크 소리가 들리더니 여자 하나가 들어섰다. 백인, 붉은 기가 도는 금발에 푸른 눈동자, 키가 컸다. 점퍼에 바지를 입었고 단화를 신었는데 점퍼 주머니가 불룩했다. 그러나 눈에 번쩍 띌 만큼 미인이다. 흰 피부, 몸집이 큰 백인 여자는 땀구멍이 크고 솜털이 무성한 것이 보통인데 피부가 대리석 같다.

"김태우 씨인가요?"

여자가 김태우를 똑바로 보면서 물었다.

"예, 납니다."

김태우가 대답했을 때 이경미가 물었다.

"당신, 누구죠?"

눈을 치켜뜬 이경미는 웃지도 않는다. 그때 여자의 시선이 이경미에게 옮겨졌다.

"당신이 미스 리군요. 난 앤입니다. 애니카 골드워터란 긴 이름이지만 앤이라고 불러 주시죠."

그때서야 이경미가 자리에서 일어나 손을 내밀었다.

"반갑습니다, 앤. 미인이시네요."

"당신도 마찬가지예요, 리."

앤이 활짝 웃더니 김태우에게 다가와 손을 내밀었다.

"당신 소문 많이 들었습니다, 미스터 김."

"내 소문이라니?"

김태우가 앤을 보았다. CIA는 연락관을 보낸다고만 했을 뿐 인적사항은 말해 주지 않았다. 그러나 앤은 김태우에 대해서 조사를 해 온 것이다. 그때 앤이 고른 이를 드러내고 웃었다.

"베트남, 미얀마를 거쳐 오면서 새로운 시장을 개척해 온 입지적 인물이시더군요."

"과연."

만족한 김태우가 따라 웃었다.

"그런 칭찬은 언제 들어도 좋은 음악처럼 느껴지지."

"주위에 여자가 끊이지 않으시고."

"옳지."

머리를 끄덕인 김태우가 눈을 가늘게 떴다.

"그것도 칭찬이오?"

"그렇습니다."

그때 이경미가 나섰다.

"칭찬 좋아하네."

이것은 한국말이다. 외면한 채 이경미가 말을 이었다.

"바보같이 비꼬는 줄도 모르고 침을 질질 흘리고 있어."

헛기침을 한 김태우가 앞쪽 자리에 앉은 앤을 보았다.

"그래서 CIA에서도 내 옆으로 당신 같은 미인을 보내준 것인가?"

"우연히 그렇게 되었겠지요."

정색한 앤이 김태우를 보았다.

"난 남아프리카에서 용병 관계 일을 하고 있었거든요. 그 방면에는 익숙합니다, 미스터 김."

"그러시군요."

"언제 북한 용병이 오지요?"

"사흘 후요."

이경미가 대답하자 앤이 들고 온 가방을 탁자 위에 놓았다.

"토고 작전을 빨리 시작해야 됩니다. 시간을 끌면 정보가 새 나가고 하타마는 러시아와 제휴할 가능성이 커요."

앤이 긴장한 김태우와 이경미를 번갈아 보면서 말을 이었다.

"우리가 토고의 지도자로 내세울 인물은 전(前) 내무장관 보만입니다. 영국에서 대학을 졸업한 놈인데 지금 로메 근처의 바닷가에 숨어 있지요."

앤의 목소리에 열기가 띠어졌다.

"대통령궁을 장악한 하타마는 특전단 1개 대대의 경호를 받고 있지만 오합지졸입니다. 하타마만 죽이면 정권은 무너집니다."

앤의 얼굴에 웃음이 떠올랐다.

"김, 당신은 당분간 보만의 보좌역 겸 경제 자문관을 겸하면서 측근에 머물도록 되었습니다."

그러고는 앤이 덧붙였다.

"이번 거사가 성공하면 말이에요."

"그럼 내 측근에 당신이 있겠군. 그렇지요?"

김태우가 묻자 앤이 머리를 끄덕였다.

166

"그래야겠죠. 난 당신의 비서 역할이 될 겁니다."

"잘 노는군."

이번에도 이경미가 한국말로 끼어들었다.

"내 그럴 줄 알았어."

그때 앤이 머리를 돌려 이경미를 보았다.

"리, 살롱 공사는 언제 끝나죠?"

이경미가 시선만 주었으므로 앤이 다시 물었다.

"우리가 살롱에 배치시킬 요원을 준비하려고 그래요."

"한 달쯤 걸릴 겁니다."

이경미가 마지못한 표정으로 말을 이었다.

"지금 북한 건설 업체가 공사 중이에요."

"한국에서도 요원을 배치시킬 건가요?"

"전문 요원은 안 되고 한 달쯤 훈련시켜서 배치할 겁니다."

룸살롱 아가씨를 말하는 것이다. 앤과 이경미는 김코 업무와 함께 정보 수집 역할을 하게 된 오선옥의 살롱도 관리하게 되는 것이다. 김태우가 자리에서 일어서자 이경미가 물었다.

"왜? 돌아가게?"

"응."

한국어를 주고받은 김태우가 앤을 보았다.

"앤, 숙소는 정했어요?"

"컨티넨탈로 정했어요. 살롱도 볼 겸."

"거기에 살롱 사장이 투숙하고 있으니까 내가 소개시켜 드리지."

"그래요."

따라 일어선 앤이 이경미에게 물었다.

"리는 여기 숙소가 있지요?"

"어떻게 알죠?"

다시 딱딱한 표정이 된 이경미가 묻자 앤이 풀썩 웃었다.

"당연한 일 아녜요? 이곳 고정 요원인데 호텔 생활을 하면 되겠어
요?"

"앤, 당신도 숙소를 얻어야 되지 않을까?"

발을 떼며 김태우가 묻자 앤이 웃었다.

"토고 작전이 끝나면 우린 로메로 옮겨가야 되지 않겠어요? 그러니
까 서둘 것 없어요."

그때 뒤에서 이경미가 한국어로 말했다.

"너, 조심해. 그거 여우같다."

몸을 돌린 김태우가 영어로 말했다.

"알았어, 그럼 내일 봐."

앤이 이경미를 향해 손을 들어 보였다. 김태우가 앤과 함께 다가가
자 박윤주는 눈을 가늘게 떴다. 시선이 앤에게로 향한 채 얼른 떼어지
지 않는다.

"이번에 온 CIA 연락관이야."

김태우가 영어로 소개했다.

"이쪽은 살롱의 책임자인 미스 박."

둘은 곧 악수를 나누더니 공사장으로 다가갔다. 컨티넨탈호텔 지하
1층에는 이미 내부 공사가 시작되었다. 인력이 북한 노동자들이어서
박윤주가 부담 없이 상대할 수가 있다. 둘이 현장 안으로 들어가자 김
태우는 로비로 나왔다. 오후 7시 반, 저녁 시간이어서 로비는 혼잡하다.
안을 둘러보던 김태우는 곧 서울식당 사장 장주현을 보았다. 이곳에서

만나기로 한 것이다. 시선이 마주치자 장주현이 활짝 웃었다. 서로 몸을 섞은 사이에서나 볼 수 있는 표정이다. 김태우가 다가가 앞쪽 자리에 앉았을 때 장주현이 눈을 흘기는 시늉을 했다.

"서울 갔다가 돌아와서 바빴던 모양이지? 이제야 시간 내고 말이야."

며칠 전 장주현의 전화가 왔던 것이다. 바빴기 때문에 오늘 약속을 했다. 김태우가 머리를 끄덕였다.

"바빴어. 근데 무슨 일이야?"

"너 만나자고 하는 여자들이 많아."

"왜?"

"왜는 왜야? 네 소문이 쫙 퍼졌기 때문이지."

"누가 소문 낸 거야? 누나야?"

"민옥희인 것 같아."

대번에 장주현이 지목했으므로 김태우가 눈썹을 모았다. 의심쩍다는 표정이다.

"그 여자가 왜? 유부녀가 제 남편한테 소문 들어가면 어쩌려고?"

"그런 거 상관하는 여자가 아냐."

장주현의 얼굴에 웃음이 떠올랐다.

"그리고 여기선 그런 거 갖고 부부싸움 안 한다."

"그 여자, 조신한 것 같던데."

"조신 같은 소리. 겉만 보고는 모르는 거야."

"그래서 누나는 뚜쟁이 사업을 하려고 날 부른 거야?"

"응. 좋은 물건이 있어."

"물건?"

"나한테는 당연히 상품이지."

"그렇군. 얼마짜린데?"

"성사가 되면 1만 불."

"그거, 반씩 나누자."

눈을 흘긴 장주현이 정색했다.

"일본 애야."

"일본 여자?"

"응, 미쓰보시 지점장 와이프."

식은 커피 잔을 들어 한 모금을 삼킨 장주현이 말을 이었다.

"35살, 영계지."

"누나한테 비하면 영계지."

"시끄러."

"계속해 봐."

"민옥희 친구인데 내 가게 단골이기도 하지. 자주 술을 마시러 왔으니까. 날씬하고 상냥해. 미쓰보시 지사장 호리는 65세라 나이차가 30년이야. 아무래도……."

장주현이 눈웃음을 쳤다.

"성적인 문제가 많은가 봐."

"짐승 같은 여자로군."

"어어어어."

눈을 치켜뜬 장주현이 정색했다.

"그게 무슨 말이야? 성적 욕망이 짐승이냐?"

"결국 밑이 허전하니까 남자 찾는 것이 아니냐고?"

"좀 부드럽게 표현해 봐."

"나가지, 누나."

자리에서 일어선 김태우가 말했다. 지하로 내려간 박윤주와 앤과 마주치면 불편한 것이다. 호텔 앞에 주차된 김태우의 승용차 뒷좌석에 나란히 앉았을 때 장주현이 손을 뻗어 김태우의 사타구니를 주물렀다.

"우리 집으로 가자."

김태우의 물건이 금방 단단해지자 장주현이 운전사에게 목적지를 말해 주었다.

"이놈이 정직해."

물건을 주무르면서 장주현이 말했다. 두 눈이 번들거리고 있다.

"내가 능력만 있다면 이놈을 내 전용으로 만드는 건데."

참지 못한 장주현이 김태우의 지퍼를 내리더니 손을 안으로 집어넣었다.

"그 여자의 목적이 뭐야?"

시트에 등을 붙인 채 장주현의 손에 남성을 맡기면서 김태우가 물었다.

"남자 찾으려면 거리에서 흑인 아무나 데려가도 될 텐데, 안 그래?"

"그러다가 에이즈 걸리게?"

"바른대로 말해 봐."

그러자 장주현이 김태우의 발밑에 무릎을 꿇더니 두 손으로 남성을 쥐었다.

"그건 미사코에게 물어봐."

장주현은 현관문을 닫자마자 김태우에게 덤벼들었다. 중년 여인의 욕정은 뜨겁고, 깊고, 넘치며, 끈질기다. 두 남녀의 옷이 현관에서 거실로, 침실까지 어지럽게 흘러졌고 침대 위로 올랐을 때는 알몸이 되었다. 장주현이 희고 풍만한 알몸을 꿈틀대며 소리쳤다.

"그냥 해줘! 난 이미 흠뻑 젖었어!"

김태우도 장주현이 차 안에서 입으로 해 주는 바람에 잔뜩 달아오른 상태다. 거칠게 장주현을 넘어뜨린 김태우가 위로 올랐다.

"아이구, 여보."

벌써부터 장주현이 앓는 소리를 내더니 다리를 벌려 맞을 채비를 했다. 가쁜 숨과 함께 풍만한 젖가슴이 출렁거렸다. 김태우가 남성을 골짜기에 붙이고는 좌우로 흔들자 장주현이 비명을 질렀다.

"여보, 빨리."

그 순간 김태우가 천천히 진입했다. 장주현이 입을 딱 벌렸지만 소리는 뱉지 않았다. 김태우는 뜨겁고 좁은 동굴 안에서 전해지는 쾌감에 온몸이 굳어지는 느낌을 받는다. 장주현의 동굴은 흠뻑 젖어 있었기 때문에 좁았지만 끝까지 닿을 수 있다.

"아이구, 엄마."

마침내 장주현의 신음이 터졌다. 턱을 잔뜩 치켜 올린 장주현이 김태우의 양쪽 팔을 움켜쥐더니 허리를 꿈틀거렸다. 김태우의 움직임에 맞춰 받아들이고 내보내기 시작한 것이다. 방 안에서 열풍이 휘몰아쳤다. 쾌락의 신음이 이어졌고 두 쌍의 사지가 엉켰다가 풀리면서 온 방 안을 휘젓고 다닌다. 이윽고 장주현이 터졌을 때는 한 시간쯤이 지난 후다. 그동안 절정에 세 번이나 올랐다가 내려오기를 반복하고 나서 네 번째에 김태우하고 함께 터진 것이다. 방 안이 떠날 것 같은 비명을 지르면서 사지를 굳혔던 장주현이 늘어졌을 때 김태우가 옆으로 누우면서 말했다.

"누나하고 하면 개운해."

"그게 무슨 소리야?"

가쁜 숨을 뱉으면서 장주현이 물었다. 반듯이 누운 데다 사지를 쫙 벌려서 알몸이 환하게 드러났다. 짙은 숲과 선홍색 골짜기가 아직도 흠뻑 젖어 있는 것도 보인다. 그때 김태우가 천장을 향한 채로 말했다.

"만족한다는 말이야."

"내가 그래."

몸을 비튼 장주현이 김태우의 가슴에 얼굴을 붙이고 말했다.

"온몸이 깃털처럼 느껴져. 가볍고 상쾌해. 특히 아랫도리가."

장주현이 다시 사지로 김태우의 몸을 감았다.

"뻥 뚫린 것처럼 시원해."

"별 이야기 다 듣네."

쓴웃음을 지은 김태우가 장주현의 젖가슴을 움켜쥐었다.

"누나하고 궁합이 맞는가 봐."

"자기는 이것이 크고 단단해."

팔을 뻗은 장주현이 김태우의 물건을 움켜쥐었다.

"난 이렇게 큰 건 처음이야."

"이봐, 지금 낚시에 걸린 고기 이야기 하는 거야?"

"아냐."

킥킥 웃은 장주현이 김태우의 가슴에 입을 맞췄다.

"만족한 섹스를 하면 정말 날아갈 것 같아. 난 이런 기분 자기한테서 처음 겪는다고."

"이제 그만 해."

김태우가 장주현의 엉덩이를 움켜쥐고 끌어당겼다. 그때 장주현이 말했다.

"민옥희가 자기 이야기를 미사코한테 한 모양이야. 그랬더니 미사코가 나한테 자기 소개시켜 달래. 두 번이나 부탁했어."

"내가 창남이야?"

"걔 괜찮아."

"나 여자 많아. 일본 여자까지 봉사해 줄 여유가 없어."

"알았어."

장주현이 웃음 띤 얼굴로 김태우를 보았다. 다시 두 눈이 번들거리고 있다.

"자기야, 이번에는 내가 위에서 할게."

장주현의 손에 들린 남성이 다시 야구 배트가 되어 있는 것이다. 김태우가 잠자코 장주현의 젖가슴을 두 손으로 움켜쥐었을 때 상위 자세가 잡혔다. 장주현이 위로 올라앉은 것이다. 쪼그린 자세가 된 장주현이 김태우의 남성을 골짜기에 붙이면서 말을 타는 것처럼 상반신을 천천히 내렸다. 그 순간 장주현이 입을 딱 벌리더니 상반신을 뒤로 젖혔다. 장주현의 동굴은 다시 탄력을 되찾았고 뜨거운 온천수로 가득 차 있다.

이준혁이 데려온 용병단은 178명. 일차로 58명이 온 다음 날에 120명이 도착했다. 동시에 미군 수송기 편으로 무기가 도착했으므로 토고 진입군의 준비는 순조롭게 진행되었다. 김태우는 용병단을 따라 라고스 북방으로 70킬로쯤 떨어진 훈련장에 가서 3박4일 동안 훈련도 받고 돌아왔다. 토고 진입군과 같이 행동할 것이기 때문이다. 북한 용병단과 함께 다시 라고스로 돌아온 다음 날 오전에 사무실로 박윤주가 찾아왔다. 오선옥이 한국으로 돌아갔기 때문에 오늘은 혼자다. 박윤주가 온다고 해서 김태우는 미카사와 경호원을 보내 모시고 오게 한 것이다. 방에 둘이 마주보고 앉았을 때 아이렌이 둘 앞에 오렌지주스를 내려놓고 돌아갔다. 아이렌의 뒷모습을 눈여겨보던 박윤주가 말했다.

"쟤, 특급이다. 오피스 걸로는 과분해."

박윤주가 힐끗 김태우를 보았다.

"쟤, 손댄 거야?"

"응."

"어때?"

"뭐가?"

"잘해?"

"응, 아주 좋아."

박윤주가 시선을 돌렸으므로 김태우가 물었다.

"그거 물으려고 온 거냐?"

그러자 박윤주가 김태우를 보았다.

"한인회장이란 작자가 어제 오후에 찾아왔어."

김태우의 시선을 받은 박윤주가 말을 이었다.

"사내 둘을 데리고 공사 현장에 와서 이것저것 둘러보고 가더니 오늘 아침에 경찰국에서 연락이 왔어. 호텔이 무너질 위험이 있다고 공사를 중지하래."

"……."

"지난번 일 맡기려다 북한 건설 업체에다 맡겼더니 일을 틀어버리려고 하는 것 같아. 그 한인회장이란 작자가 말이야."

"……."

"지금 공사를 중단하고 있어. 공사 감독은 걱정하지 말라면서 북한쪽에다 연락하는 것 같던데 이 중좌한테서 이야기 못 들었어?"

입맛을 다신 김태우가 머리만 끄덕였다. 이준혁과 함께 훈련을 받고 어제 돌아왔던 것이다. 주스 잔을 든 김태우가 지그시 박윤주를 보았다.

"걱정 마, 금방 해결될 테니까. 우리가 잠깐 라고스를 떠나 있었어."

"오늘 중으로 해결되는 거지?"

"그럼."

머리를 끄덕였던 김태우가 문득 박윤주를 보았다.

"너, 지금 혼자 있지?"

"왜?"

박윤주가 눈썹을 치켜세웠다. 눈매가 날카로워졌고 입술은 꽉 다물려졌다.

"내가 너처럼 밝히는 줄 알아?"

박윤주가 쏘아붙이듯이 말했을 때 김태우가 인터폰을 누르고 말했다.

"빅토리아, 아이렌하고 미카사, 카닥을 방으로 들여보내."

"예, 보스."

빅토리아의 목소리가 울리고 나서 2분쯤 지났을 때 밖에서 노크 소리가 들리더니 셋이 들어섰다. 모두 긴장한 표정이다.

"거기 앉아."

김태우가 박윤주 앞쪽 소파를 가리키며 말하자 셋이 나란히 앉는다. 카닥도 경호원으로 전직 경찰이다. 영문을 모르는 박윤주도 긴장한 표정이었고 김태우가 셋에게 말했다.

"오늘부터 너희들 셋은 여기 있는 박 사장을 모시도록. 아이렌은 비서 역할을, 미카사는 행정 보좌관 역할, 그리고 카닥은 운전사 겸 경호 역이다."

김태우가 카닥에게 머리를 돌렸다.

"카닥, 승용차 한 대를 가져가라. 내가 빅토리아한테 말해 놓을 테니까."

"예, 보스."

이제는 김태우가 아이렌과 미카사를 보았다.

"너희들은 컨티넨탈호텔에 있는 사업장 사장을 모시는 거야. 나하고 동업자니까 회사 일이라고 생각해."

아이렌과 미카사가 머리를 끄덕였다. 그들도 알고 있는 것이다. 그때 서야 내막을 안 박윤주의 얼굴에도 긴장이 풀렸다.

"잘되었어. 그렇지 않아도 비서가 필요했는데. 일 거들어줄 직원도."

김태우에게 말한 박윤주가 먼저 아이렌에게 말했다.

"숙소가 어디야? 내가 호텔 근처에 방 5개짜리 아파트를 구해 놓았는데 내 아파트에서 지내도 돼."

김태우는 숨을 들이켰고 아이렌이 힐끗 눈치를 보았다. 미카사와 카닥은 외면하고 있다.

"12시간 안에 작전을 끝내야 됩니다."

티에라가 말했다. 방 안 벽에 대형 상황 스크린이 비춰졌고 티에라가 스크린 옆에 서서 말을 잇는다.

"대통령궁에서 하타마를 사살하는 것이 이번 작전의 목표입니다."

방 안에 둘러앉은 남녀는 모두 10여 명, 이번 작전의 간부들이다. 그 중에 김태우도 끼어 있었는데 옆에 앤이 앉아 있다. 앤도 김태우와 함께 참가하는 것이다. 티에라는 흑인으로 현역 미군 중령이다. 이번 작전에 미군 측 고문관으로 참가하지만 참모 역할이다. 방 안에는 이준혁과 북한군 간부도 서너 명이 들어와 있다. 주력(主力)은 북한군이지만 미국이 영향력을 행사하는 모양새다. 또한 김태우의 김코에서 이 작전을 주관하는 터라 한국과 보코하람까지 연계되어 있는 것이다. 이것이 비공식 '반테러' 조직의 실태다. 보코하람까지 연계시킨 것은 이이제이, 즉 오랑캐를 오랑캐로 친다는 전술이다. 티에라의 시선이 이준혁에게로 옮겨졌다.

"가장 중요한 것은 속전속결입니다. 각 분대가 제대로 움직이기만 하면 됩니다."

"알았습니다."

10번도 넘게 대통령궁 모형을 상대로 연습한 터라 이준혁이 말을 막듯이 대답했다. 김태우도 로메의 대통령궁 모형이 눈에 선할 정도였다. 오후 5시 반, 이스턴호텔의 회의실 안이다. 호텔 안의 대원들은 이미 출동 준비를 모두 마쳤고 배에 승선할 시간을 기다리는 중이다. 밤 10시에 라고스 외곽의 부두에서 화물선에 승선한 후에 내일 밤 8시에 로메 근처의 해안에 상륙할 예정인 것이다. 그리고 내일 밤에 쿠데타 정권을 다시 뒤집는다. 마지막 회의를 마치고 회의실을 나왔을 때 이준혁이 김태우에게 물었다.

"김 사장, 회사 일은 다 정리하고 온 거요?"

"아, 대충 해 놓았습니다."

복도는 용병들로 혼잡했으므로 끝 쪽 창가로 다가간 김태우가 말을 이었다.

"로메에서 전화로 일을 처리할 수도 있으니까요."

"이건 전투야. 상담이 아니라고."

이맛살을 찌푸린 이준혁이 옆에 붙어 섰다.

"사람을 죽이는 전쟁이란 말이오."

"내가 격투기 선수였다는 거, 아시죠?"

"아, 알지요."

이준혁이 쓴웃음을 지었다.

"그 시합하고 전쟁이 무슨 상관이 있다고 그러는 거요?"

"난 시합 때마다 목숨을 걸었습니다."

정색한 김태우가 말을 이었다.

"시합이 전쟁이었지요. 내가 맞은 펀치는 총탄보다 더 강했을 겁니다."

"그런가?"

이준혁이 초점이 흐려진 눈으로 김태우를 보았다. 그때 앤이 다가왔다. 앤은 군복 차림에 야구 모자를 썼는데 머리칼을 모자 속에 뭉쳐 넣었다. 앤과 김태우는 후위 팀에 소속되어 있다.

"김, 준비 되었지요? 그럼 우리 팀으로 갑시다."

머리를 끄덕인 김태우가 발을 떼자 이준혁이 손바닥으로 어깨를 가볍게 쳤다.

"그럼 대통령궁에서 봅시다."

이준혁이 이번 작전의 지휘관인 것이다. 용병단 180명은 18개 팀으로 구성되었는데 미군 8명도 포함되었다. 바로 앤과 김태우가 소속된 후위 팀이다. 후위 팀이 모인 3층 방으로 들어서자 모두의 시선이 모였다. 모두 흑인 병사들이다. 고문관 티에라까지 흑인인 것을 보면 미국측이 드러내지 않으려고 신경을 쓴 것이다. 훈련을 하면서 낯이 익은 터라 모두 눈인사를 했다. 그때 앤이 미군 팀 지휘자인 조나단에게 말했다.

"대위, 보만하고는 연락이 되었지요?"

"예, 지금 기다리고 있습니다."

조나단 대위가 바로 대답했다.

"차량도 확보되었습니다, 마담."

"대통령궁이 함락되건 안 되건 간에 우리는 보만을 데리고 나가야 돼요."

"알고 있습니다, 마담."

앤과 김태우가 소속된 18조는 토고의 차기 지도자가 될 보만을 확보하는 것이 목표다. 따라서 로메에 접근하면 본대와 따로 행동하게 되는 것이다. 김태우가 맡은 임무는 앤과 함께 보만의 옆에 붙어서 보호를 가장한 감시 역할이다. 그러고는 측근이 되어서 정부의 재산을 관리하는 것이다. 꼭두각시 집권자가 될 보만이 좋아하건 싫어하건 상관없는 일이다. 김태우는 자신 앞으로 지급된 권총과 실탄을 챙겼다. 군복으로 갈아입은 김태우가 방에서 나왔을 때 복도에서 먼저 나와 기다리던 앤의 얼굴에 웃음이 떠올랐다. 김태우는 그 모습을 보자 숨을 들이켰다. 매력적이다.

16장 정복자

밤 9시 반, 로메의 불빛이 보이는 바다 위에서 김태우가 모터보트로 옮겨 탔다. 바다는 잔잔했고 주위는 조용하다. 6천 톤급 화물선 쥬리호는 엔진을 정지시킨 채 배의 불도 모두 꺼 놓아서 검은 섬처럼 보였다. 18조는 가장 먼저 화물선에서 내리는 팀인 것이다. 만 하루를 꼬박 화물선에 타고 서진(西進)해 온 터라 모터보트에 오른 조원은 활기를 띠고 있다. 조장 조나단이 무전기에 대고 보고를 하더니 모터보트는 곧 화물선을 떠나 해안을 향해 달려갔다. 쿠데타군이 옹립한 토고의 새로운 지도자 보만을 보호하기 위해서다. 보만은 로메 남쪽의 바닷가 마을에 은신하고 있었는데 CIA가 파견한 경호원 3명의 보호를 받고 있다. CIA는 차량 3대도 확보해 놓아서 대통령궁의 탈환이 끝나면 바로 보만을 싣고 달려갈 수가 있는 것이다. 보트는 거의 앞머리를 치켜들고 달려가고 있다.

"작전 본부에서 비상 내각을 수립하고 정권을 안정시키는 데 한 달 정도가 걸린다고 했는데 그건 탁상공론이고."

보트 구석에 쪼그리고 앉은 앤이 옆에 앉은 김태우에게 말했다.

"빠를수록 좋아요. 어쨌거나 보만이 정권을 장악하지 못하면 정국이 혼란에 빠질 테니까."

김태우가 머리만 끄덕였다. 그동안 김코에 소속된 용병단은 대통령 경호 부대로 변신, 보만 주위에 포진되어 있을 것이다. 앤이 김태우를 물끄러미 보았다.

"김, 이런 일 처음이라면서 긴장하는 것 같지가 않네요."

"아, 그래요?"

손바닥으로 얼굴에 묻은 바닷물을 닦은 김태우가 쓴웃음을 지었다. 파도가 갈라지면서 비처럼 휘날려 쏟아지고 있었다.

"내가 좀 신경이 둔한가 봐요, 앤."

"신경이 둔해요?"

"응, 그래서 펀치를 맞아도 반응이 둔해요."

"무슨 말이에요?"

"두려움이라든가 말초신경이 둔한 반면에 반사력은 뛰어납니다."

앤이 눈만 깜박였고 김태우가 머리를 조금 앤 쪽으로 기울였다.

"앤, 당신은 매력적입니다."

앤이 몸을 웅크리는 것 같더니 김태우를 노려보았다. 그러나 입을 열지는 않는다. 엔진 음과 파도를 가르는 소리, 가끔씩 곤두선 채 달리던 선체가 바다에 부딪치는 충격음이 귀를 울리고 있다. 이윽고 보트가 바닷가에 닿았을 때는 30분쯤이 지난 후였다. 배에서 뛰어내린 8조는 어둠 속을 달려 마을로 접근했다. 민가가 10여 호인 어촌으로 보만은 그중 가장 큰 벽돌집에 머물고 있다. 담장도 없었지만 마당이 넓었고 1자형 벽돌집은 길이가 30미터 정도나 되었다. 밤 10시 반이 되어가고 있어서 마을의 불도 거의 꺼졌지만 보만의 은신처만 불을 밝히고 있다. 앞장서서 저택으로 접근했던 부하가 곧 무전기로 연락했다.

"보만을 만났습니다."

"좋아, 우리가 들어간다."

조나단이 부하들에게 경계를 지시하고는 앞장을 서서 저택으로 다가갔고 뒤를 앤과 김태우가 따른다. 이곳은 적이 없다. 마을 주위에 정부군이나 경찰도 없는 것이다. 아직 하타마가 치안을 확보하지 못한 상태다. 정부군 일부만 하타마에게 충성을 맹세했고 대부분의 부대는 중립을 지키고 있는 상태다. 전(前) 대통령 가리크나가 대통령궁에서 각료들과 회의 중에 하타마에게 몰살당한 때문이다. 그것이 한 달 반 전이었으니 이제 다시 정권이 뒤집힐 차례다. 조나단 일행이 안으로 들어서자 나무 의자에 앉아 있던 흑인이 일어섰다. 장신이다. 헐렁한 반팔 셔츠에 검정색 바지를 입었고 발에는 샌들을 신었다. 반백의 머리칼은 짧아서 둥근 머리형이 그대로 드러났다. 조나단 옆에는 무장한 흑인 둘과 가는 몸매의 흑인이 한 명 서 있다.

"어서 오시오."

보만이 굵은 목소리로 말했다.

"기다리고 있었습니다."

"모시러 왔습니다."

조나단이 보만의 손을 잡으면서 먼저 김태우를 소개했다.

"이번 작전을 만드신 김코의 김 대표이십니다."

"말씀 들었습니다."

보만이 김태우에게 손을 내밀었다. 실핏줄이 깔린 눈의 흰자위가 번들거리고 있다.

"이제는 쿠데타 기획을 회사에서 하는군요."

"예, 국가에서 주도하면 문제가 될 가능성이 많기 때문에."

김태우가 김코의 설립 의도를 솔직하게 말했다.

"제 보좌관입니다."

보만에게 앤을 소개하자 곧 조나단의 무전기가 울렸다.

무전기를 귀에 붙인 조나단이 통화를 끝내고 나서 감태우를 보았다.

"진압군이 로메에 상륙했습니다."

보만이 숨을 죽였고 조나단이 밖으로 나가면서 말했다.

"차량 준비를 해 놓지요."

이제 대통령궁에서 전쟁이 일어날 것이다. 이준혁이 이끄는 진압군은 3배 가까운 하타마의 병사를 상대로 전투를 치러야만 한다. 방 안에는 보만의 수행원들과 김태우, 앤까지 다섯이 남았다. 그때 보만이 김태우에게 물었다.

"김, 이런 일 처음입니까?"

"예, 장관님."

옆에서 앤이 시선을 주었지만 김태우가 바로 대답했다.

"용병 사업은 처음이지요."

"사업이라면 이윤이 남아야 할 텐데 여기서 어떤 이윤이 있습니까?"

보만이 붉은 실핏줄이 깔린 눈으로 김태우를 응시했다.

"곧 찾을 수 있겠지요."

김태우가 보만의 시선을 받은 채 말을 이었다.

"제가 당분간 옆에서 모실 테니까요."

"토고는 자원이 없는 나라요."

쓴웃음을 지은 보만이 김태우를 보았다.

"시에라리온이나 나이지리아처럼 다이아 광산이나 원유가 나오지 않는단 말입니다."

"공장을 건설해서 제품을 수출하면 양쪽이 다 이득이겠지요."

김태우가 말하자 보만이 눈만 껌벅였다. 앤도 머리를 들고 김태우를 보았다.

"공장?"

보만이 물었다. 어느덧 정색하고 있다.

"무슨 공장 말입니까?"

"난 베트남, 미얀마에 공장을 세웠지요. 그것이 지금은 수만 명이 일하는 대규모 공장이 되었습니다."

"베트남, 미얀마에……."

"용병 사업은 돈이 안 됩니다."

김태우의 얼굴에 웃음이 떠올랐다.

"물론 잘 아시겠지만 이 용병 사업을 기획한 CIA 등 정보기관이 작전이 끝나면 나한테 대가를 주겠지요."

"……."

"그들도 내가 장관님 옆에서 사업을 일으키기를 원할 것입니다."

"그렇군."

마침내 보만이 천천히 머리를 끄덕였다.

"당신은 사업 파트너로 내 옆에 남게 되는 것이군, 그렇지요?"

"그들은 내가 전달자, 또는 용병단의 대표인 경호 책임자로 장관님 옆에 남기를 바라는 것 같은데 난 처음부터 그럴 생각은 없었습니다."

"그럼 환영이오."

머리를 끄덕인 보만이 얼굴을 펴고 웃었다.

"베트남, 미얀마에 사업장을 차린 경험이 있으시다니, 여기도 조건이 좋습니다. 국민성이 순박하고 게으르지 않아요."

보만의 목소리에 열기가 띠어졌다.

"그리고 임금도 그곳보다 쌀 것입니다. 당신은 생산의 최적지를 고른 셈이오, 미스터 김."

"먼저 로메의 하타마가 축출되거나 이 세상에서 없어져야 합니다."

그때 앤이 끼어들어 말했다. 앤의 얼굴에도 웃음이 떠올라 있다.

"저는 두 분의 입장이 이렇게 정돈되고 금방 합의를 한 것이 기쁩니다."

"똑똑한 비서를 두셨군요, 미스터 김."

보만이 지그시 앤을 응시하며 말했다.

"더구나 미인이시고."

"감사합니다."

앤이 어색한 표정으로 인사를 했을 때 방으로 조나단이 들어섰다.

"자, 가십시다. 차가 준비되어 있습니다."

밤 12시가 되어가고 있다. 서둘러 방을 나온 그들은 대기하고 있는 승합차에 올랐다. 차량은 3대, 승합차 3대와 SUV 1대다. 승합차는 한국산 봉고다. SUV가 앞장을 서고 두 번째 봉고에 보만과 김태우, 앤이 탔다. 앞쪽에 조나단의 부하 둘, 보만의 경호원 둘이 탔다. SUV에는 조나단과 셋이, 그리고 뒤쪽에 승합차에 다섯이다. 차가 어둠 속을 달리기 시작할 때 앤이 옆에 앉은 김태우에게 낮게 물었다.

"공장 구상은 누가 한 것이죠?"

"내가."

엄지를 구부려 자신을 가리켜 보인 김태우가 목소리를 낮췄다.

"CIA는 사업 따위에 관심도 없으니까 내가 해야지요."

"우리는 당신에게 용병단 책임자로 대통령궁 경호실장 자리를 주려고 했는데요."

"나를 말이오?"

다시 엄지로 자신을 가리켜 보인 김태우가 투덜거렸다.

"글쎄, CIA는 사람 볼 줄을 모른다니까? 내가 경호실장 노릇 하려고 이곳까지 온 줄 아시오?"

"그럼 뭔데요?"

"토고에 공장을 세워 한국처럼 만들어 보려는 거요. 한국도 50년 전에는 토고만큼 가난했어요."

"탕!"

첫발은 이준혁이 쏘았다. 로메의 대통령궁 앞, 밤 11시. 50미터 앞에 서 있던 경비원이 허물어지듯 땅바닥에 주저앉았을 때 천지를 진동하는 폭음이 울렸다. 이준혁의 발사음을 신호로 사방을 포위하고 있던 용병단이 일제 사격을 퍼부은 것이다. 미사일, 중기관총, 수류탄과 각종 화기의 발사음이 밤하늘을 울렸고 폭발 화염으로 순식간에 대통령궁은 불덩이가 되어 간다.

"하타마를 놓치지 마라!"

이준혁이 무전기에 대고 다시 한 번 주의를 주었다. 이미 대통령궁 모형도를 놓고 여러 번 연습한 터라 눈을 감고서도 위치를 찾아갈 수 있다. 이준혁이 지휘부와 함께 뒤로 물러서자 용병단이 거침없이 전진했다. 곳곳에서 총성이 울리는 전장(戰場)이다. 이제 옆쪽에서도 불쑥불쑥 대통령궁 경호대가 튀어나왔으므로 지휘부 경호팀이 어지럽게 총을 난사했다. 이준혁이 보기에도 이미 기선은 제압했다. 용병단은 거침없이 진격하고 있다. 기습을 당한 대통령궁 경호대는 간간이 저항을 하지만 지리멸렬 상태가 되어서 밀리는 상황이 되어가는 중이다.

"2조, 목표 달성!"

무전기에서 2조장의 숨 가쁜 목소리가 들렸을 때는 대통령궁에 진입한 지 15분이 지났을 때다. 2조는 경비대의 막사를 기습, 전멸시키는 임무를 맡았다. 따라서 취침 중이던 대통령궁 경비대 주력이 제압당한 것이다. 그때 다시 무전이 울렸다.

"제 4조, 임무 완수!"

4조는 서쪽 경비초소를 맡은 용병단이다. 서쪽의 3개 초소와 전차 2대를 격파했다는 것이다. 그러나 총성과 폭음은 계속해서 울리고 있다. 이준혁이 무전기에 대고 소리쳤다.

"4조는 3조를 지원해라!"

"예! 알겠습니다."

기운찬 대답 소리가 들리더니 무전이 끊겼다. 그때 옆으로 서튼이 다가왔다. CIA 요원으로 이번 작전의 고문관이다.

"대령, 2조에게 1조를 지원하도록 해 주시오."

머리를 끄덕인 이준혁이 무전기를 다시 귀에 붙였다. 1조는 대통령의 숙소로 진입한 조인 것이다.

"2조! 1조를 지원해라!"

이준혁이 소리쳤을 때다. 무전기의 수신음이 울리더니 1조장의 목소리가 울렸다.

"하타마를 잡았습니다!"

그 소리를 들은 옆쪽 지휘부 요원들이 함성을 질렀다. 작전 성공이다. 이준혁이 손목시계를 보았다. 11시 35분이다. 30분 만에 대통령궁을 장악하고 쿠데타 지휘관 하타마를 잡았다. 아직도 총성이 난무하는 대통령궁 건물 사이를 뛰어 이준혁이 대통령궁 숙소로 들어섰을 때 1조장 오금택 소좌가 기다리고 있다가 보고했다.

"대좌 동지! 다 죽였고 하타마만 살려놓았습니다."

오금택의 두 눈이 번들거리고 있다.

"그런데 하타마도 반항하길래 다리를 쏴 병신을 만들었습니다."

오금택의 뒤쪽으로 땅바닥에 주저앉아 있는 하타마가 보였다. 하타마는 잠옷 바지 차림에 상반신은 알몸이다.

"잘했어."

이준혁이 치하했을 때 뒤쪽에서 부관이 보고했다.

"대좌 동지! 제 5조가 임무 완수했습니다!"

5조는 대통령궁 동쪽을 맡은 용병단이다. 그리고 보니 총성과 폭음이 반 이상 줄어들었다. 이제 남은 지역은 북쪽과 남쪽이다. 그러나 하타마를 생포했으니 전쟁은 끝난 것이나 같다.

"대령! 성공이오!"

서튼이 얼굴을 펴고 웃었다.

"북한군은 최고요!"

미국인의 입에서, 더구나 CIA 요원의 입에서 이런 찬사가 뱉어진 것은 역사상 처음일 것이다. 그때 부관이 다시 소리쳐 보고했다.

"대좌 동지! 3조가 임무를 완수했습니다!"

이제 북쪽 방면 하나만 남았다. 머리를 든 이준혁이 서튼을 보았다.

"자, 이제 정부 접수 작전이 남았소."

그때 총성이 뚝 그치더니 부관이 이어서 보고했다.

"6조가 임무 완수 했습니다!"

서튼이 무전기를 귀에 붙이고 말했다.

"작전 끝났습니다."

서튼은 본부에 보고를 하는 것이다. 이제 김코 용병단은 첫 사업을 성공적으로 완수했다. 이준혁이 땅바닥에서 꿈틀거리는 하타마를 턱으로 가리키며 지시했다.

"저 물건을 묶어라. 다리는 치료하고."

혼란에 빠진 로메 시가지를 뚫고 보만과 김태우 일행을 태운 차량 대열이 대통령궁 안으로 들어섰을 때는 오전 3시 반이다. 작전이 끝난 지 3시간이 지났을 무렵이다.

"자, 이쪽으로."

기다리고 있던 서튼이 보만을 맞았다.

"방송 준비가 다 되었습니다. 가십시다."

그동안에 로메에 하나밖에 없는 방송사 보도팀을 대기시켜 놓은 것이다. 방송국은 용병단이 점령한 상태다. 대통령궁에 뒤덮였던 시체는 대부분 정리되었지만 지금도 여러 채의 건물이 불에 타는 중이었고 부상자는 한곳에 모아 놓아 아직 치료도 받지 않았다. 그중 온전한 연회동으로 들어선 보만이 곧 준비된 대국민 성명을 발표하기 시작했다.

"대가는 무엇입니까?"

보만이 발표하는 동안 밖으로 나온 김태우가 이준혁에게 다가가 물었다. 지금까지 궁금했던 것을 물은 것이다. 이준혁이 어둠 속에서 얼굴을 일그러뜨리며 웃었다.

"그건 내가 개입하지 않았소. 상부에서 만나 결정했습니다."

어깨를 치켜 올렸다가 내린 이준혁이 김태우를 보았다.

"김 형 몫이나 잘 챙기시오."

"여기서 가져갈 것이 있습니까?"

"미국 측이 제시를 하지 않던가요?"

"우리는 국정원이 나한테 일임한 상황입니다."

"그렇군."

이준혁이 머리를 끄덕였다.

"남조선은 우리하고 다르다는 것을 잊었군."

"용병단에게 보너스는 지급해야 되겠지요?"

매캐한 화약 냄새에 섞여 피비린내가 맡아졌다. 김태우는 둘의 대화가 분위기와 어울리지 않는다는 생각이 들었다. 그때 이준혁이 대답했다.

"용병단은 군인이오. 그리고 관리는 우리가 할 테니까 김 형은 신경 쓰지 않아도 됩니다."

김코의 구성원인 용병단 관리는 북한 측이 맡기로 되어 있는 것이다. 둘이 서 있는 앞으로 용병들이 분주하게 오가고 있다. 모두 활기 띤 모습이다. 차를 몰고 지나는 용병도 있고 포로로 잡힌 하타마의 병사들을 끌고 가는 용병도 보인다. 화재를 진압하려고 용병 서너 명이 포로들과 함께 현장으로 달려갔다.

"용병 피해는 얼마나 되지요?"

김태우가 묻자 이준혁이 바로 대답했다.

"12명 전사, 32명 부상이오. 적은 215명 전사, 부상자 포함해서 포로가 677명입니다."

"대승이군요."

"곧 공화국에서 1개 중대 2백여 명을 충원 받을 예정이오."

머리를 든 이준혁이 김태우를 보았다.

"보만이 친미 정권을 세울 때까지 우리는 토고에 주둔하게 될 테니까요."

"나도 이곳에서 한동안 머물 것 같습니다."

김태우가 말을 이었다.

"토고에 공장을 짓기로 했으니까요."

"누구하고 상의했습니까?"

"보만이 적극 협조하겠다는 약속을 받았습니다."

이준혁이 정색하고 김태우를 보았다.

"김 형이 베트남, 미얀마에 이어서 토고를 실질적으로 지배하게 되시는 겁니다."

"용병단은 김 대좌님이 관리하게 되어 있지만 내가 명색이 김코 대표입니다."

이번에는 김태우가 똑바로 이준혁을 보았다.

"용병단에게 보너스를 주겠습니다."

"……."

"나라를 지키는 전쟁이 아니라 용병으로 싸운 것 아닙니까? 그러니 보수를 받아야지요."

"그것이."

어깨를 늘어뜨린 이준혁의 얼굴이 어둠 속에서 다시 일그러졌다.

"김 형, 우린 그럴 능력이 없소."

"그러니까 내가 준다는 겁니다."

"어떻게 준다는 겁니까?"

"하사관은 전사자까지 포함해서 각각 1천 불, 장교는 2천 불씩. 어떻습니까?"

이준혁이 숨을 들이켰다.

"그 많은 돈을 어떻게 준비합니까? 설마 토고 정부에서 뜯어낼 생각은 아니시겠지."

"그럴 수가 있겠습니까?"

정색한 김태우가 말을 이었다.

"미국 측에서 받아낼 겁니다."

"미국 측에서……."

"공장 설립 자금도 받아낼 겁니다."

이준혁의 시선을 받은 김태우가 어둠 속에서 이를 드러내고 웃었다.

"서로 돕는 겁니다. 한국과 북한이 토고에 친미 정권을 세우는 데 협력했지 않습니까? 더구나 보코하람의 방해도 받지 않고 말입니다."

김태우가 제 가슴을 손바닥으로 쳤다. 김태우는 보코하람의 대리인 겸 장교인 것이다. 이준혁도 연락관 노릇을 하고 있다. 이준혁이 머리를 끄덕였다.

"그렇군, 과연 김 형은 장사꾼이오."

아침 햇살이 깨진 유리창에 반사되어 날카롭게 반짝였다. 로메의 대통령궁 안이다. 반나절 만에 보만의 역쿠데타가 성공하여 새로운 정권이 탄생했다. 대통령궁에는 이미 토고 전군(全軍)의 지휘관이 모여 있었는데 모두 비무장으로 들어와 충성을 맹세한 것이다. 앤이 머리를 들고 김태우를 보았다.

"김, 할 말이 있다고 했지요?"

김태우가 앤을 보만의 집무실 옆방으로 불러낸 것이다. 앤의 푸른 눈동자가 깜박이지도 않고 김태우를 응시했다.

"자금 지원을 받아야겠어요, 앤."

김태우가 똑바로 앤을 마주보았다.

"북한 용병단 포상금을 줘야겠는데 1백만 불이 필요해요."

"……."

"그리고 당신도 이야기를 들었지만 공장 설립 자금을 지원받아야겠어요. 지금 당장 본부에 연락해 주시오."

"어떤 공장이죠?"

"의류요. 내가 베트남, 미얀마에서 대규모 의류 공장을 건설했습니다. 토고를 서아프리카의 의류 산업 중심지로 만들 거요."

김태우를 응시하던 앤이 머리를 끄덕였다.

"연락하지요."

"앤, 당신은 내 토고 사업체에서 일하는 겁니다."

"무슨 말씀인지 압니다."

자리에서 일어선 앤의 얼굴에 희미하게 웃음이 떠올랐다.

"당신은 보만보다 더 준비된 사람처럼 느껴지는군요."

앤이 방을 나갔을 때 문 앞에서 지키고 서 있던 하영찬 상사가 들어와 말했다.

"사장 동지, 대좌 동지는 보만과 회의 중이십니다."

머리를 끄덕인 김태우가 밖으로 나왔다. 하영찬은 이준혁이 붙여준 김태우의 호위 역이다. AK-47을 목에 걸어 앞에 늘어뜨린 하영찬은 30대 중반쯤으로 건장한 체격이다. 밖은 거의 정돈되었지만 폭발로 부서진 건물 잔해가 밝은 햇살 아래 더 선뜩하게 느껴졌다. 아직도 화약 냄새가 났고 뒤쪽 건물에서는 연기가 피어오른다. 그러나 대통령궁 안은 활기에 차 있었다. 수백 명의 흑인 민간인과 군 장교가 바쁘게 오가고 있었는데 모두 보만에게 충성을 맹세한 고위층이다.

"정복했습니다."

김태우의 뒤에 서 있던 하영찬이 들뜬 목소리로 말했다.

"우리가 토고를 정복했단 말씀입니다."

"그렇군."

어느덧 김태우도 그때서야 감개가 몰려왔으므로 주위를 둘러보았다.

"2백 명으로 정권을 잡았어."

발을 뗀 김태우가 본관으로 다가갔고 하영찬이 뒤를 따른다. 지나던 용병단 대원들이 김태우를 보더니 경례를 했다. 김태우는 용병단 대장 이준혁과 동급인 것이다. 김태우가 하영찬에게 물었다.

"하 상사는 결혼했어요?"

"예, 사장 동지. 양강도에 처자가 있습니다."

"아이는 몇이오?"

"예, 일곱 살, 다섯 살짜리, 딸 둘입니다."

"고향은 언제 떠나왔소?"

"1년쯤 되었지요."

"그동안 어디 있었는데?"

"콩고, 시에라리온, 우간다에도 좀 있다가 이 작전에 합류한 것입니다."

"그동안 양강도의 처자한테 생활비는 보내주었소?"

그때 잠깐 입을 다물었던 하영찬이 목소리를 낮췄다.

"100불도 보내주고 50불도 보내줄 때가 있었지요."

걸음을 늦춘 김태우가 하영찬을 보았다.

"1년 동안 얼마나 보내주었소?"

하영찬의 얼굴에 쓴웃음이 번졌다.

"사장 동지, 그걸 왜 묻습니까?"

"내가 김코 사장으로 동무들의 사장이기 때문이지. 이 대좌 동지도 내 회사 소속이 아니요?"

"그건 그렇습니다."

"그러니 보수를 얼마 받았는지를 알아야, 내가 얼마나 줘야 할지를 결정하지요. 그것이 내가 할 일이니까요."

그러고는 다시 물었다.

"지난 1년 동안 양강도의 처자에게 생활비를 얼마나 보냈습니까?"

"350불 보냈습니다, 사장 동지."

외면한 하영찬이 말했으므로 김태우가 머리를 끄덕였다.

"하 동무가 용병단 동무들에게 전해요."

"……."

"내가 곧 하사관 동무 전원에게는 각각 1500불씩, 전사자, 부상자는 500불을 더 지급해서 2천 불씩 지급하겠소."

심호흡을 한 김태우가 말을 이었다.

"장교들은 2천 불, 장교 전사자는 3천 불이오."

값을 예정보다 올렸다.

깜박 잠이 들었던 김태우가 눈을 떴다. 그 순간 김태우가 놀라 상반신을 일으켰다. 옆에 여자가 누워 있었기 때문이다. 방 안의 불을 켜 놓아서 여자의 모습이 뚜렷하게 드러났다. 흑갈색 피부의 혼혈이다. 이복 구비가 조각한 것처럼 다듬어진 미인. 여자는 깨어 있었는지 따라서 몸을 일으키며 물었다.

"놀라셨어요?"

맑고 부드러운 목소리의 영어. 김태우는 숨을 들이켰다. 여자는 알몸이었기 때문이다. 단단하지만 볼륨이 있는 젖가슴이 출렁거렸고 아랫배와 허벅지 사이의 붉은 골짜기가 선명하게 드러났다. 음모가 거의 없는 골짜기는 더욱 자극적이다. 김태우가 여자를 노려보았다.

"누구야?"

"사티에라고 합니다."

"여기 왜 온 거야?"

"보만 각하께서 보냈습니다."

밤 11시 반이다. 저녁을 보만, 이준혁, 서튼과 앤 등 10여 명이 모여 먹고 나서 다시 술을 마셨기 때문에 10시 반쯤 잠자리에 들었던 것이다. 이곳은 보만의 침실 아래층의 손님용 방이다. 1층에는 손님용 방이 20여 개나 있어서 경호원과 이준혁, 서튼, 앤까지 묵고 있는 것이다.

"이런 빌어먹을. 어떻게 된 거야?"

한국말로 투덜거린 김태우가 다시 여자에게 물었다.

"경비병이 통과시켜 주었어?"

"예, 장군님."

장군이란 말에 쓴웃음을 지은 김태우가 지긋이 여자를 보았다. 놀람이 가라앉자 여자의 모습이 눈에 더 선명하게 들어왔고 이제는 냄새도 맡아졌다. 향수와 체취가 섞인 냄새가 자극적이다.

"넌 무엇 하는 여자야?"

다시 김태우가 묻자 여자가 대답했다.

"예, 죽은 가리크나 대통령의 9번째 아내입니다."

김태우가 시선만 주었다. 가리크나는 하타마에게 처형당한 전(前) 대통령이다. 독재자였던 가리크나는 10여 명의 아내와 수십 명의 첩을 거느렸고 욕조에 한국산 맥주를 채워 목욕을 했다고 한다. 목욕을 하면서 욕조의 맥주를 마셨다는 것이다. 그래서 서부 아프리카에 한국산 맥주 판매량이 급등하기도 했다. 여자가 말을 이었다.

"싫으시면 가겠습니다, 장군."

"이름이 뭐라고 했지?"

"사티에입니다."

"나이는?"

"스물셋입니다."

"대통령 아내는 언제 된 거야?"

"1년 전입니다, 장군."

"아이는 낳았나?"

"없습니다, 장군."

긴장이 조금 풀렸는지 여자의 눈빛이 부드러워졌다. 침대에 등을 붙이고 앉은 여자는 알몸을 가리려고 하지 않는다. 두 손을 늘어뜨려서 전신이 다 드러났다. 여자의 알몸을 훑어본 김태우는 저절로 고여진 침을 삼켰다.

"하타마가 대통령궁을 빼앗고 나서 너희들을 전리품 취급하지 않았어?"

"했지요."

여자가 어깨를 웅크리는 시늉을 했다.

"우리를 번갈아 침실로 끌어들였습니다. 나도 두 번 끌려갔지요."

"두 번밖에 안 돼?"

"여자가 많았거든요."

"가리크나의 처첩은 몇 명이나 돼?"

"50명쯤 되었습니다."

숨만 들이켠 김태우에게 여자가 말을 이었다.

"하타마는 욕심이 많아서 한 명도 측근들에게 나눠주지 않았지요. 그랬다가 가리크나처럼 똑같이 자다가 당하는군요."

"그런가?"

"이번에는 경호실 장군이 여자를 분배했습니다. 그래서 제가 이곳에 오게 된 것이죠. 보만 각하가 보낸 것이 아닙니다."

이준혁이다. 쓴웃음을 지은 김태우가 머리를 끄덕였다. 보만이 여색을 밝히는지 알 수 없지만 아직 전리품처럼 여자를 배분해 줄 처지는 아닌 것이다. 그때 김태우가 팬티를 벗었으므로 여자가 숨을 들이켜는 소리를 내었다. 김태우는 팬티 차림이어서 금방 알몸이 된 것이다. 그래서 쇠뭉치 같은 남성이 바로 드러났다,

"오오."

감동한 사티에가 손을 뻗어 김태우의 남성을 쥐었다. 두 눈이 번들거리고 있다.

"장군, 만져도 됩니까?"

두 손으로 남성을 감싸 안은 사티에가 김태우의 하반신 위에 엎드렸다. 엉덩이를 치켜든 자세를 보자 김태우의 남성이 더욱 성이 났다. 그때 사티에가 입을 벌려 김태우의 남성을 넣었다. 김태우가 이를 악물었다. 남성이 뜨겁고 습기 띤 동굴로 진입한 것이다. 사티에가 남성을 입

에 가득 문 채 김태우를 보았다 그러고는 천천히 머리를 흔들기 시작했다. 김태우는 두 손을 뻗어 사티에의 머리칼을 움켜쥐었다. 강한 자극이 몰려와 저절로 이가 물려졌다. 사티에의 움직임이 점점 거칠어졌고 남성에 닿는 자극도 더 커졌다. 사티에의 치켜뜬 눈이 김태우를 응시하고 있다. 그때 김태우가 사티에의 머리칼을 세게 움켜쥐며 말했다.

"그만."

그 한 마디에 사티에가 남성을 입에서 빼내더니 거친 숨을 뱉으며 물었다.

"어떻게 해요?"

아직도 사티에는 김태우의 하반신 위에 엎드려 있는 것이다.

"누워."

김태우가 말하자 사티에는 바로 옆으로 다가오더니 누웠다. 가쁜 숨을 몰아쉬는 젖가슴이 출렁거리고 있다. 김태우는 사티에의 몸 위로 올랐다. 사티에가 다리를 벌리면서 김태우를 맞을 준비를 했다. 반쯤 벌린 입에서 더운 숨결이 뱉어졌고 번들거리는 눈은 기대감으로 부풀어 있다. 남성을 골짜기 윗부분에 붙인 김태우가 사티에를 내려다보았다. 사티에의 눈동자는 이미 초점이 흐려져 있다. 그 순간 김태우의 남성이 거칠게 진입했다.

"아악!"

사티에의 입에서 커다랗게 신음이 터졌다. 그러나 두 손은 김태우의 팔을 움켜쥔 채 더욱 힘이 들어갔다.

"으음."

김태우도 탄성을 뱉었다. 사티에의 동굴은 이미 뜨거운 용암으로 가득 차 있었던 것이다. 사티에의 동굴은 좁고 탄력이 강했다. 강한 압박

200

감이 몰려왔으므로 김태우는 온몸이 굳어지는 느낌을 받는다. 방 안은 거친 숨소리와 사티에가 지르는 신음으로 뒤덮였다. 몸이 부딪치는 소리가 높아졌고 신음은 더 자지러졌다. 김태우는 사티에의 몸이 놀랄 만큼 부드럽고 강하며 매끄러운 것을 느꼈다. 사지가 용수철처럼 반응하면서 리듬을 맞추는 것이다. 사티에가 턱을 뒤로 젖히면서 소리쳤다.

"장군, 좋아요!"

그 순간 사티에가 터졌다. 하반신이 공처럼 튀어 오르는 것 같더니 동굴의 신축성이 와락 강해진 것이다. 막혀 버린 것 같다. 김태우는 이를 악물었다. 금방 터지지 않으려는 것이다. 사티에가 입을 딱 벌렸으나 외침도 뱉어지지 않았다. 호흡도 잠깐 멈췄다. 그러더니 길게 신음을 뱉으면서 김태우의 몸을 빈틈없이 감아 안았다. 김태우는 땀에 젖은 사티에의 몸을 마주 안았다. 사티에의 절정은 신비했다. 그때 사티에가 거친 숨을 뱉으면서 말했다.

"장군, 조금만 기다려줘요."

그러면서 김태우의 등을 부드럽게 쓸었다. 사티에의 동굴은 아직도 강하게 김태우의 남성을 움켜쥐고 있다. 사티에가 가쁜 숨을 뱉으며 말했다.

"너무 좋아요, 장군."

김태우는 그것이 진심인 것을 안다. 몸이 말해 주고 있기 때문이다. 이윽고 사티에의 동굴이 꿈틀거리기 시작했다. 꽉 갇혀 있던 남성이 여유가 생겼으므로 김태우가 다시 움직였다. 사티에의 신음이 다시 이어졌다. 그때 김태우가 허리를 돌리는 시늉을 하면서 말했다.

"뒤로."

후배위 자세를 말하는 것이다. 사티에가 바로 몸을 돌리면서 김태우

앞에 엉덩이를 내밀고 엎드렸다. 상반신은 침대 위에 납작 엎드린 자세였고 두 다리를 벌린 채 엉덩이를 치켜들었다. 그 순간 김태우는 숨을 들이켰다. 사티에의 모습이 충격적이었기 때문이다. 넓고 큰 엉덩이, 흑갈색 피부는 불빛을 받아 번들거렸고 엉덩이 사이의 선홍빛 계곡은 잔뜩 젖은 채 꿈틀거리고 있다. 이 모습만으로도 폭발할 것 같다. 그때 사티에가 유혹하듯이 엉덩이를 흔들었다. 그러고는 거친 숨을 뱉으면서 재촉했다.

"장군, 빨리요."

그 순간 김태우는 끌려드는 것처럼 사티에의 몸에 붙었다. 엉덩이를 두 손으로 움켜쥔 김태우가 남성을 붙인 순간 거칠게 진입했다.

"아아아!"

사티에의 신음이 다시 울렸다. 그 순간 김태우도 자신의 몸이 뜨거운 동굴 안으로 빨려드는 느낌을 받는다. 다시 방 안에서 울리는 소음은 더 격렬해졌다. 김태우가 손을 뻗어 사티에의 입을 막을 정도였다. 김태우는 사티에와 함께 허공으로 솟아올랐다. 온몸이 불덩이가 되면서 타오르는 것 같다.

다음 날 오전 김태우는 앤과 함께 라고스행 비행기에 탑승했다. 하타마를 제거한 지 5일째 되는 날이다. 이제 보만은 토고 혁명 위원회 위원장 겸 임시 대통령이 되었고 정부 조직도 갖춰졌다. 김태우는 보만의 경제 보좌관이다. 라고스행 비행기는 전세기여서 24인승 좌석에 승객이 대여섯 명뿐이다. 김태우가 통로 건너편에 앉은 앤에게 물었다.

"앤, 난 라고스에서 보코하람도 만날 예정이오."

앤이 시선을 주었고 김태우가 말을 이었다.

"이 대좌가 보코하람 연락관 겸 고문관이지만 나도 보코하람의 원유 대금을 처리하는 소령이란 말이오."

앤이 머리를 끄덕였다. 보코하람은 과격 행동을 억제하면서 국제 사회로부터 인정받기를 기대했다. 김태우를 보코하람 소령으로 임명한 것도 그런 맥락이다. 앤이 입을 열었다.

"본부에 연락했으니까 라고스에 가면 당신의 요구 사항에 대한 대답을 들을 수 있을 겁니다."

"난 토고에 내 사업체를 세울 겁니다."

불쑥 김태우가 말하자 앤이 다시 시선만 주었다. 비행기는 구름 한 점 없는 푸른 하늘에서 정지하고 있는 것 같다. 김태우가 푸른 하늘 같은 앤의 눈동자를 똑바로 보았다.

"내 개인 사업체 말입니다. 대양 법인장이 아닌 김태우의 사업장."

"당신은 계속 나를 놀라게 하는군요."

"이제 나도 내 사업을 차릴 때가 되었어요."

"라고스에서 지금 공사 중인 클럽도 당신이 참여하는 것 아닌가요?"

"내가 지분만 가질 뿐이지 내가 투자한 사업장이 아니오."

"CIA 자금으로 토고에서 당신 사업을 하겠다는 말인가요?"

"그럼 CIA가 직접 운영해 보시든가."

그때 앤이 입술 끝을 비틀어 웃었다.

"김, 당신은 순발력이 강해요."

"머리는 별로 좋지 않아요."

"학교 성적 말인가요? 그건 별로 중요하지 않다는 걸 이제 느끼셨을 텐데."

"당신은 좋은 대학 나왔을 것 아뇨?"

"하지만 그것이 성공의 기준은 아닙니다."

앤의 시선을 받은 김태우가 쓴웃음을 지었다.

"앤, 다 똑같지는 않아요. 나한테 어떤 계기가 없었다면 지금도 나는 정수기 A/S 서비스 요원으로 일하고 있을 겁니다."

"그 계기가 뭔데요?"

"외삼촌이 날 운동을 시킨 것이지요."

"무슨 운동?"

"복싱."

건성으로 그렇게 말한 김태우가 화제를 돌렸다.

"앤, 당신은 내 사업에도 파트너가 될 겁니까?"

"사업은 당신이 하겠지만 옆에는 있어야 되겠지요."

"감시역이군."

"우리가 투자만 하고 내버려 둘 수는 없으니까요."

맞는 말이었으므로 김태우가 머리를 끄덕였다. 비행기 안은 조용하다. 탑승객은 모두 잠이 들었거나 창밖을 본다. 오전 10시 반. 한 시간밖에 안 걸리는 비행시간이었으므로 비행기는 곧 착륙할 것이다. 그때 앤이 입을 열었다.

"본부에서 당신의 계획을 적극 환영하는 분위기예요."

"고맙군."

"당신의 순발력에 감탄하고 있습니다."

"내가 게임할 때 순발력이 있다는 평을 좀 들었지요."

앤이 쓴웃음만 지었을 때 김태우가 물었다.

"남자 있습니까?"

"필라델피아에 남자 친구가 있지요."

"같은 요원입니까?"

"대학 동기로 변호사죠."

김태우가 머리만 끄덕이자 앤이 정색한 얼굴로 김태우를 보았다.

"당신은 애인이 많더군요, 김."

"많은 편이지요."

"사티에는 당신 애인이 되었더군요."

"이 대좌가 보내준 겁니다."

"여자는 모두 섹스 파트너인가요?"

"그런 셈이지요."

이제는 김태우가 지그시 앤을 보았다.

"당신은 섹스 파트너 없어요?"

"없어요."

쓴웃음을 지은 앤이 푸른 눈동자로 김태우를 똑바로 보았다.

"난 당신하고 달라요, 김."

그 표정으로 앤이 말을 이었다.

"당신 말대로 사람이 다 똑같지는 않아요. 난 섹스 파트너가 필요 없습니다."

회사로 돌아온 김태우에게 빅토리아가 말했다.

"보스, 본사 기조실장님이 전화를 하셨습니다."

김태우의 시선을 받은 빅토리아가 말을 이었다.

"돌아오시면 전화해 달라고 합니다."

오후 4시, 김태우는 공항에서 바로 사무실로 돌아왔다. 사무실 분위기는 활기에 싸여 있다. 한 번만 훑어보아도 느낄 수 있는 것이다. 조스주의 광산을 다시 관리하게 된 데다 원유 사업도 궤도에 올랐고 대양 소유의 건물 임대료만 한 달에 20만 불 정도가 걷히고 있다. 김태우가 무스타파의 대리인으로 월급 없는 소령 노릇을 한 덕분이다. 그전까지만 해도 대양 소유의 빌딩 3동에서는 임대료가 한 푼도 걷히지 않았던 것이다. 임대인들이 정부 실력자 배경을 믿고 임대료를 내지 않았기 때문이다. 김태우가 빅토리아를 보았다.

"아이렌은 회사 잘 다니나?"

"네. 어제 잠깐 인사차 들렀는데 몰라보게 달라졌습니다."

빅토리아의 얼굴에 웃음이 떠올랐다.

"그쪽 사장님의 비서를 맡고 있다는데 옷도 고급 옷을 입어서 귀부인처럼 보였습니다. 여사장님이 사 줬다는군요."

"잘되었군."

"모두 보스가 해 주신 덕분이죠."

머리를 든 김태우가 빅토리아를 보았다.

"지금까지 밀린 임대료가 얼마지?"

"예, 보스."

빅토리아가 가져온 장부를 펼치더니 말을 이었다.

"34개 업체에서 657만 불이 밀렸습니다. 지난 3년 동안 임대료를 안 내다가 석 달 전부터 내기 시작했으니까요."

"통보를 해."

"예, 보스. 뭐라고 할까요?"

"밀린 임대료를 한 달 안에 지급하라고. 그러지 않으면 이자까지 물어내게 될 것이라고."

"예, 보스."

"그렇게 하지 않으면 채권을 보코하람에 넘기겠다고 전해."

"알겠습니다, 보스."

어깨를 치켜세운 빅토리아가 방을 나갔을 때 김태우는 전화기를 들었다. 라고스가 오후 4시였으니 서울은 오전 8시다. 기조실장 조세진이 출근해 있을 시간이다. 예상했던 대로 조세진이 바로 전화를 받았다.

"아, 지금 어딘가?"

김태우의 목소리를 들은 조세진이 반갑게 물었다.

"예, 라고스로 돌아왔습니다."

"토고 일이 잘 되어서 다행이네."

조세진이 들뜬 목소리로 말을 이었다.

"회장님과 그룹 사장님도 기뻐하셨네."

김태우가 토고를 떠나기 전에 상황을 대충 이야기한 것이다. 놀란 그들은 감히 충고도 하지 못했다. 혹시나 회사에 불이익이 오지나 않을까 하고 급급하게 계산기를 두드렸을 것이다. 그리고 그것이 득이 되면 득이 되었지 손해가 될 가능성은 거의 없다는 결론이 난 것 같다. 떠나기 전날에 몸조심하라는 신재식의 전화를 받은 것이다.

"감사합니다, 실장님."

"내가 감사받을 일을 했어야지."

"지원해 주시는 것이 고맙죠."

"당연히 할 일이지. 어쨌든 토고에 새 정권이 생긴 것도 김코 때문이 아닌가? 김코가 큰일을 했어."

"감사합니다."

"회사에서 도울 일 있나?"

"없습니다."

토고에 공장을 세운다고 자금 요청을 하면 당장에 기조실 인력을 보내주고 몇천만 불이 되더라도 자금을 댈 것이다. 그러나 그렇게 되면 '대양'의 사업이 된다. 이제는 김코, 클럽 비즈니스에 이어서 '김태우' 사업을 할 작정이다. 그때 조세진이 말했다.

"김 사장, 그래서 이번에 회사에서 김 사장을 본사 상무로 발령을 낼 예정이네."

"예?"

놀란 김태우가 숨을 들이켰다. 아직 정식 부장도 안 된 상황인 것이다. 현지 법인 사장이라지만 본사 직급은 부장 대리다. 그때 조세진이 말했다.

"그리고 자네 업무가 너무 벅찬 것 같아서 본사에서 라고스 법인 부사장을 보내기로 했어."

조세진의 목소리가 굳어진 느낌이 든다.

"회장님의 막내딸인 신유리 씨야. 대양 계열사인 대양개발 상무로 있다가 이번에 라고스 법인으로 발령을 받았네."

"……."

"서른세 살로 이혼녀야, 김 사장."

"알았다. 바로 알아보지."

유상규의 목소리가 수화구를 울렸다.

"이틀이면 될 거다."

김태우는 방금 신유리에 대한 조사를 부탁한 것이다. 회사에서 법인 부사장을 보낸다는데 막을 수는 없는 노릇이다. 그리고 실제로 법인 업무가 많아지는 터라 현지 인력을 많이 채용한다고 되는 일이 아니다.

본사의 지원이 필요한 것은 사실이다. 그런데 회장의 딸이라니. 대양상사의 사장이며 회장 신용학의 후계자인 신재식은 나이가 51세, 이미 중년이다. 그런데 막내딸로 33세라니? 회장 사모님은 도대체 몇 살까지 자식을 낳았단 말인가? 유상규와 통화가 끝났을 때 인터폰이 울리면서 빅토리아가 말했다.

"보스, 앤 씨한테서 전화가 왔습니다. 통화 끝나면 연락 바란다고 하셨습니다."

"고마워."

김태우가 바로 전화기 버튼을 누르자 앤과 연결되었다. 김태우의 목소리를 들은 앤이 말했다.

"김, 본부에서 승인을 받았습니다. 자금 계획과 운영 계획을 보내 달라고 합니다. 언제까지 제출할 거죠?"

"일주일이면 됩니다."

"알았어요. 연락하지요."

앤은 사무적이다. 용건이 끝나자 바로 전화를 끊었으므로 김태우의 얼굴에 웃음이 떠올랐다. 다시 전화기를 든 김태우가 버튼을 눌렀다. 이번에는 신호음이 다섯 번 울리고 나서 사내의 굵은 목소리가 들렸다.

"아니, 김 사장, 웬일이오?"

미얀마의 강철진이다. 강철진은 이제 소장으로 진급해서 미얀마 사업장을 총괄하고 있는 것이다.

"지금 토고에 있소?"

강철진이 묻자 김태우가 웃음 띤 목소리로 대답했다.

"라고스로 돌아왔습니다. 사업 때문에요."

"그렇지, 사업도 하셔야지."

"이번에는 강 소장님 협조를 받아야 할 일이 있어서요."

"그런 일이 있으면 얼마든지 도와야지."

"서로 돕고 살아야지요."

"아니, 내가 신세만 졌으니까 이번에는 뭘 안 받고도 돕겠소. 뭡니까?"

"토고에도 공장을 건설하려고 합니다. 이번에는 규모가 큽니다."

김태우가 이야기하는 동안 강철진은 숨소리도 내지 않고 들었다. 이윽고 설명이 끝났을 때 강철진이 긴 숨부터 뱉었다.

"내가 또 진급을 할 것 같군."

"하셔야죠."

"그렇다면 내가 즉시 사업 계획, 자금 계획을 여기 있는 동무들하고 작성을 하지요."

"부탁합니다."

"공장 관리직은 모두 우리 북조선 동무들이 맡는 것이지요?"

"그렇게 해 드릴 겁니다."

"알겠습니다. 곧 연락드리지요."

강철진의 기운찬 대답을 듣고 난 김태우가 전화기를 내려놓았다. 토고의 공장은 시장 조사부터 공장 설계, 소요 자금까지 강철진이 맡아서 해 줄 것이었다. 강철진으로서는 수백 명의 기술 인력과 함께 서아프리카로 시장을 확대시킬 수 있는 절호의 기회가 될 것이다. 김코의 주력이 된 이준혁과 함께 손발을 맞추게 될 테니 금상첨화다. 사무실을 나온 김태우가 컨티넨탈호텔 지하층의 리모델링 현장에 들어섰을 때는 오후 6시 반이다.

"왔어?"

현장에서 기다리고 있던 박윤주가 웃음 띤 얼굴로 맞았다. 옆에 서 있던 아이렌이 눈인사만 했는데 반가운 기색이 역력했다. 다가선 김태우가 현장을 둘러보면서 말했다.

"공사가 다 끝나 가는데. 언제 개업할 거야?"

"일주일 후."

박윤주가 말을 이었다.

"내일까지 내부 장식이 끝나고 모레부터 현장 연습이야. 종업원들은 거의 도착했어."

"몇 명이나 돼?"

"한국 출신 30명, 외국계 50명."

박윤주가 웃음 띤 얼굴로 김태우를 보았다.

"모두 눈이 번쩍 뜨일 만한 미인이야. 걔들을 보면 넌 나 보고 싶지도 않을 거야."

"내가 너 보고 싶다고 했어?"

"나하고 그걸 할 생각이 없어질 거란 말이야."

"처음부터 내키지 않았다는 걸 너도 알잖아?"

"내가 내 옆에 선 애보다 못하니?"

박윤주가 웃음 띤 얼굴로 물었다. 옆에는 아이렌이 서 있는 것이다. 한국말로 주고받는 터라 아이렌은 둘의 얼굴만 번갈아 본다. 박윤주가 웃음 띤 얼굴로 말을 이었다.

"유유상종이야. 넌 네 분수에 맞는 애들만 고르는 거야."

"그래, 네 언니 오 사장도 나하고 같은 부류지."

김태우가 발을 떼면서 말했다. 막상막하다.

17장 일본 여자

박윤주는 지금까지 만난 여자와는 다르다. 처음 본 순간부터 그것을 느끼고 있었던 김태우다. 그동안 박윤주와 말도 안 되는 줄다리기를 한 이유도 그것 때문이다. 막상 안을 기회가 왔을 때는 왠지 아깝고 또 놔두었을 때는 후회했다. 그리고 만났을 때는 지금처럼 마음에도 없는 말을 뱉으면서 인내한다. 그때 김태우의 등에 대고 박윤주가 소리쳤다.

"너, 후회하지 마! 이 불륜남아!"

주위의 시선이 모였지만 김태우는 빙긋 웃기만 했다. 한국인은 박윤주와 둘뿐이었기 때문이다. 김태우가 장주현의 서울식당에 들어섰을 때는 오후 7시 반이다. 저녁 시간이어서 식당은 손님으로 차 있었는데 반색을 한 장주현이 다가와 밀실로 안내했다. 이미 연락해 놓았던 것이다.

"아이구, 정말 대통령 만나기보다 힘들어."

방으로 들어선 장주현이 눈을 흘기며 말했다. 얼굴에서 교태가 뚝뚝 떨어지는 것 같다. 다가선 장주현이 김태우의 허리를 두 팔로 감아 안으면서 얼굴을 쳐들었다.

"나, 키스 한 번만 해 줘."

"아이구, 누님 왜 그래?"

하면서도 김태우가 장주현의 얼굴을 두 손으로 감싸 쥐고 키스를 했다. 장주현이 혀를 내밀었으므로 혀를 빤 김태우가 곧 얼굴을 떼었다.

"자, 그만 하지."

"아유, 미치겠어."

장주현이 떨어지면서 김태우의 사타구니를 움켜쥐었다가 놓았다. 식탁에 마주보고 앉았을 때 장주현이 불빛에 번들거리는 눈으로 김태우를 보았다.

"곧 여기로 올 거야."

"누가?"

김태우가 묻자 장주현이 눈을 흘겼다.

"누군 누구야? 미사코지."

"아니, 그럼 누님은 오늘밤 뭐 하려고?"

눈을 크게 뜬 김태우가 묻자 장주현이 눈을 흘겼다가 곧 웃었다.

"우선 미사코부터 끝내고."

"내가 창남이야?"

"그런 창남이라면 아무도 거부하지 못할 거야."

어느덧 정색한 장주현이 김태우를 보았다. 방음 장치가 잘된 밀실이어서 바깥 소음은 전혀 들리지 않는다. 장주현의 지시를 받았는지 종업원도 들락거리지 않았다. 장주현이 말을 이었다.

"동생이 보면 반할 거야. 여자인 내가 봐도 홀릴 정도라고."

"귀신인가? 홀리게?"

"섹시하고 청순해. 신비스러울 정도야."

"귀신이 분명하군."

"민옥희가 동생 이야기를 했더니 소개시켜 달라고 야단이었어. 이젠 나한테 직접 연락해."

"미친 것 아냐? 거리에서 흑인을 얼마든지 구할 수 있을 텐데. 연장 큰 놈으로 골라서 말이야."

"동생을 TV에서 보았대. 지난번 보코하람이 여학생 풀어줄 때."

"……."

"그때 보고 인상이 깊었던 것 같아."

"아무래도 찜찜하군."

입맛을 다신 김태우가 정색하고 장주현을 보았다.

"누님은 뚜쟁이 노릇을 하고 얼마를 받지?"

"1만 불."

"그럼 2만 불 내라고 해. 그렇지 않으면 나 못 만난다고."

"2만 불?"

"응."

"이렇게 고마울 수가. 미사코는 당장 낼 거야."

"그 여자 돈 많아?"

"몇천만 불, 아니, 그 이상일지도 몰라."

"그럼 3만 불로 하지."

"좋아, 그렇게."

"그리고 그 3만 불 중 2만 불은 나한테 줘."

"뭐?"

눈을 둥그렇게 뜬 장주현을 향해 김태우가 이맛살을 찌푸렸다.

"이왕 이렇게 된 거, 소개비부터 뜯어먹자고. 누님한테는 손해 볼 것이 없잖아?"

"나, 미쳐."

"알았지?"

김태우가 추궁하듯 말했을 때 문에서 노크 소리가 나더니 문이 열렸다. 먼저 종업원이 들어섰고 뒤를 여자 하나가 따른다. 여자에게 시선을 돌린 김태우가 숨을 들이켰다. 그러고는 저절로 몸이 일으켜졌다. 시선이 마주치자 여자는 머리를 숙여 보였는데 차분한 표정이다. 어느새 종업원이 방을 나갔고 셋이 남았다.

"자, 여기는 미사코."

김태우는 장주현의 목소리가 꿈속에서 들리는 느낌이다.

"안녕하세요."

미사코가 두 손을 모으고 인사를 한 순간 김태우는 머리칼이 곤두서는 느낌을 받는다. 미사코의 입에서 한국말이 나왔기 때문이다.

"아, 한국말을 하시네?"

엉겁결에 김태우가 인사 대신 그렇게 물었을 때 미사코는 손바닥으로 입을 가리고 웃었다.

"참, 내가 그 이야기 안 해줬구나."

장주현이 끼어들었다.

"미사코 씨는 한국에도 3년 있었어. 그때 한국말을 배운 거야."

"아직 잘 못해요."

미사코가 맑고 여운이 긴 목소리로 말했는데 어느덧 방 안 분위기가 밝아져 있다. 김태우의 덜떨어진 표정이 그렇게 만든 것 같다. 방에 셋이 앉았을 때 장주현이 웃음 띤 얼굴로 말했다.

"자, 마침내 둘이 만났군."

"고맙습니다, 장 사장님."

미사코가 앉은 채 머리를 숙여 인사했다.

"수고 많이 하셨습니다."

"수고료로 3만 불을 받아야겠다고 하던데요, 미사코 씨."

정색한 김태우가 미사코를 보았다.

"본래 1만 불을 주기로 했다면서요?"

"네."

미사코가 웃음 띤 얼굴로 김태우를 보았다.

"당연히 소개비는 드려야죠."

"미사코 씨는 돈이 많습니까?"

김태우가 묻자 장주현이 끼어들었다.

"그렇게 물으면 실례야. 나 나갈 테니까 둘이 얘기해."

자리에서 일어선 장주현이 말을 이었다.

"필요한 것 있으면 벨을 누르고."

문으로 다가간 장주현이 손잡이를 쥐더니 머리를 돌려 둘을 보았다.

"아무도 들어오지 않을 테니까 신경 안 써도 돼."

장주현이 방을 나갔을 때 김태우가 지그시 미사코를 보았다. 나이가 35세라고 들었지만 20대 후반쯤으로 보인다. 숏커트 머리가 잘 어울렸고 흰 피부, 계란형 얼굴, 상큼한 눈과 귀엽게 솟은 콧날, 도톰하지만 끝부분이 단정한 입술. 전혀 성적 분위기가 풍기지 않아서 신비스러운 느낌이 들 정도다. 그때 김태우의 시선을 받은 미사코가 눈웃음을 쳤다.

"왜 그렇게 봐요?"

"나하고 섹스를 하고 싶다는 거요?"

김태우가 되묻자 미사코는 다시 손바닥으로 입을 가리고 웃었다. 눈이 초승달 모양이 되면서 귀여운 모습이 된다.

"그래요, 김태우 씨."

"날 TV에서 보셨다면서?"

"그래요. 인상이 깊었습니다."

"그보다 민옥희 씨한테서 나하고 섹스 이야기를 들은 것이 더 인상 깊었던 것 아닙니까?"

"맞아요."

"그래도 설득력이 부족해요, 미사코 씨."

"왜요?"

입에서 손을 뗀 미사코가 눈을 동그랗게 떴다. 이제는 호기심에 가득 찬 어린아이 같다. 김태우가 앞에 놓인 위스키 병마개를 따면서 한 마디씩 힘주어 말했다.

"미사코 씨, 내가 CIA, KCIA, 보코하람에다 북한 해외 공작부와도 밀접한 관계를 맺고 있다는 것을 알고 계시지요?"

긴장한 미사코가 시선만 주었고 김태우가 말을 이었다.

"미사코 씨가 나하고 인연을 맺게 된다면 각 기관에서 즉시 미사코 씨 신분을 체크할 겁니다. 그럼 며칠 안에 다 드러나게 되겠지요."

"……."

"섹스 핑계로 나한테 접근한 건 장주현 씨나 민옥희 씨, 그리고 불륜 남녀에게는 적당한 이유가 되겠지요."

김태우의 얼굴에 웃음이 떠올랐다.

"자, 미사코 씨, 이제 당신 이야기를 들읍시다."

그때 미사코가 김태우에게 빈 잔을 내밀었다.

"술 한 잔 주세요."

김태우가 들고 있던 술병으로 잔을 채우자 미사코가 말했다.

"난 미쓰보시 지점장 호리의 아내가 아닙니다."

김태우의 시선을 받은 미사코가 이제는 손으로 입을 가리지도 않고 웃었다. 입술 끝이 위로 오르면서 눈은 초승달이 되었다. 그림으로 그린 것 같이 고혹적인 모습이다.

"난 일본 외무성 소속 아프리카 지역 정보책입니다."

"그렇군."

길게 숨을 뱉은 김태우가 다시 처음의 홀린 듯한 표정으로 미사코를 보았다.

"당신 같은 아름다운 여자가 얼마든지 다른 일도 많을 텐데 이런 일을 다 합니까?"

김태우가 화를 참는 듯 심호흡까지 했다.

"이게 무슨 꼴이오? 섹스에 굶주린 여자 흉내를 내면서 말이오. 내가 부끄러울 정도요."

미사코는 외무부 소속으로 외교관 여권을 소지하고 있었지만 법무성 산하 정보기관인 공안 조사청 요원이다. 미사코가 신분을 밝힌 것이다. 방에는 이미 술병과 마른안주가 준비되어 있었으므로 술잔을 든 미사코가 웃음 띤 얼굴로 말했다.

"내 업무보다 더 중요한 일이 있을까요? 내가 몸을 파는 일을 한다고 생각하고 계시는 건가요?"

"어쨌든 섹스를 무기로 일하는 것 아니오?"

"그것이 당신한테 접근하는 가장 자연스러운 방법이었기 때문이죠."

"이제 만났으니까 목적은 달성하셨나?"

김태우가 빈정거리듯이 물었다.

"장 사장을 통해서 연락받았을 때부터 이상하긴 했지. 자, 일본의 CIA 요원이 날 보자고 한 이유를 들읍시다."

"일본의 PSIA죠."

미사코가 정보국 이름을 정확히 말해 주더니 말을 이었다.

"일본 정보국도 우방인 미국과 한국의 서아프리카 정보 센터에 참여하려는 것입니다."

"밥상 차려 놓았는데 수저만 들고 와서 앉는다는 한국말 아시오?"

"압니다."

"연구를 많이 했네."

"무임승차라고도 하지요."

"나보다 표현이 낫군."

"3년간 공부한 것이 아닙니다. 서울의 대학에서 3년간 연구했고 6년 정도 한국에 있었어요."

"정보원으로 한국에 계셨군."

"그때도 외교관 신분이었죠."

"어쨌든 그 제의는 내가 결정할 일이 아닌 것 같은데요, 미사코 씨."

김태우의 얼굴에 웃음이 떠올랐다.

"그건 CIA, 그리고 우리 국정원 고위층하고 상의를 하셔야지. 참, 보코하람, 북한 측도 있군 그래."

"절 애인으로 데리고 다니시면 돼요."

불쑥 말한 미사코가 눈을 가늘게 뜨고 웃었다.

"그럼 그 대가를 충분히 드릴 테니까요."

희고 가는 손가락으로 술잔을 쓸면서 미사코가 말을 이었다.

"컨티넨탈호텔 지하층 클럽이 며칠 후에 개장이 되더군요. 그곳의 주주시죠?"

"잘 아시는군."

"그 클럽이 CIA, KCIA가 운영하는 사업장인 것도 알고 있습니다."

김태우가 한 모금 위스키를 삼켰다. 국정원 박응수에게 들은 기억이 났다. 일본 정보국 PSIA는 CIA, 영국의 MI6, 이스라엘의 모사드, 러시아의 FSB와 함께 세계 5대 정보국에 포함된다는 것이다. 술잔을 내려놓은 김태우가 정색하고 미사코를 보았다.

"자, 그럼 조건을 들읍시다."

김태우의 얼굴에 웃음이 떠올랐다.

"잘 아시겠지만 난 애인이 많아요, 미사코 씨."

"자금을 대겠습니다."

미사코가 말을 이었다.

"로메에서 대규모 공장을 설립한다고 들었습니다. 우리가 자금을 대지요."

"로메 공장은 내가 개인적으로 설립할 거요."

"알고 있습니다."

"CIA, KCIA에게 이야기를 해야 돼요."

"그들도 반대하지 않을 것입니다."

"그리고 당신은 내 옆에 붙어 있단 말인가?"

"앤은 당신 보좌관 역할로 김코에 소속되어 있지만 나는 로메 공장의 총무 역할쯤이 적당하겠지요."

김태우가 심호흡을 했다. 미사코는 완벽하게 준비해 놓은 상태다. 그리고 조건도 훌륭하다. CIA, KCIA는 물론이고 인력을 대는 북한 측도

군이 일본 자금과 일본 정보국의 접근을 배척할 이유도 없다. 이곳은
제3세계다. 자본주의, 사회주의를 따지지 않는 세상이다.

"생각해 봅시다."

마침내 김태우가 머리를 끄덕였다.

"상의를 해 보지요."

"이야기 들어주셔서 고맙습니다."

술병을 든 미사코가 김태우의 잔에 술을 채웠다.

"장 사장한테는 이런 이야기 하지 않는 것이 낫겠지요?"

"이 방에서 섹스를 하고 나간 것으로 합시다."

"알았어요."

미사코의 얼굴에 다시 웃음이 떠올랐다.

"아주 행복했다고 하겠습니다."

"장 사장한테 소개비는 줘야 할 거요."

"3만 불, 정말이세요?"

"농담으로 3만 불 받아서 2만 불은 나 달라고 했지요."

"그럼 1만 불을 내놓으면 별로 재미를 보지 못한 것으로 알겠군요."

"한국 사람보다 한국말을 더 잘하시는데, 미사코 씨."

"욕은 더 잘합니다."

김태우가 다시 한 모금에 술을 삼키고는 혼잣말을 했다.

"내가 일본 여자한테 돈 받고 섹스를 하게 되었군."

"당신이 그런 분위기를 만든 겁니다."

앤이 웃지도 않고 말했다.

"그래서 모두 당신하고 접촉할 때는 여자부터 앞세우는 것이라고요."

다음날 아침, 김코 사무실로 사용하고 있는 바닷가의 이스턴호텔에서 김태우가 앤에게 미사코 이야기를 해 준 후에 들은 말이다. 입맛만 다시는 김태우를 보더니 앤이 마침내 쓴웃음을 지었다.

"하긴 본부에서 나를 당신한테 보낸 것도 같은 맥락인 것 같군요."

"미인계란 말이오?"

"그렇죠."

"난 미인한테서 별로 영향을 받지 않는 것 같은데."

"글쎄요."

외면한 앤이 말을 이었다.

"어쨌든 본부에 미사코인지 코사미인지의 접근을 보고하겠습니다."

"아직 안 잤어요."

김태우의 말을 못 알아들은 앤이 시선을 주었다.

"뭐라고 했어요?"

"아직 안 했다고."

그때서야 말뜻을 알아차린 앤이 눈을 흘겼다.

"본부의 승인이 나면 자든지 말든지 해요. 먼저 자지 말고."

"본부에서 자금 지원을 해 준다고 합니까? 결과는 언제 알 수 있지요?"

"내일 중으로."

"가능하면 미국과 일본의 자금을 함께 받아서 북한의 인력을 고용하는 체제로 만들고 싶어요."

그러자 앤이 눈을 가늘게 떴다.

"김, 그것이 당신 구상인가요?"

"하다 보니까 이렇게 된 겁니다. 처음에는 내 자본으로 소규모 공장

222

부터 시작하려는 것이었지."

앤도 알고 있는 사실이었으므로 머리를 끄덕였다.

"일본 자금까지 모은다면 대규모 공장이 되겠어요, 김."

"미얀마에서 공장 운영 경험이 있는 북한군 소장이 설계를 다 할 겁니다."

"강 소장 말인가요?"

"잘 아시는군."

앤의 푸른 눈동자가 반짝였다.

"알고 있지요. 북한의 대외공작반 반장으로 이번에 승진했더군요."

"그 이야기는 나한테 안 하던데."

"어쨌든 김, 당신의 사업장은 김코에서부터 로메의 공장, 그리고 대양상사 현지 법인까지 펼쳐져 있군요."

"하나 빼먹었어요, 앤"

"참, 컨티넨탈 클럽이 있구나."

"내일 개업이오."

"거기서 또 애인을 만들 건가요?"

"그러지 않는다면 사람들이 이상하게 생각하지 않겠어요?"

"그만둡시다."

자리에서 일어선 앤의 얼굴에 다시 웃음이 떠올랐다.

"난 시간이 지날수록 당신에 대해서 알 수가 없어져요."

"보이는 대로 판단하면 돼요, 앤."

정색한 김태우가 말을 이었다.

"난 있는 그대로 발산하는 인간이니까."

몸을 돌린 앤이 방을 나갔으므로 김태우가 벽시계를 보았다. 오전 9

시 반이다. 서울은 오후 5시 반이 되어 있을 것이다. 핸드폰을 든 김태우가 버튼을 누르자 신호음 세 번 만에 연결되었다.

"어, 기다리고 있었다."

외삼촌 유상규다.

"예, 삼촌."

"신유리에 대해서 조사했다."

유상규가 차분하게 말을 이었다,

"미국 유학을 갔는데 6년 동안 미국에서 살았구나. 뉴욕 대학에서 경영학을 전공했고 공부도 꽤 잘했더군."

김태우하고 비교하면 영 하늘과 땅 차이다.

"나이는 33세. 27살에 뉴욕에 사는 한인3세 조명식과 결혼, 2년 만에 이혼, 자식은 없고……."

"……."

"대양상사 뉴욕 지사에 3년 근무, 영국 지사 2년 근무, 러시아 지사 2년 근무 후에 대양 개발 상무로 승진, 1년 만에 라고스 법인 부사장 발령을 받은 것이지."

그쯤은 회사 자료에도 기록되어 있다. 그때 유상규가 말을 이었다.

"신유리는 회장의 현재 부인 임하원 씨의 외동딸이야. 대양상사 신 사장은 배다른 오빠고, 신 사장의 어머니는 오래전에 사망했어."

유상규의 목소리가 조금 굳어졌다.

"신유리는 자원해서 라고스로 갔다는 거다. 성격이 활달하고 적극적이야. 경영자 자질 면에서는 신재식 씨보다 낫다는구나."

컨티넨탈 클럽 개업식에는 라고스 주재 외국 상사원뿐만 아니라 정부 관리, 로얄더치셸의 간부급들까지 참석했다. 대성황이다. 개업식 후에 바로 영업을 시작했기 때문에 김태우도 앤과 함께 방 하나를 차지했다. 둘은 손님이어서 아가씨 둘이 들어왔는데 흑갈색 피부의 혼혈녀다. 클럽에는 80여 명의 아가씨를 확보해 놓았는데 한국 여자가 30여 명, 나머지는 세계 각국의 미인들이다.

"장사가 잘 되겠군."

테이블에 벌려놓은 술과 안주를 보면서 앤이 말했다.

"이 술값이 3천 불이란 말이지?"

"아가씨 팁 별도요, 앤."

김태우가 정정해 주었다.

"여기 아가씨 팁은 3백 불로 정했으니까 잊어버리지 마시도록."

"도대체 내 옆에는 왜 여자를 부른 거야? 난 레즈비언도 아닌데?"

앤이 투덜거렸을 때 문에서 노크 소리가 들리더니 여자가 들어섰다. 앤이 눈을 둥그렇게 떴고 김태우는 웃었다. 여자는 미사코였던 것이다.

"어서 오시오, 미사코 씨."

김태우가 옆자리를 가리키며 말했다.

"여기 앉으시오."

머리를 돌린 김태우가 앤을 보았다.

"내가 오라고 했어요. 당신한테 소개시켜 줄 겸 해서."

김태우가 이제는 미사코에게 말했다.

"이쪽은 내 미국인 동업자, 앤."

"처음 뵙겠습니다, 앤 양."

미사코가 유창한 영어로 인사했다.

"미사코 씨, 미인이세요. 당신 이야기 들었습니다."

앤이 웃음 띤 얼굴로 미사코에게 손을 내밀었다.

"앞으로 자주 뵙게 되겠네요."

"미국 측에서 컨펌 되었나요?"

얼굴이 밝아진 미사코가 묻자 앤이 머리를 끄덕였다.

"그래요. 그런데 일본 측은 얼마까지 투자할 수가 있죠?"

"3천만 불."

"우와, 많군요. 우린 1천만 불입니다."

감탄한 앤이 김태우를 보았다.

"김, 이제 4천만 불이 되었어요. 당신은 재벌이 된 거야."

"조건이 뭡니까?"

대답 대신 김태우가 묻자 미사코가 대답했다.

"저를 포함한 관계자 4명을 참여시켜 주실 것, 공장 지분 확보."

"역시."

앤이 웃음 띤 얼굴로 말했다.

"우리하고 비슷하군요."

"미국과 일본은 지분 49퍼센트를 나누시도록. 난 51퍼센트로."

김태우가 자르듯 말하고는 술잔을 들었다.

"그럼 우리가 49퍼센트에서 반씩 나누면 되겠네."

앤이 미사코에게 말을 이었다.

"어때요? 미사코 씨?"

"본국의 승인을 받아야죠."

미사코가 부드러운 시선으로 앤을 보았다.

"아마 승인할 것입니다."

"투자액은 일본이 많지만 일은 우리가 다 해 놓았으니까요."

"그럼요."

"사이가 좋군."

술잔을 든 김태우가 둘을 번갈아 보았다.

"자, 그럼 한·미·일 3국 동맹을 위하여."

김태우가 술잔을 들고는 한 모금에 삼켰다. 앤과 미사코가 따라 잔을 들더니 마주보고 웃었다.

"그럼 난 먼저 실례."

술잔을 내려놓은 앤이 김태우와 미사코를 번갈아 보았다.

"약속이 있어서요."

"아, 그래요?"

김태우가 머리를 끄덕이며 웃었다. 앤이 일부러 자리를 피해 주려는 것이다. 앤이 방을 나갔을 때 김태우가 미사코를 보았다.

"미사코 씨, 앤이 나보고 밀린 숙제를 하라는 거요."

"숙제라뇨?"

미사코가 똑바로 김태우를 보았다. 김태우가 시선만 주었을 때 미사코는 그때야 말뜻을 알았다. 얼굴이 조금 붉어졌다.

"그렇군요."

"나갈까요?"

김태우가 지갑을 꺼내 지금까지 인사를 할 기회도 주지 않았던 아가씨 둘에게 1백 불짜리 3장씩을 나눠 주었다.

"너희들은 다시 손님을 받도록 해."

"감사합니다."

얼굴이 환하게 펴진 아가씨들이 방을 나갔을 때 김태우가 미사코에게 말했다.

"위층으로 가실까?"

컨티넨탈호텔 지하1층의 클럽에서 15층의 룸으로 들어섰을 때는 밤 10시 반이다. 방은 장주현이 잡아준 것이다.

"미사코 씨, 오늘밤 여기서 자고 갈 수 있어요?"

김태우가 묻자 미사코는 이를 드러내며 소리 없이 웃었다.

"당신만 괜찮다면."

"난 괜찮아."

"기다리는 사람 없어요?"

"이젠 나 혼자요."

아이렌이 박윤주가 마련해 준 숙소로 옮겨간 것이다. 미사코가 옷장에서 가운을 꺼내더니 욕실로 다가가며 물었다.

"내가 욕조에 물 받아놓을까요?"

"부탁해요, 미사코."

욕실 문을 열던 미사코가 몸을 돌리더니 김태우를 보았다.

"당신하고는 몇 년을 함께 산 사이 같아요. 어색하지가 않아."

"그런가? 이런 경험이 많았기 때문이겠지."

미사코가 욕실로 들어서자 김태우의 얼굴에 쓴웃음이 떠올랐다. 자신도 마찬가지였기 때문이다. 소파에 앉은 김태우가 핸드폰을 꺼내 버튼을 눌렀다. 그러자 곧 발신음 한 번 만에 응답 소리가 울렸다. 앤이다.

"김, 무슨 일이에요?"

"미사코하고 호텔 방에 왔어요."

김태우가 말하자 앤이 짧게 웃었다.

"꿈을 이루셨군."

"여복이 터진 것이지, 당신까지 포함해서 말이오."

"당신 미쳤어?"

앤이 빽 소리쳤다.

"난 빼줘, 당신들하고 사이즈가 달라."

"핫핫."

김태우가 웃음을 터트렸다.

"앤, 당신이 동양남을 만나지 못한 증거가 드러났군."

앤이 입을 다물었고 김태우의 말이 이어졌다.

"난 서양인들하고 자주 목욕탕에 갔지만 내 것보다 큰 사이즈는 못 보았는데."

"……."

"또 동양과 서양인의 대포가 다른 점이 있지, 서양인은 물렁한 소시지인데 동양남은 야구 배트야. 그것도 불에 달군."

"닥쳐 노랭이."

"당신의 진면목이 이제야 나오는군. 당신은 백인 우월주의자야."

"말도 안 되는 소리."

"내가 보고하겠어."

"시비 걸려고 전화한 거요?"

"당신이 먼저 시비를 건 거요, 앤. 다 녹음했으니까 시시비비를 가립시다."

그때 앤이 통화를 끊었으므로 김태우가 전원을 끄고는 자리에서 일어섰다. 앤에게는 알려줘야 할 것 같았던 것이다. 앤과 미사코는 한미일 간의 합작 사업 파트너나 같다. 한쪽에 치우치면 안 된다. 옷을 벗어 던진 김태우가 팬티 차림으로 욕실에 들어섰다.

"앗."

샤워기 밑에 서 있던 미사코가 놀란 외침을 뱉더니 몸을 돌렸다. 머리에 샤워용 캡을 썼고 알몸이다. 미사코의 알몸은 풍만했다. 그러나 군살이 없다. 허벅지는 단단했고 엉덩이는 치켜 올라갔다. 미사코의 옆모습을 보면서 김태우가 팬티를 벗어 구석에 놓았다. 그때 미사코가 김태우를 보았다.

"앗."

미사코의 입에서 다시 외침이 터졌다. 이번에는 탄성 같다. 왜냐하면 미사코의 시선이 김태우의 남성에 꽂혀 있었기 때문이다. 김태우의 검붉은 남성이 건들거리고 있는 것이다.

"미사코, 당신 몸이 아름답네요."

김태우가 칭찬하자 미사코가 두 손으로 볼을 감싸 안았다.

"고맙습니다."

그때 몸을 돌린 김태우가 욕조로 다가갔다. 욕조의 물은 거의 가득 채워져 있다. 욕조 안으로 들어간 김태우가 다리를 뻗고 앉으면서 미사코에게 말했다.

"미사코, 들어와요."

"네."

금방 대답한 미사코가 다가왔다. 알몸의 미사코가 다가와 욕조에 발을 담그더니 김태우 옆에 앉았다. 김태우가 팔을 뻗어 미사코의 어깨를 감아 안았다. 미사코가 쓰러지듯이 김태우의 어깨에 몸을 붙였다.

"당신 방망이가 커요, 김."

미사코의 한국말 억양이 이상한 데다 방망이 표현까지 어색해서 김태우가 풀썩 웃었다. 그때 미사코가 상기된 얼굴로 김태우를 보았다.

"김, 당신 방망이 만져도 돼요?"

김태우가 머리를 끄덕이며 미사코의 젖가슴을 움켜쥐었다. 그때 미사코가 김태우의 남성을 쥐었다.

"키스 해줘요."

그때 미사코가 얼굴을 붙이면서 말했다. 가쁜 숨결이 김태우의 턱에 닿았고 우유 냄새가 맡아졌다. 김태우가 입술을 붙이자 미사코는 입을 벌리면서 혀를 내밀었다. 김태우는 미사코의 허리를 당겨 앞쪽으로 옮겨 놓고는 혀를 빨았다. 미사코가 김태우의 남성을 쥔 채 위아래로 마찰을 시키고 있다.

"아, 여보."

미사코가 한국어로 신음했다. 잠깐 입을 뗀 미사코가 헐떡이며 말을 잇는다.

"나 흥분했어요."

김태우가 물에 담겨 있는 미사코의 한쪽 다리를 치켜 올리고는 손으로 골짜기를 문질렀다.

"아아,"

미사코가 신음하더니 김태우의 남성을 빠르게 마찰시켰다.

"아유, 여보, 나 못 참겠어."

그때 입술을 뗀 김태우가 미사코의 팔을 잡아 일으켰다.

"침대로 가지, 미사코."

그때 미사코가 눈동자의 초점을 잡고 김태우를 보았다.

"그래요, 여보."

욕조에서 나온 미사코가 서둘러 타월을 꺼내더니 김태우의 몸을 닦는다. 미사코가 김태우의 남성을 타월로 감싸 닦으면서 말했다.

"김, 너무 좋아요."

"아직 먹지도 않고 어떻게 알아?"

김태우가 웃음 띤 얼굴로 말하고는 미사코의 젖가슴을 움켜쥐었다. 단단하고 큰 젖가슴이다. 이미 젖꼭지는 콩알만 하게 솟아 있어서 떨어질 것 같다. 몸의 물기를 닦은 김태우가 욕실을 나와 침대 위에 누웠다. 곧 뒤따라 나온 미사코가 김태우의 옆으로 다가오더니 다시 남성을 쥐었다.

"입으로 해드려요?"

"아니, 다음에."

"급해요? 넣고 싶어요?"

미사코가 혀끝으로 김태우의 젖꼭지를 간지럽혔다.

"나도 젖었어, 여보."

두 손으로 남성을 마찰시키면서 미사코가 말했다.

"그냥 넣어줘요, 여보."

김태우가 상반신을 일으키자 미사코는 반듯이 눕더니 두 다리를 벌렸다. 그 순간 김태우가 숨을 들이켰다. 미사코의 분홍빛 골짜기가 환하게 드러난 것이다. 안쪽의 돌기까지 드러났는데 붉은 분화구 같다. 그때 미사코가 누운 채 엉덩이를 흔들었다. 다시 눈동자가 흐려져 있다.

"여보, 빨리."

미사코의 숨소리가 거칠어졌다. 김태우는 미사코의 몸 위로 올랐다. 그 순간 미사코가 몸을 굳히더니 숨소리도 죽였다. 김태우는 남성 끝을 골짜기에 붙이고는 길을 닦는 것처럼 골짜기 바깥쪽과 안쪽 끝부분을 문질렀다.

"아아"

미사코가 신음했다. 두 다리는 잔뜩 벌린 상태였고 두 손으로 김태우의 팔을 움켜쥐고 있다. 김태우는 남성 끝이 젖는 것을 느꼈다. 미사코의 골짜기에는 이미 뜨거운 애액이 뿜어 나오는 중이다. 그때 김태우가 천천히 남성을 진입시켰다.

"아아악."

미사코의 비명이 방 안을 울렸다. 팔을 움켜쥔 손에 힘이 잔뜩 실렸고 두 눈을 치켜떴지만 먼 곳을 본다. 동시에 김태우도 낮게 신음했다. 미사코의 동굴에서 전해오는 압박감과 탄력 때문이다. 애액이 잔뜩 담긴 상태에서 남성은 미끄러져 들어갔지만 좁다. 그러나 그만큼 쾌감이 증폭되었으므로 쾌감이 머리칼 끝까지 전달되었다. 이윽고 남성이 동굴의 끝에 닿았다.

"아이구, 나 죽어!"

그때 미사코가 소리치면서 잔뜩 벌렸던 두 다리를 허공으로 치켜 올렸다. 그러더니 일본어로 뭐라고 외쳤지만 김태우는 알아듣지 못했다. 그때 김태우가 남성을 천천히 뺐다. 진입할 때의 속도보다 두 배쯤 느리게 나오는 동안 미사코는 탄성 같은 비명을 계속해서 질러대었다. 애액이 더 분출되고 있다. 김태우는 미사코의 동굴에서 전해지는 쾌감에 이를 악물어야 했다. 그래서 이번에는 거칠게 진입했다.

"으악!"

미사코의 비명이 울렸다. 그때부터 김태우는 거칠게 미사코의 동굴을 공략했다. 허물어 버릴 것처럼 거칠게 부딪쳤다가 빼내는 동안 미사코는 죽을 것처럼 비명을 질러대었다. 그래서 김태우가 베개를 집어 미사코의 얼굴을 덮었다. 미사코가 발버둥을 치면서 틈틈이 베개 사이로 신음을 터뜨린다. 폭풍이 방 안에서 휘몰아치고 있다. 태풍이다.

다음 날 오전 10시, 대양 법인 사무실로 출근한 김태우에게 앤이 찾아왔다.

"어젯밤에 본부 승인을 받았어요."

앤이 무표정한 얼굴로 말을 이었다.

"토고에 4천만 불 규모의 대규모 공장이 설립되는 겁니다."

김태우가 머리만 끄덕였다. 지분은 51대49, 51은 김태우가 갖고 49가 미국과 일본 지분이다. 앤과 미사코가 각각 24.5퍼센트를 나눠 갖게 될 것이다. 앤이 김태우를 보았다.

"김, 이제 라고스에서 토고로 옮겨갈 겁니까?"

"아니, 천만에요."

김태우가 머리를 저었다.

"이곳 사업장도 있으니까 양쪽에서 번갈아 체류할 겁니다."

"그럼 나도 당신을 따라다녀야겠는데."

쓴웃음을 지은 앤이 말을 이었다.

"미사코는 토고에 정착해도 되겠죠."

앤과 라고스에 용병회사인 김코를 함께 운영하고 있기 때문이다. 김코도 남북한과 미국, 보코하람까지 연계된 용병회사다. 예외 없는 법칙은 없다. 필요에 따라서는 적대국과 손을 잡고 문제를 해결하는 것이 현실인 것이다. 이것이 바로 불륜(不倫)시대다. 윤리는 필요에 따라서 정의로 둔갑한다.

"어때요?"

불쑥 앤이 물었으므로 김태우가 머리만 들었다.

"어젯밤 미사코로부터 다른 이야기는 없었나요?"

"합작 파트너가 된 기념행사를 벌거벗고 했을 뿐이지."

"어젯밤 신경이 예민해졌어요."

앤이 외면한 채 말했으므로 김태우가 입맛을 다셨다.

"나도 전화할 필요가 없었는데 당신 신경을 건드린 것 같습니다."

"미안해요, 김."

"내가 오히려……."

머리를 든 김태우가 앤을 보았다.

"난 여자를 성적(性的) 대상으로만 봅니다. 지금까지 짐승처럼 엉켰다가 떨어졌을 뿐이어서 그렇게 된 것 같습니다."

김태우가 천천히, 또박또박 설명했을 때 앤의 표정이 굳어졌다. 놀란 것 같다. 마치 원숭이가 인간의 말을 한 장면을 본 것 같은 표정이다. 앤의 시선을 잡은 채 김태우가 말을 이었다.

"내가 7~8년쯤 전에는 바보 같아서 열등의식에 싸여 있었지요. 그래서 제대로 여자하고 교제를 한 적이 없었습니다."

"……."

"여자한테 무시당한 경험이 쌓이더니 여자를 만날 기회가 오면 떠나기 전에 정복해야겠다는 조바심이 들었어요."

"……."

"그 버릇이 이어진 것 같은데 앞으로 고쳐야 될 것 같습니다."

"……."

"고칠 자신도 있고요."

그때 앤이 입을 열었다.

"고치지 않아도 돼요, 김."

이제는 눈만 껌벅이는 김태우를 향해 앤이 말을 이었다.

"그렇게 말해줘서 고마워요, 김."

"아니, 천만에요."

"당신이 말하는 동안 문득 당신이 여자한테 피해를 입힌 적은 없다는 것이 떠올랐어요."

"⋯⋯."

"당신은 이 시대가 낳은 인간일 뿐입니다. 불륜남이 아녜요."

"⋯⋯."

"오히려 탁월한 능력을 갖춘 인간이라는 생각이 드네요."

"과찬이신데."

쓴웃음을 지은 김태우가 지그시 앤을 보았다. 두 눈이 번들거리고 있다.

"그렇다면 앤, 내가 기대하고 있어도 될까요?"

"뭘 말이죠?"

되물었던 앤이 곧 말뜻을 알아차리고는 어깨를 치켜 올렸다가 내렸다.

"글쎄, 난 아직 당신한테서 성적 충동을 느끼지 못하고 있어요, 김."

"난 항상 느끼는데 당신은 거부감이 있는 것 같군요."

"그랬어요."

"당신은 아름답고 섹시해요, 앤."

"아유, 그만."

눈을 흘긴 앤의 자태가 고혹적이었으므로 김태우가 숨을 들이켰다. 그것을 본 앤이 자리에서 일어섰다.

"이제 준비는 되었으니까 시작합시다."

강철진이 공장 계획서를 갖고 오면 바로 로메의 공장 건설 작업이 시작되는 것이다. 로메의 공장 이름도 김코다.

신유리가 도착한 것은 다음 날 오후 2시 무렵이다. 공항에는 빅토리아가 줌보와 운전사 로시를 데리고 나가 신유리를 맞았다. 신유리는 분홍빛 투피스 차림으로 목에는 진주목걸이, 귀걸이에다 반지까지 끼어서 멀리서도 금덩이가 번쩍였다. 멀리서 신유리를 본 순간 빅토리아의 심장 박동이 빨라졌다. 도무지 물정을 모르는 여자였다. 대낮에도 시내에서 강도사건이 빈번하게 일어나는 상황이다. 미인인 데다 온몸이 돈덩이로 뒤덮였으니 순식간에 사방의 시선이 모였다. 심장마비가 걸릴 것 같았으므로 빅토리아가 줌보에게 소리쳤다.

"줌보, 빨리 차 대기시켜라! 저 미친년을 빨리 싣고 달아나야겠다."

물론 하우사어로 소리쳤으므로 다가온 신유리는 알아듣지 못했다. 신유리와 시선이 마주치자 빅토리아가 들고 있던 커다란 팻말을 내리면서 웃었다. 신유리의 이름이 적힌 팻말이다.

"어서 오십시오, 부사장님. 라고스에 오신 것을 환영합니다."

"빅토리아?"

멈춰선 신유리가 주위를 둘러보는 시늉을 하면서 물었다. 빅토리아가 마중을 나간다고 연락했던 것이다.

"예, 제가 총무부장 빅토리아입니다."

신유리의 카트를 받아 쥔 빅토리아가 앞장서면서 말했다. 커다란 트렁크가 3개나 실린 카트다. 빅토리아가 앞장서서 공항 건물을 나갈 때 뒤를 따르던 신유리가 물었다.

"미스터 김은 지금 어디 있죠?"

"누구 말씀입니까?"

빅토리아가 머리를 돌려 신유리를 보았다. 미스터 김이 김태우를 가리키는 것도 알았지만 확인하려는 것이다. 김태우는 사장이다, 부사장이 사장 이름을 부르다니. 그때 신유리가 대답했다.

"김태우 씨요, 사장."

"아, 예. 사무실에 계십니다, 부사장님."

"바쁜가요?"

"별로 바쁘시지는 않습니다."

"그래요?"

공항 밖으로 나왔을 때 줌보가 리무진 앞에서 대기하고 있다가 신유리를 향해 절을 했다. 머리만 까닥해 보인 신유리가 짐이 트렁크에 실리는 동안 먼저 뒷좌석에 들어가 앉았다. 그때 짐을 싣는 것을 도우면서 빅토리아가 줌보에게 말했다.

"부사장이 사장이 공항에 영접 나오지 않았다고 우리한테 말하는군. 이거, 회사 분위기가 이상하게 돌아간다."

물론 하우사어다. 그러자 줌보가 트렁크를 밀어 넣고 허리를 폈다.

"빅토리아, 부사장이 사주(社主)의 여동생이라고 했지 않습니까?"

"그렇지."

"그럼 지사장보다 더 높은 거 아닙니까?"

"높기는? 넌 우리 보스가 어떤 사람인지를 몰라서 그래."

"압니다, 빅토리아."

"저 여자, 까불다가 큰일 나겠다."

리무진은 뒤쪽이 앞뒤로 마주앉도록 좌석이 배치된 대형이다. 줌보는 운전석 옆자리에 탔고 빅토리아는 신유리 앞쪽 자리에 앉아 공항에서 출발했다. 편치 않은 기색으로 뒷좌석에 앉아 있던 신유리가 머리를 들고 빅토리아를 보았다.

"빅토리아, 지사장을 좀 바꿔줘요."

"예, 부지사장님."

고분고분 대답한 빅토리아가 핸드폰을 꺼내 버튼을 눌렀다. 곧 김태우의 응답 노래가 들렸으므로 빅토리아가 말했다.

"보스, 부지사장이 도착 하셨는데 지금 사무실로 가는 중입니다."

"알았어."

"그런데 부지사장이 통화를 하고 싶다는데요."

"바꿔줘."

핸드폰을 귀에서 뗀 빅토리아가 신유리에게 건네주었다. 신유리가 핸드폰을 귀에 붙이더니 말했다.

"신유리입니다."

"아, 도착했어요?"

김태우가 불쑥 물었으므로 신유리가 심호흡을 한 번 했다.

"네, 그런데 오늘 회의를 해야겠는데요, 지금이 2시 반이니까 차가 사무실에 도착하는 대로 하지요."

"회의를 해요?"

김태우가 되묻더니 목소리에 웃음기가 띠어졌다.

"무슨 회의인데요?"

"그건 회의 때 말씀드리지요."

"지금 신유리 씨가 나한테 회의를 하자고 지시하는 겁니까?"

웃음 띤 목소리로 물은 김태우가 덧붙였다.

"정신이 나갔어요? 미친년!"

미사코의 방으로 들어선 김태우가 소파에 앉았다.

"무슨 일이야?"

다가온 미사코가 옆자리에 앉으며 물었다. 오후 3시 반, 김태우가 미사코의 숙소인 에리트호텔로 찾아온 것이다. 전화로 방에 찾아 간다고만 했기 때문에 미사코는 궁금한 듯 긴장한 얼굴로 김태우를 보았다. 김태우가 방 안을 둘러보았다. 에리트호텔은 특급 호텔이었는데 미사코는 스위트룸을 사용하고 있다. 응접실과 회의실, 침실이 2개에 베란다에서는 바다가 보인다. 김태우가 팔을 뻗어 미사코의 어깨를 당겨 안았다.

　"갑자기 생각이 나서."

　"무슨 생각?"

　"당신 몸."

　김태우가 미사코의 목에 입술을 붙이면서 말을 이었다.

　"그랬더니 몸이 뜨거워져서……."

　"미쳤어."

　하면서도 미사코의 얼굴에 웃음이 떠올랐다. 김태우의 손이 미사코의 원피스를 들치고 팬티를 끌어내렸다. 미사코도 김태우의 바지 혁대를 풀고 팬티까지 당겨 벗긴다.

　"당신이 짐승 같다고 소문이 났던데 과연 맞는 것 같아."

　김태우의 남성을 두 손으로 움켜쥔 미사코가 상기된 얼굴로 말했다.

　"나는 짐승이 되어가는 느낌이야, 김태우 씨."

　김태우가 미사코의 원피스를 서둘러 벗기면서 웃었다.

　"낮에 보니까 더 육감적이군."

　"당신도 그래."

　미사코가 김태우의 상의를 벗겨 던지고 나서 다시 남성을 두 손으로 움켜쥐었다.

"여기서 할 거야?"

그때 알몸이 된 김태우가 미사코를 소파 위로 밀어 눕혔다. 미사코가 한쪽 다리를 소파 위에 걸치고 누우면서 번들거리는 눈으로 김태우를 보았다.

"그냥 해줘, 여보야. 나 이미 젖었어."

김태우는 미사코의 몸 위로 올랐다. 미사코가 김태우의 남성을 잡아 골짜기에 붙이더니 두 손으로 어깨를 움켜쥐었다.

"무슨 일 있어?"

그 순간 김태우의 남성이 거칠게 진입했고 미사코는 입을 딱 벌리며 신음했다. 그렇다, 회사에서 신유리를 만나지 않으려고 나온 것이다. 신유리가 저렇게 나오리라고는 전혀 예상하지 못했다. 부지사장이 지사장에게 회의를 지시하다니, 도대체 무슨 일인가? 의도적이다. 정상적인 회사에서는 있을 수가 없는 일이다.

"아이구, 엄마."

그동안 거칠게 움직였더니 미사코의 신음이 더 커졌다. 이미 미사코의 동굴에서는 애액이 질펀하게 흘러나오고 있다.

"여보, 나죽어."

두 손으로 김태우의 엉덩이를 움켜쥐면서 미사코가 소리쳤다. 한국은 이미 깊은 밤이어서 연락하지 못했지만 유상규도 이런 상황의 해답을 금방 내놓을 수는 없을 것이다.

"여보, 여보."

어느새 절정으로 오르기 시작하는 미사코가 두 다리를 치켜 올리면서 악을 쓰기 시작했다. 김태우의 거칠기만 한 동작에 묘한 자극을 받은 것 같다.

"아이구, 나죽어."

미사코가 악을 쓰더니 폭발했다. 어느새 땀이 솟아난 미사코의 얼굴이 번들거리고 있다. 미사코의 몸이 굳어지더니 떨기 시작했다. 김태우는 어금니를 물었다. 미사코의 동굴이 절정과 함께 좁혀졌기 때문이다. 강한 압박과 함께 지독한 쾌감이 몰려왔으므로 김태우는 숨을 멈추고 참았다. 미사코의 신음이 이어지고 있다. 신유리는 대양그룹의 계열사인 대양개발의 상무 출신이며 대주주다. 라고스 법인이 급성장했지만 계열사 상무가 부지점장으로 발령을 받았다는 것도 일반 사원이었다면 좌천성 인사다. 그런데 신유리는 자원해서 왔다고 하지 않은가?

"여보, 여보."

미사코가 두 손으로 김태우의 목을 감아 안으면서 헐떡이며 말했다.

"자기 안 했지? 조금만 쉬었다가 해. 지금하면 나 죽을 것 같아."

미사코가 겨우 말했을 때 김태우는 다시 거칠게 움직이기 시작했다.

"아아"

놀란 미사코가 김태우의 어깨를 움켜쥐고는 입을 딱 벌리고 신음했다. 방 안이 다시 신음과 가쁜 숨소리로 덮였다. 늘어졌던 미사코의 몸이 다시 탄력을 받아 엉켰다가 풀어졌다. 지금쯤 신유리는 회사에서 빅토리아를 비롯한 직원들의 보고를 받고 있을 것이다. 머리를 숙인 김태우가 미사코의 입술에 키스했다. 회사의 방침이 무엇인가? 미사코의 혀를 빨면서 김태우가 생각했다. 입을 떼었더니 미사코가 다시 절정으로 오르고 있다. 이번에는 더 크다. 그렇다. 내일 그룹기조실장 조세진에게 물어보기로 하자. 그러고 나서 결정하자. 그때 다시 미사코가 폭발했다. 아, 미사코.

18장 상속녀

오후 5시 반, 미사코의 침대에 누운 김태우가 빅토리아의 전화를 받는다.

"보스, 지금 어디세요?"

대뜸 빅토리아가 물었으므로 김태우가 대답했다.

"쉬고 있어. 무슨 일이야?"

"미세스 신이 회의를 주재했어요."

"그래서?"

"앞으로는 매일 아침에 전 직원을 모아 회의를 하겠답니다."

"그래?"

"그런데요, 보스."

빅토리아의 목소리가 낮아졌다.

"미세스 신이 대양 아프리카 본부의 본부장이라는군요. 이번에 발령을 받았다고 합니다."

"……"

"아프리카 본부는 라고스에 설치하고 이집트, 케냐, 나이지리아, 남아프리카, 모로코 법인까지 총괄하게 된다는군요."

"……."

"미세스 신은 아프리카 본부장 겸 라고스 법인 부지점장을 겸하고 있답니다."

아프리카 본부는 처음 듣는다. 김태우는 심호흡을 했다. 본사에서 아프리카 본부를 설치하는 것에 이의는 없다. 파리에는 유럽 본부가 있고 뉴욕에 북미와 남미를 통괄하는 대양 미주 본부가 있다. 그런데 왜 그 이야기를 사전에 말해주지 않았을까?

"보스, 듣고 계세요?"

빅토리아가 물었으므로 김태우가 생각에서 깨어났다.

"들어."

"미세스 신이 찾고 있어요."

"……."

"전화 연락을 바란다고 했습니다."

"내가 차타고 올 때 미친년이라고 했어."

"미친년이라고요?"

놀란 빅토리아가 되묻자 김태우는 쓴웃음을 지었다.

"나한테 회의를 소집하라고 해서 말이야. 부지점장이 지점장한테 지시를 하잖아?"

"그렇군요."

"빅토리아."

"예, 보스."

"본사에서 왜 나한테 아프리카 본부를 설립했다는 말을 안 해주었을까?"

"글쎄요."

"신유리가 오면 밝혀질 텐데 말이야. 왜 신유리 편에 말하도록 했지?"

"그건 모르겠습니다, 보스."

"빅토리아."

"예, 보스."

"난 다른 일이 바빠서 법인 일에 몰두할 수가 없어."

"알고 있습니다, 보스."

빅토리아는 김코도 알고 있는 것이다. 줌보는 김코 일을 거들고 있고 아이렌과 미카사는 이미 박윤주의 컨티넨탈 클럽으로 직장을 옮겼다. 그리고 김태우는 토고 로메에 4천만 불 규모의 대규모 사업장을 건설하려는 참이다. 김태우가 말을 이었다.

"빅토리아, 난 당분간 회사에 출근 안 할 테니까 잘 부탁해."

"알겠습니다, 보스."

"신유리는 빅토리아를 의지하게 될 거야. 빅토리아가 없으면 법인 일을 못하게 될 테니까."

"제가 수시로 보고 드리지요."

"내일자로 내 법인장 직권으로 빅토리아를 부장으로 승진시키고 보수를 월 1천 불로 올릴 테니까 그렇게 알고 있어."

"보스."

놀란 빅토리아가 숨을 들이켜는 소리를 내었다. 현재 과장으로 5백 불 월급을 받고 있는 빅토리아다.

"보스, 과분합니다."

"아냐, 빅토리아 아니면 법인 일을 못 할 정도야. 그리고 내일 사람들을 시켜 위층 숙소에 있는 내 짐을 이스턴호텔 내 방으로 옮겨줘, 빅토리아."

"알겠습니다, 보스."

핸드폰을 귀에서 뗀 김태우에게 창가에 서 있던 미사코가 물었다.

"김, 저녁은?"

미사코는 김태우가 통화를 하는 동안 얌전히 기다리고 서 있었던 것이다. 미사코는 알몸에 가운만 걸치고 있어서 젖가슴 일부와 허벅지는 다 드러났다. 요염한 자세다. 김태우의 시선을 본 미사코가 가운을 여미는 시늉을 하면서 눈을 흘겼다.

"또, 왜 그렇게 보는 거야?"

"이리와, 미사코."

김태우는 아직 알몸이다. 두 손을 벌리며 김태우가 부르자 미사코가 머리를 저었다.

"싫어, 저녁 먹고 실컷 해."

그러더니 제 말이 우스운지 풀썩 웃었다.

다음 날 오전 8시 반에 김태우의 핸드폰이 울렸다. 서울 시간은 오후 4시 반이다. 발신자는 본사기조실장 조세진, 조세진이 라고스 시간에 맞춰 전화를 한 것이다. 김태우는 어젯밤 미사코의 방에서 밤을 지내고 지금은 이스턴호텔의 김코 사무실에 출근한 참이다. 핸드폰을 귀에 붙인 김태우가 응답하자 조세진이 서두르는 분위기로 물었다.

"김 사장, 지금 어딘가?"

"회사에 출근했습니다."

"회사? 그럼 신유리 씨 만났나?"

"그 회사 아닙니다."

"아니, 그럼……."

"제가 용병 회사를 차렸습니다."

조세진에게 숨길 이유가 없다. 국정원, 북한, CIA와 합작 사업인 것이다. 숨을 죽인 조세진에게 로메의 반란군 하타마 정권을 전복시킨 것이 북한군을 용병으로 고용한 김코이며 그 김코가 자신의 이름을 딴 것이라고 김태우는 담담하게 설명해 주었다. 그러나 조세진은 숨을 죽이고 있다. 토고의 하타마 정권 전복은 세계적 뉴스였던 것이다. 전(前) 내무장관 보만이 이끈 특공대가 하타마의 특수군을 궤멸시킨 것으로만 알고 있었던 조세진이다. 이윽고 김태우의 이야기가 끝났을 때 조세진이 길게 숨을 뱉었다.

"그렇군. 그런 일이 있었군."

"그래서 법인 일은 이번에 온 신유리 씨한테 맡기도록 하지요."

김태우가 조세진의 말문을 막듯이 말했다.

"듣자하니 아프리카 본부장을 겸하고 있다면서요?"

"아, 그것이……."

"날 오라 가라 하길래 미친년이라고 했습니다."

"……."

"사주 딸이라고 공항에 마중 나오지 않은 것이 기분 나쁜 모양 같더군요. 저한테 대뜸 회의 소집을 지시하길래 미친년이라고 했습니다."

"……."

"부지사장이 지사장한테 지시를 할 수 있는 것입니까?"

김태우의 목소리가 웃음기를 띠었다.

"저를 내보내려는 수작으로밖에 생각이 들지 않는군요. 그래서 법인 일은 손을 대지 않겠습니다."

"김 사장, 그게 아니야."

조세진이 다급하게 말했다.

"신유리는 대양 법인의 상속자야. 이번에 유럽과 아프리카에 있는 11개 법인의 재산을 상속받았어. 따라서 라고스 대양법인의 사주는 신유리인 셈이네."

"……."

"이건 사주의 상속 문제여서 김 사장 입장이 고려되지 못한 건 어쩔 수가 없는 일이야. 신유리는 라고스 법인의 사주인 것이네."

"미친년이 아니군요."

"우리는 신유리가 잘 처리할 것으로 믿었는데 이게 무슨 소동인지 모르겠네."

"제가 마중을 나가지 않아서 그런 것 같습니다."

"법인장이 부법인장 마중을 나가? 그건 당연한 거야. 신유리가 열을 받고 딱딱거리는 게 아니었어."

"잘 알겠습니다, 사장님."

"나도 자네가 그런 일을 하고 있다니 놀랐어. 사장님께 보고 드려도 되겠지?"

"예, 하셔야죠."

"감정을 풀게. 나도 신유리한테 지금 연락할 테니까."

"알겠습니다."

전화기를 귀에서 뗀 김태우가 쓴웃음을 지었다. 갑자기 허탈해진 것은 조세진의 말에 항변할 수가 없었기 때문이다. 회사의 주인, 상속자가 나타난 것이다. 사장이건 법인장이건 상속자 앞에서는 하루살이 목숨일 뿐이다. 그때 사무실 여직원 가이샤가 핸드폰을 들고 다가오며 말했다.

"강 소장 전화입니다."

강철진이다. 핸드폰을 받은 김태우가 응답했을 때 강철진이 말했다.

"오늘 오후 3시에 도착할 겁니다."

"기다리고 있었습니다."

"인원이 37명입니다. 건설 관계자와 공장 관리자, 거기에다 평양에서 인력 담당관까지 끼었소."

"우선 여기서 준비를 하고 나서 바로 로메로 떠나기로 하지요."

활기 있게 대화를 끝낸 김태우가 가이샤를 보았다.

"가이샤, 이 대좌에게 연락해. 강 소장이 3시 도착이야. 인원은 37명이다. 숙소 준비도 해 놓도록."

그리고 오늘밤은 컨티넨탈 클럽에 가서 강 소장을 접대할 계획이다.

"아이구, 김 사장님."

이스턴호텔 현관 앞에서 기다리고 있던 김태우를 보자 차에서 내린 강철진이 반색하면서 다가왔다.

"어서 오십시오."

김태우도 활짝 웃는 얼굴이다. 손을 마주잡은 둘의 주위로 강철진의 일행이 모여들었다. 버스 2대에 나눠 타고 온 '공장 건설단'이다. 설계자에서부터 공사 감독, 관리자까지 수십 명이 둘러서서 둘의 만나는 장면을 본다. 강철진이 그들의 지휘자인 것이다.

"자, 김 사장님이셔. 모두 인사들 하라우."

몸을 돌린 강철진이 소리치자 40명 가까운 사내들이 일제히 머리를 숙였다.

"김 사장님, 인원이 많으니 나중에 하나씩 소개시켜 드리지요."

강철진이 말하고는 다시 김태우의 팔을 쥐었다. 김태우가 강철진과 함께 호텔 안으로 들어서자 모두 따른다. 이준혁이 그들을 안내해서 방을 소개시켜 주느라고 로비는 떠들썩해졌다. 이스턴호텔은 김코에서 임대한 호텔인 것이다. 김코의 사무실로 들어섰을 때 강철진이 웃음 띤 얼굴로 김태우의 어깨를 감싸 안고 말했다.

"김 사장님, 이번에 내가 어떤 전갈을 가져왔는지 아시오?"

알 리가 없는 김태우가 눈만 껌벅였고 강철진이 말을 이었다.

"자, 우선 앉으시지요, 김 사장님."

강철진이 김태우에게 상석을 권하더니 밀듯이 자리에 앉혔다. 회의실에는 강철진을 수행해 온 간부급 4명에다 이준혁까지 북한 측은 6명이 모였다. 모두 40대에서 50대에 이르는 사내들이다. 모두 정색을 하고 있었으므로 김태우도 긴장했다. 이윽고 어깨를 편 강철진이 탁자 위에 놓은 가방을 열더니 보석함처럼 생긴 상자를 꺼내 두 손으로 들었다. 그러고는 김태우에게 내밀었다.

"김 사장님, 조선민주주의공화국의 위대한 지도자이신 김정은 동지께서 드리는 훈장입니다."

그 순간 김태우가 숨을 들이켰다. 그러나 강철진의 표정이 엄숙했고 둘러앉은 여섯 명도 석고상처럼 굳어 있었으므로 김태우는 상자를 받았다. 그때 강철진이 심호흡을 하고 나서 말했다.

"열어 보시지요."

상자를 연 김태우는 아이 주먹만 한 금빛 훈장이 번쩍이고 있는 것을 보았다. 순금은 아닐 것 같다. 그때 강철진이 말했다.

"1등 영웅훈장입니다. 이제 김 사장님은 공화국 영웅이 되신 것입니다."

그 순간 둘러앉은 사내들이 일제히 박수를 쳤다 박수를 자주 쳐서 그런지 5명이 치는 소리가 요란했다. 강철진이 손을 들자 박수가 그쳤다. 강철진이 말을 이었다.

"지도자 동지께서 친히 말씀을 전하라고 하셨습니다. 언제든지 북조선을 방문하시면 환대하겠다고 하셨습니다."

"감사합니다."

김태우가 머리를 숙여 보였지만 건성이다. 북한에 갈 생각은 눈곱만큼도 없었기 때문이다. 그때 어깨를 부풀린 강철진이 말했다.

"영웅훈장을 받으셨으니 김 사장님은 북한군 소장 대우를 받으시게 되었습니다."

"아이구, 제가 무슨……."

당황한 김태우가 손까지 저었지만 강철진은 엄숙했다.

"남조선 인민 중 김 사장님이 처음 영웅훈장을 받으신 것입니다. 김 사장님 앞으로 평양에 고급 아파트와 벤츠 승용차, 그리고 온갖 특전이 준비되어 있습니다."

김태우가 다시 입을 벌렸다가 닫고는 어금니를 물었다. 사양한다고 될 일이 아니다. 이미 다 끝났다. 김태우가 강철진을 향해 머리를 숙였다.

"감사합니다."

그때 다시 박수 소리가 일어났다. 옆쪽 사무실에 앉아 있던 가이샤는 무슨 영문인지 궁금했을 것이다. 식이 끝났을 때 강철진이 다시 웃음 띤 얼굴로 김태우에게 말했다.

"김 사장님, 긴장하실 필요 없습니다. 김 사장님이 보코하람의 소령이 되신 것과는 전혀 다른 성격이니까요."

강철진이 말을 이었다.

"위원장 동지께서는 김 사장님이 북남 간 경제 협력의 첨병 역할을 훌륭하게 수행했다고 칭찬하셨습니다."

"저야 어쩌다 보니까……."

"4천만 불을 투자한 공장이면 노동자 2천 명을 고용할 수가 있는 것입니다."

강철진의 목소리가 열기를 띠었다.

"그것이 곧 5천, 1만이 됩니다."

그렇다. 해외 인력이 늘어나 외화를 번다.

"조세진입니다."

기조실장 조세진의 목소리는 부드럽다. 그러나 조세진은 회장 신용학의 신임을 받는 최측근이다. 사장단 평가는 조세진을 통해서 신용학에게 전달되는 것이다. 신유리는 핸드폰을 고쳐 쥐었다.

"네, 실장님. 웬일이세요?"

"잘 도착하셨지요?"

"네. 라고스 사무실에 있어요."

신유리가 앞쪽 사무실을 둘러보며 말했다. 신유리의 부사장실은 회의실을 임시로 개조해서 만들어 놓았다. 유리창 너머로 사무실이 보인다. 그때 조세진이 물었다.

"김 사장 만나셨습니까?"

"아뇨, 아직."

"아직 못 만나셨단 말입니까?"

"저를 피하는 것 같아요."

신유리의 목소리가 웃음을 띠었다.

"회사에 나오지도 않고 연락도 안 됩니다. 그래서……."

조세진이 듣기만 했으므로 심호흡을 한 신유리가 말을 이었다.

"저한테 미친년이라고 하더군요. 내가 회의를 소집했더니 대뜸 그렇게 욕을 했어요. 이런 일은 처음 당하는군요."

"……."

"제가 부지점장이고 김태우 씨가 지점장 신분이라고 그런가요? 아직 내 신분을 밝히지 않았기 때문인 것 같아요."

"……."

"회의를 소집해서 이야기하려고 했는데 미리 통보를 해 놓고 오는 것이 나을 뻔했어요. 참 황당하군요."

그때다.

"타타타타타타타"

요란한 총성이 울렸으므로 신유리가 숨을 들이켰다. 그 순간 눈앞에서 유리창이 하얗게 변하더니 가루가 되어서 무너져 내렸다. 유리창에 총탄이 맞았다.

"타타타타!"

다시 총성이 울리면서 이제는 천장에서 형광등이 부서져 떨어졌다.

"꺄악! 아악!"

앞쪽 사무실에서 여자들의 비명이 울리더니 남자들의 외침이 이어졌다. 그때서야 신유리가 책상 밑으로 기어들어 갔다. 의자 모서리에 이마를 찢었고 스커트가 의자에 걸려 찢어졌지만 머리부터 처박고 들어갔다. 다시 총성이 울렸다.

"타타타타타!"

벽에서 떼어진 파편이 신유리의 몸에 튀었다. 그 순간 신유리는 이성을 잃었다.

"사람 살려!"

신유리가 한국말로 소리쳤다가 정신이 들고 나서 다시 말을 했다.

"헬프! 헤엘프!"

"타타타탕!"

뭔가 부서져 떨어지는 소리가 났고 바깥 사무실이 조용해졌으므로 신유리가 소리쳤다.

"헤에엘프!"

이제 총소리가 들리지 않는다. 다른 소리도 들리지 않았으므로 신유리는 몸서리를 쳤다. 다 죽은 것 같다. 보코하람이다. 그 순간 신유리의 머릿속에 생각이 스치고 지나갔다. 김태우가 보코하람의 소령이라고 했던가? 그런데 김태우가 대양과 인연을 끊었다면 아아, 그렇구나. 보코하람이 대양을 마음 놓고 밥으로 생각하겠구나.

"헤에엘프!"

다시 신유리가 악을 썼을 때다.

"신 본부장! 신 본부장!"

어디선가 멀리서 부르는 것 같은 목소리가 들렸으므로 신유리는 책상 밑에서 머리를 들었다. 그 순간 머리꼭지를 책상 아래쪽 바닥에 들이받고는 신음했다.

"신 본부장!"

목소리가 커졌다. 조세진의 목소리다. 핸드폰. 그렇지, 핸드폰으로 통화를 하다가 이 사건이 일어났지. 머리를 돌려 책상 밑에서 핸드폰을 찾던 신유리가 이번에는 책상 다리에 얼굴을 부딪쳤다. 눈에서 불이 번쩍였고 그 다음 순간에 땅바닥에 떨어진 핸드폰이 보였다.

"신 본부장! 괜찮아요?"

이제 조세진은 악을 쓰면서 부른다. 핸드폰으로 총소리와 비명, 신유리의 절규를 다 들었을 것이다. 핸드폰을 집어든 신유리가 울부짖었다.

"실장님! 살려줘요!"

"어디 다쳤어요? 어떻게 된 거요!"

"총을 쐈어요!"

아직 책상 밑에 있는 터라 웅크린 채 신유리가 울었다.

"모르겠어요! 다 죽은 것 같아요!"

"누구 소행이오?"

"모르겠어요!"

신유리는 이런 상황이 처음이다. 이렇게 될 줄 상상도 못했다. 보코하람의 테러다. 곧 현장으로 달려온 경찰은 그렇게 판단했다. 보코하람의 테러단 3명이 AK-47로 무장하고 사무실을 습격한 것이다. 그러나 다행히 사망자는 발생하지 않았다. 아래층 사무실부터 차례로 소총을 발사하여 3개 층을 완전히 박살을 내고는 보코하람의 전단을 뿌려 놓고 사라진 것이다. 하지만 대양상사의 아프리카 본부장 신유리는 머리와 무릎, 허벅지에 타박상을 입은 데다 정신적인 충격을 받고 병원에 입원했다. 물론 타박상은 책상 밑에서 박고 긁혔기 때문에 받은 상처다.

"사무실이 습격당했습니다."

김태우의 경호 역으로 따라온 하영찬 상사가 방으로 들어와 보고했다. 이곳은 컨티넨탈호텔의 컨티넨탈 클럽 방 안이다. 방 안에는 강철진과 이준혁까지 셋이 둘러앉아 있었는데 하영찬이 김태우에게 보고한 것이다. 김태우는 시선만 주었고 하영찬이 말을 이었다.

"인명 피해는 없습니다. 부사장이 책상 밑에 숨었다가 머리를 찧고 긁혀서 타박상으로 병원에 입원했을 뿐입니다."

셋이 서로의 시선을 교환했고 하영찬이 말을 이었다.

"사무실이 전파되어서 복구하려면 시간이 걸릴 것 같습니다."

"알았어."

김태우가 머리를 끄덕였을 때 눈을 가늘게 뜬 이준혁이 하영찬에게 물었다.

"동무는 지금 누구한테 보고했나?"

"예, 대좌 동지."

부동자세로 선 하영찬이 어깨를 펴고 대답했다.

"사장 동지께 보고했습니다."

하영찬은 이준혁의 부하인 것이다. 그때 강철진이 머리를 끄덕였다.

"그래야지. 이 대좌 소속이지만 김 사장님 호위 역이라면 김 사장님께 보고해야 옳다. 잘 했다."

그때 이준혁이 머리를 끄덕였다.

"그렇습니다. 잘한 것입니다."

하영찬이 방을 나갔을 때 김태우가 둘에게 말했다.

"신유리가 짐작하고 있을 겁니다."

"그렇겠지요."

쓴웃음을 지은 이준혁이 말을 이었다.

"혼이 났으니까 라고스 법인을 다시 생각하게 되겠지요."

"아니, 세상 물정을 조금 알게 된 거야. 버릇 고치려면 아직 멀었어."

강철진이 말했다. 이번 테러단 총격은 이준혁이 보코하람 전사들을 시킨 것이다. 물론 김태우가 요구했기 때문이다. 그때 방문이 열리더니 박윤주가 들어섰다.

"인사가 늦었습니다."

박윤주가 강철진에게 인사했다. 강철진과는 초면이다.

"여기 사장 박윤주 씨입니다."

김태우가 소개하자 강철진이 얼굴을 펴고 웃었다.

"김 사장 주변에는 미인이 넘쳐나는군. 난 북한군 소장 강철진이오."

박윤주가 따라 웃었다.

"김 사장님 덕분에 제가 북한 귀빈들을 모시게 되었어요."

"어디, 이곳 아가씨들 수준을 봅시다. 나도 룸살롱 문화에 익숙해서 말이오."

"마음에 드시도록 노력하겠습니다."

고분고분 대답한 박윤주가 방을 나갔을 때 강철진이 웃음 띤 얼굴로 김태우를 보았다.

"박 사장도 애인 삼았소?"

"아직 아닙니다."

"아직 아니라니?"

"같이 자지 않았다는 말씀입니다."

"못한 거요?"

"아니, 안 한 것이지요."

"저 여자가 이곳에서 CIA의 정보를 관리하게 되겠지요."

이준혁이 말했다.

"이곳이 CIA의 정보실 역할입니다."

그때 방문이 열리더니 술과 안주를 받쳐 든 종업원과 함께 아가씨들이 들어섰다. 그 뒤를 박윤주가 따른다. 강철진의 입에서 탄성이 일어났다.

"와, 눈이 부시군."

방에 들어선 아가씨 둘에 대고 한 말이다. 아가씨들은 강철진과 이준혁 옆에 앉았다. 강철진이 김태우 옆에 앉은 박윤주에게 물었다.

"박 사장, 김 사장 파트너는?"

"제가 파트너예요."

박윤주가 정색하고 강철진과 이준혁을 번갈아 보았다.

"김 사장은 여기 주주이기도 하거든요. 주주가 아가씨들하고 놀면 안 되죠."

"이런, 그렇게 되었나?"

숨을 들이켠 강철진이 웃음을 참으려고 입을 꾹 다물었지만 콧구멍이 벌름거렸다. 이준혁은 아예 외면하고 있다.

병원에 입원했다는데 안 가 볼 수가 없다. 다음 날 오전 10시경에 김태우가 이코이 지역에 위치한 엘리자베스 병원으로 들어섰다. 신유리는 하루 병실비가 4백 불이나 나가는 특실에 입원해 있었는데 지난번 독일 총리가 입원했었다는 방이었다. 방문 앞에 지켜 서 있던 빅토리아가 김태우를 보더니 반색했다. 빅토리아는 회사 직원 셋을 데리고 나와 있다.

"보스, 이집트와 남아공화국 법인장이 오전 중에 도착할 예정입니다."

김태우의 시선을 받은 빅토리아가 목소리를 낮췄다.

"다 불렀어요. 파리의 유럽 본부장, 본사에서도 기조실장 세 명이 온다는 연락이 왔습니다."

"그런데 빅토리아, 일은 안 하고 모두 이렇게 병원에 와 있으면 어떻게 해? 병원에 몇 명이나 나와 있어?"

"회사 당번만 빼놓고 다 나왔어요."

쓴웃음을 지은 빅토리아가 말을 이었다.

"본부장이 무섭다고 다 오라고 해서."

머리를 끄덕인 김태우가 빅토리아와 함께 병실로 들어섰다.

"본부장님, 법인장님이 오셨습니다."

빅토리아가 말하자 넓은 병실 안쪽의 침대에 누워 있던 여자가 상반신을 일으켰다. 햇살이 침대 위에 비쳤고 긴 머리를 뒤에서 묶은 흰 얼굴의 여자가 똑바로 김태우를 보았다. 둘의 시선이 마주쳤을 때 김태우가 숨을 들이켰다. 컴퓨터에 뜬 신유리의 사진을 보았다. 그러나 전혀 다른 분위기의 용모다. 갸름한 얼굴, 크게 뜬 눈, 곧은 콧날 밑의 핏기 없는 입술은 조금 벌어져 있다. 다가간 김태우가 입을 열었다.

"놀라셨겠습니다. 내가 있었다면 그런 일이 없었을 텐데 면목이 없습니다."

준비되지 않았던 말들이 저절로 입에서 나왔다. 그때 신유리가 말했다.

"제가 죄송해요. 서두르다보니까 일을 엉망으로 만들었어요."

"제가 오만했다는 생각이 듭니다."

"아녜요, 법인장님."

"그래서 기조실장께 사표를 냈습니다."

그 순간 신유리가 숨을 들이켜더니 얼굴이 더 창백해졌다.

"제 잘못입니다. 사표 내시면 안 돼요."

"보코하람에서 내가 회사를 그만둔 것을 알고 습격한 것 같습니다."

시킨 일이지만 이치에 맞는 말이다. 그때 옆에 서 있던 빅토리아가 가볍게 헛기침을 했다. 둘은 한국어를 했기 때문에 빅토리아는 알아듣지 못했다.

"보스, 전 밖에 나가 있겠습니다."

김태우에게 말한 빅토리아가 신유리에게는 눈인사를 하고 나서 방을 나갔다.

"앉으세요, 법인장님."

침대에서 일어선 신유리가 옆쪽 소파로 다가가면서 김태우에게 자리를 권했다. 신유리는 환자복 차림이었는데 멀쩡했다. 머리와 다리 등을 다쳤다지만 반창고도 붙이지 않았다. 슬리퍼도 신지 않은 맨발로 다가온 신유리가 소파 앞쪽에 앉더니 탁자 위에 놓인 음료수 병을 가리켰다.

"드세요."

"아니, 됐습니다."

조금 평정을 찾은 김태우가 소파에 등을 붙이고 앉아 신유리를 보았다. 33세라고 했지만 어리게 보인다. 20대 중반쯤 같다. 환자복 차림이었어도 날씬한 몸매가 드러났고 맨발의 발가락이 얼굴과 닮아서 갸름했다. 머리를 든 신유리가 김태우를 보았다.

"그래요, 전 겸손하지 못해요. 그것이 버릇이 되었어요. 아무리 고치려고 노력해도 힘들어요. 전 경영자의 자질이 없는 것 같아요."

김태우는 시선만 주었고 신유리가 말을 이었다.

"저한테 정신이 들게 해 준 사람이 바로 김 법인장이세요. 지금까지 전 한 번도 그런 사람을 만나 보지 못했어요."

"그만 합시다."

손바닥을 펴 보인 김태우의 얼굴에 쓴웃음이 번졌다.

"따지고 보면 내가 잘한 것도 없습니다."

김태우의 가슴에 이쯤에서 대양을 그만둬야겠다는 생각이 굳어지고 있다. 어쨌든 신유리는 상속자다. 지금 뉘우친다고 했지만 다시 재발해도 상속자를 누가 어떻게 할 것인가? 주인인 것이다. 상속받은 재산을 내던질 사람도 없다. 그때 신유리가 김태우를 보았다.

"토고에 가신다고 했어요?"

"그렇습니다."

정신을 차린 김태우가 똑바로 신유리를 보았다. 로메의 새 사업장에서 내 사업을 시작하는 것이다. 그때 신유리가 말했다.

"저도 가 보면 안 될까요? 데려가 주세요."

병원에서 대양상사 해외 법인장들이 셋이나 모였다. 파리의 유럽 본부장, 이집트 법인장, 남아공화국 법인장이다. 김태우는 그들을 만나지 않았지만 수시로 빅토리아한테서 보고를 받는다.

"김, 대양상사에 사표를 냈다는데, 사실인가요?"

앤이 그렇게 물었을 때는 오후 5시경이다. 김태우는 김코의 사무실로 돌아와 있었는데 주위는 활기에 차 있었다. 로메로 떠날 공장 건설단이 준비를 하고 있었기 때문이다.

"사실이오, 앤."

김태우가 앞에 앉은 앤을 보았다.

"이젠 떠날 때가 된 것 같아서요."

"이번에 온 상속녀 때문인가요?"

"그 여자 때문만은 아니오."

앤의 시선을 받은 김태우가 쓴웃음을 지었다.

"오전에 병실로 찾아가 내가 사과를 했습니다. 그랬더니 그 여자도 솔직하게 이야기를 해 주더군요."

"당신이 대양에 적을 두고 있는 것이 보코하람과의 관계를 이어가는 것에 도움이 돼요, 김."

"당신들에게 도움이 되겠지."

"한국 정부나 국민들에게도 이득이죠."

김태우가 앤의 파란 눈을 똑바로 보았다. 밝은 하늘색 눈동자가 김태우를 응시하고 있다. 앤이 말을 이었다.

"김, 상속녀하고 화해를 했다면 잘된 것 아녜요? 더구나 당신이 토고 일에 집중하려면 상속녀가 이곳을 관리해 주는 것이 도움이 될 텐데요."

"……."

"보코하람의 원유도 당신이 계속 맡아야 할 것이고……."

김태우가 호흡을 골랐다. 더구나 라고스에는 사업장이 두 개나 있다. 김코와 컨티넨탈 클럽이다. 라고스와 인연을 끊고 지낼 수가 없는 것이다. 이윽고 김태우가 머리를 끄덕였다. 앤은 김태우의 보좌역이나 같다. 김코는 물론 컨티넨탈 클럽, 그리고 로메에 세울 공장까지 모든 사업장에 조언을 해 주고 있다. 물론 앤의 배경은 CIA다. 이준혁이 보코하람과 북한의 연락책 역할을 한다면 박윤주는 국정원, 앤과 미사코는 CIA와 일본의 대리인이다. 세상은 모두 연결되어 있다는 것을 김태우가 라고스에서 실감하고 있다.

"알겠습니다. 고려해 보지요."

"가만있으면 사표는 보류될 거예요. 대양에서는 당신이 그만두면 지난번 같은 테러가 매일 일어날 것이라고 믿을 테니까."

김태우가 쓴웃음만 지었을 때 앤이 말을 이었다.

"대양에서는 상속녀의 파트너로 김을 생각한 것 같아요. 그것이 사주인 신용학 씨와 사장 신재식 씨의 구상인 것 같습니다."

"그게 무슨 말이오?"

"신유리 씨의 남자로 말이죠."

앤의 얼굴에 웃음이 떠올랐다.

"신유리의 성품은 거침없고, 변덕이 심한 데다 오만해서 남자가 견디지 못해요. 지난 결혼에 실패한 이유도 그것 때문이죠."

"……."

"신용학 씨가 신유리에게 법인을 상속해 준 것도, 그리고 하필 라고스로 보낸 것도 당신을 염두에 두었기 때문이죠."

"그건 CIA의 추측이오?"

"우린 추측을 말하지 않습니다."

"도청했나?"

"어쨌거나 당신은 상속녀의 남자 후보로 결정된 거죠."

"그걸 영광으로 생각하란 말이오?"

"그걸 이용할 수도 있다고 말한 겁니다."

"그럴 생각이 없어요."

"신유리 씨가 그걸 알고도 라고스에 왔다면 어떻게 생각하세요?"

"그럴 리가 없지. 그랬다면 그따위로 행동하지 않았을 거요."

"그게 신유리의 성격이죠."

앤이 다시 이를 드러내고 웃었다.

"오늘 병실에서 만났을 때 사과를 했다면서요? 변덕이 심한 성품이지만 머리가 좋아요. 수재형이죠."

"내가 미친년이라고 했는데 맞는 것 같군."

"모두 계산적일 가능성이 있어요."

"한 번 더 테러를 당하게 해 줄까?"

"당신이 배후에서 지시했다는 것을 알고 있다니까요?"

"그럼 고려할 필요도 없이 그놈의 회사 그만둬야겠군."

김태우가 짜증난 듯이 말했을 때 앤이 지그시 시선을 주었다.

"김, 신유리한테 쫓겨나듯이 대양을 그만둘 건가요?"

김태우는 앤의 얼굴을 홀린 듯이 보았다.

잠이 들었던 김태우가 벨소리에 눈을 떴다. 내선 전화다. 이곳은 이스턴호텔 최상층의 스위트룸, 김태우의 숙소다. 전화기를 귀에 붙인 김태우가 벽시계를 보았다. 오후 10시 반. 오늘은 일찍 숙소에 들어와 잠이 든 셈이다.

"여보세요."

응답했을 때 곧 교환의 목소리가 울렸다.

"빅토리아가 급하다고 합니다."

"바꿔."

핸드폰의 전원을 꺼 놓고 있었던 것이다. 그때 곧 빅토리아의 목소리가 울렸다.

"보스, 빅토리아입니다."

"지금도 병원이야?"

"아닙니다. 지금 부법인장하고 밖에 나왔습니다."

"숙소로 가는 길인가?"

"지금 이스턴호텔로 가는 중입니다."

김태우가 전화기를 고쳐 쥐었다. 이스턴호텔은 이곳이다. 그때 빅토리아가 말했다.

"전화 바꿔드리겠습니다."

그러더니 곧 신유리의 목소리가 울렸다.

"접니다."

한국말이다. 신유리가 말을 이었다.

"제가 빅토리아한테 숙소로 데려다 달라고 했어요."

"밤 11시가 되어 가는데 무슨 일입니까?"

"드릴 말씀이 있기도 하구요."

다시 기분이 상한 김태우가 듣기만 했고 신유리가 말을 이었다.

"오늘 저를 거기서 재워 주시면 안 돼요?"

"여기서 말입니까?"

"거기 호텔이라면서요? 전 숙소에 무서워서 돌아가지 못하겠어요."

"……."

"김태우 씨하고 같이 있는 것이 낫겠다는 생각이 들어서요."

"불러들인 법인장들은 다 어디에 있습니까?"

"컨티넨탈호텔에 있어요."

김태우가 소리죽여 숨을 뱉었다. 앤의 말이 맞다. 신유리는 타인에 대한 배려 따위는 안중에 없다. 저지르고, 사과하고, 그리고 다시 저지른다. 생각나면 우선 행동으로 옮겨 놓고 보는 것이다. 이건 진짜 미친 년이다. 이윽고 김태우가 말했다.

"좋아요, 내 방으로 와요."

"고맙습니다, 김태우 씨."

이제 신유리는 이름을 계속해서 부르고 있다. 이건 또 무슨 꿍꿍이인가? 전화기를 내려놓은 김태우의 얼굴에 쓴웃음이 번졌다. 그로부터 30분쯤이 지났을 때 방문에서 노크 소리가 들렸다. 문을 연 김태우가 혼자 서 있는 신유리를 보았다. 시선이 마주치자 신유리가 어색하게 웃었다.

"귀찮죠?"

"들어오세요."

비켜선 김태우가 복도를 보고 나서 문을 닫았다. 복도는 비어 있다. 그러나 아래층에서 경호원들이 모두 보았을 것이다. 방으로 들어선 신유리가 주위를 둘러보더니 주춤거리며 소파로 다가갔다.

"앉아요. 마실 것 드릴까요?"

김태우가 묻자 신유리는 머리를 끄덕이며 자리에 앉는다.

"네, 술 한 잔 주세요."

"위스키로 드릴까요?"

"네, 고맙습니다."

김태우가 마시다 만 위스키병과 생수병, 그리고 잔까지 앞에 내려놓고는 앞쪽에 앉았다. 신유리는 말끔한 우윳빛 원피스 차림에 단화를 신었다. 머리는 오늘도 뒤로 묶었고 얼굴에는 화장기가 없다. 신유리가 잔에 술을 따르면서 입을 열었다.

"애물단지라는 말 아세요?"

김태우는 시선만 주었고 신유리가 말을 이었다.

"아버지가 항상 저한테 한 말이었죠. 처음에는 무슨 말인지 몰랐는데 '사고뭉치' '처치 곤란한 괴물'이란 표현이더군요."

"……."

"아버지하고 제 오빠, 배다른 오빠지만 두 분이 이곳에 절 보낸 이유가 있어요."

"그만"

손을 들어 보인 김태우가 소파에 등을 붙이면서 말했다.

"더 이상 이야기 듣고 싶지 않으니 그만 해요."

술잔을 든 신유리가 멍한 표정으로 김태우를 보았다. 김태우가 말을 이었다.

"술을 마시고 저 방에 들어가 자요. 여긴 침실이 2개니까 난 다른 방에서 잘 테니까."

자리에서 일어선 김태우가 신유리를 보았다.

"로메에 데려가 달라고 했는데 거긴 내 사업장이오. 대양과는 전혀 관계가 없는 사업장이지. 그러니까 안 되겠어요."

몸을 돌린 김태우가 옆쪽 침실로 다가갔다. 더 이상 미친년한테 휘둘리기 싫다.

문이 열리면서 신유리가 들어섰다. 탁자에 부착된 야광 시계가 12시 반을 가리키고 있다. 방의 불을 꺼 놓았지만 응접실의 불빛을 등에 받은 신유리의 모습이 뚜렷하게 드러났다. 신유리가 방문을 닫더니 한 걸음 다가서며 낮게 물었다.

267

"주무세요?"

목소리는 맑고 또렷하다. 술을 마신 것 같지 않다. 김태우는 신유리를 응시한 채 대답하지 않았다. 예상하고 있었지만 어떻게 할 것인지를 결정하지 않았다. 신유리에 대해서 구역질이 날 만큼 반감이 일어났다가도 그 용모와 몸매를 보면 욕정이 솟아난다. 잔인하게 깔아뭉개고 싶은 것이다. 쾌락에 몸부림치며 울부짖는 비명을 듣고 싶다. 그때 한 걸음 더 다가선 신유리가 다시 물었다.

"저, 침대로 들어가도 돼요?"

목소리가 조금 떨리는 것이 느껴졌으므로 김태우에게 조금 여유가 일어났다.

"왜 그러는 거요?"

부질없는 질문이다. 그러나 물어봐야겠다. 세워놓고 무안을 주고 싶다. 방 안이 어둡지만 윤곽은 뚜렷하다. 그러나 신유리의 표정은 보이지 않는다.

"절 안아 줘요."

신유리가 다시 한 걸음 다가서며 말했다. 이제 침대와는 한 발짝 거리다. 신유리는 아직도 우유 색 원피스 차림이다. 그때 김태우가 말했다.

"짐승처럼 그저 육욕만 갖고 섹스 해본 적 있어요?"

"아뇨."

금방 대답한 신유리가 물었다.

"그건 왜 물어요?"

"지금 신유리 씨가 그러는 것 아닙니까?"

"아뇨, 난 지금 원하고 있어요."

268

"난 아닌데."

상반신을 일으킨 김태우가 말을 이었다.

"하지만 섹스 할 수는 있어. 내가 지금 그런 상태란 말이오."

"……."

"그래도 하고 싶으면 벗어요."

"……."

"홀랑 벗어, 거기서."

"……."

"내가 볼 수 있도록."

"……."

"그리고 침대로 들어와."

그때 신유리가 원피스 단추를 풀기 시작했다. 표정은 볼 수 없었지만 몸놀림이 차분하다. 단추가 하나씩 풀리더니 곧 원피스가 아래로 흘러 내려갔다. 김태우는 숨을 죽였다. 신유리가 이제는 브래지어를 풀어 아래로 떨어뜨렸다. 젖가슴의 윤곽이 드러났다. 제법 풍만한 유방이 단단하게 솟았다. 아름다운 젖가슴이다. 잠깐 주춤거렸던 신유리가 이제는 팬티를 끌어내리더니 곧 벗어 던졌다. 마침내 신유리는 알몸이다. 그때 신유리가 다가오더니 침대로 올라왔다. 그러고는 김태우의 옆에 눕는다. 잠깐 신유리의 팔이 어깨에 닿았고 찬 감촉이 느껴졌다. 김태우가 호흡을 고르고는 셔츠와 팬티를 벗어 던졌다. 방 안에는 정적이 덮여 있다. 옷 벗는 소리, 약한 숨소리까지 들린다. 순식간에 알몸이 된 김태우가 옆에 누운 신유리를 내려다보았다. 김태우는 상반신을 세운 채 앉아 있는 자세다.

"섹스한 지는 얼마나 되었어?"

불쑥 김태우가 묻자 숨을 들이켜는 소리를 낸 신유리가 대답했다.

"5년."

반듯이 누운 신유리가 억양 없는 목소리로 말을 이었다.

"섹스를 별로 좋아하지도 않았으니까."

"그런데 왜?"

"나도 몰라."

그때 김태우가 신유리의 손을 잡아 제 남성에 붙였다. 흠칫 손가락을 오므렸던 신유리가 곧 펴더니 김태우의 남성을 감싸 쥐었다.

"어때?"

김태우가 묻자 신유리가 남성을 쥔 채로 대답했다.

"뭘 묻는 거야?"

"감상."

"커."

"그리고?"

"이렇게 큰 건 처음 봐."

"좋아하지도 않는다면서."

"처음 봤다고 한 거야."

신유리가 남성을 쥔 손에 힘을 주었다.

"단단해."

"나하고 섹스를 하면 분위기가 나아질 것 같았어?"

"응."

그때 김태우가 신유리의 손을 떼더니 몸 위로 올랐다. 신유리가 순순히 다리를 벌리면서 말했다.

"천천히 넣어."

그러나 김태우는 남성을 골짜기에 붙이자마자 거칠게 진입시켰다.

"아앗!"

신유리의 비명이 방을 울렸다.

"아유, 아파!"

그러나 김태우는 거친 동작을 멈추지 않는다.

"아아아!"

신유리의 동굴은 메말랐다. 물기가 없는 황야다. 말로는 옥토(玉土)처럼 꾸몄지만 안개가 걷히자 모래와 바위투성이의 박토가 드러났다.

"아악!"

거칠고 빠른 김태우의 동작이 계속되자 신유리의 비명은 더 높아졌다. 김태우의 남성이 진입하는 동굴이 마치 무너지려는 폐광 같다. 신유리가 두 손으로 김태우의 어깨를 움켜쥐더니 밀어내려는 동작을 했다.

"아프단 말이야!"

신유리가 악을 썼지만 김태우는 멈추지 않았다. 불능이다. 2분쯤 지난 후에 김태우의 머릿속에 떠오른 생각이다. 다른 동굴은 메마른 상태였더라도 시간이 지나면 샘물이 나왔다. 길어야 2분, 가장 긴 기록이 3분쯤 되었을까? 그러고는 한번 샘물이 터지면 오히려 젖은 상태의 동굴보다 더 쏟아졌다. 반응도 더 격렬해져서 마른땅이 범람하는 습지가 되어 버렸던 것이다.

"아이구, 아파!"

신유리의 비명이 계속되었다. 이제는 사지를 버둥거리면서 김태우로부터 벗어나려고 한다. 김태우는 이제 자신의 남성에도 고통을 느꼈다. 메마른 땅에 부딪치면서 마찰 열기를 식혀주지 못했기 때문이다.

김태우는 이제야 신유리가 섹스를 별로 좋아하지도 않았다고 한 이유를 알았다. 이런 몸으로 좋아할 이유가 없는 것이다. 억지로 하는 섹스라도 이런 상황까지 되면 동굴이 젖는 것이 당연하다. 그것이 정상적인 몸인 것이다.

"아야! 아프다니깐!"

신유리가 발버둥을 치면서 소리친 순간 김태우는 움직임을 멈췄다. 남성은 깊게 박혀 있는 상황이다. 신유리의 몸 위에 엎드린 김태우가 귀에 입술을 붙이고 물었다.

"네 몸에 대해서 알지?"

"아파!"

신유리가 대답 대신 빽 소리쳤다.

"빼!"

"마음은 있는데 막상 들어가면 굳어지지?"

"빼란 말이야!"

신유리가 하반신을 흔들었으나 김태우의 몸은 밀착되어 있어서 고통만 준다.

"깊게 박혀 있어서 안 빠져."

"빼!"

"넌 한 번도 클라이맥스에 닿은 적이 없지?"

"빼!"

"네 동굴은 좁고 멋있어. 여기에서 물만 흘러나오면 끝내줄 거야."

"시끄러!"

상반신을 든 김태우가 신유리의 젖가슴을 두 손으로 움켜쥐었다. 젖가슴이 두 손에 가득 잡혔다. 김태우가 신유리를 내려다보면서 웃었다.

272

"네 몸은 정상이야. 지금 피부에서 땀까지 배어나오고 있어. 이제 조금 있으면 동굴에서도 샘물이 고일 거다."

"아파."

"기다려 봐. 내가 천천히 해줄 테니까."

"아프다니까!"

했지만 목소리는 약해져 있다. 김태우가 이번에는 천천히 진퇴 운동을 했다. 아주 조심스럽게 나왔다가 신중하게 들어갔다. 남성을 넣기 전에 길고 뜨거운 애무를 해주는 것이 나았을지 모른다. 그러나 그것은 신유리의 성격상 거부했을 가능성이 많다. 그러다가 이런 석녀(石女)가 되었다. 그래놓고 섹스를 별로 좋아하지도 않는다고? 모두 스스로 만든 업보다. 괴팍한 성격이 석녀를 만들었다. 천천히 그리고 조심스럽게 나왔다가 들어가기를 다시 3분쯤 반복했을 때 비명 소리가 낮아졌다. 그리고 김태우는 남성 표면에 닿는 습기를 느꼈다. 그래서 피부의 마찰열이 식으면서 따가운 아픔도 조금씩 가셨다.

"아, 아파!"

신유리가 두 손으로 김태우의 어깨를 움켜쥐고 소리쳤다. 그러나 밀어내지는 않는다.

"아이구, 엄마!"

그때 김태우는 남성 끝이 뜨거운 샘에 닿는 느낌을 받았다. 끌어올렸던 남성을 다시 천천히, 깊게 박았을 때 땅 끝에서 솟는 온천수를 분명히 느낄 수가 있었다. 끌어올린 온천수가 남성을 칠하고 동굴 벽에 묻었다.

"아, 아, 아."

그때 신유리가 신음했다. 김태우는 신유리의 두 다리가 자신의 하반신을 감았다가 풀리는 것을 보았다. 이제 온천수가 급속히 솟아오르고 있다. 김태우는 서두르지 않았다. 처음 시작할 때는 부숴 버릴 듯이 거칠게 부딪쳤지만 지금은 전혀 달라졌다. 유리그릇을 다루듯이 조심스럽게 움직였다. 그때 신유리가 가쁜 숨을 뱉으며 소리쳤다.

"아유 더워!"

김태우는 숨을 들이켰다. 지금까지 수백 번 섹스를 했지만 이런 상황에서 덥다고 소리친 여자는 없었기 때문이다. 그러나 한 호흡이 지나서 생각하자 그만큼 신유리가 독특하다는 느낌이 들었다. 덥다니, 어디가? 온천수가 넘치는 동굴로 남성이 매끄럽게 진입했다. 숨을 들이켠 김태우가 남성을 빼낼 때다.

"아아아!"

입을 딱 벌린 신유리가 비명을 질렀다. 지금까지 수십 번 비명을 질렀지만 이 비명은 이상했다. 여운이 길고 끝이 떨린다. 그리고 동굴이 살아 있는 것처럼 꿈틀거리고 있다. 그때 김태우가 빼낸 남성을 동굴 입구에 붙이고는 신유리를 내려다보았다. 신유리가 헐떡이며 김태우를 올려다본다. 두 손으로 김태우의 팔목을 움켜잡고 다리는 벌려진 자세다.

"어때?"

"나 몰라."

신유리가 허리를 꿈틀거렸다. 빨리 넣으라는 신호다. 그러나 김태우가 허리를 든 채로 다시 물었다.

"빠져 나오니까 허전해?"

"나 몰라, 빨리……."

"빨리 뭐? 빼라고?"

"넣어 줘!"

신유리가 참을 수 없다는 듯이 손을 뻗어 김태우의 남성을 쥐었다. 그러고는 동굴 끝에 붙이더니 엉덩이를 치켜 올렸다. 그러나 그것이 제대로 될 것인가? 각도가 틀려서 방망이가 허벅지 사이로 미끄러져 들어갔다.

"아유, 나 몰라."

신유리가 와락 소리치더니 다시 방망이를 움켜쥐었다. 다시 동굴에 붙인 신유리가 헐떡이며 말했다.

"빨리 넣어 줘, 응?"

그때 김태우가 천천히 남성을 진입시켰다. 이제 신유리의 동굴은 애액으로 차 있다. 뜨겁고 매끄러운 애액이다. 남성이 동굴로 천천히 진입하자 애액을 먹고 살아난 동굴 벽의 세포가 일제히 반응했다.

"아아악!"

남성을 받아들인 벽면의 세포에서 전달된 자극이 신유리의 뇌를 강타했다. 쾌락이다. 호르몬이 급격히 분비되었고 동굴의 애액이 댐이 무너진 것처럼 쏟아졌다.

"아이구, 엄마."

엄청난 자극, 동굴이 저절로 수축되면서 남성을 움켜쥐었고 또 그 자극이 연쇄 반응을 일으킨다. 이제 김태우도 방법을 바꿨다. 다시 거칠게 몸을 부딪치기 시작한 것이다. 신유리의 두 다리를 치켜 올려 어깨에 걸치고는 강하게 밀어붙였다. 신유리의 비명이 다시 높아졌다.

"으아악!"

이제는 쾌락의 극치에 오르는 비명이다.

"아이구, 여보."

신유리가 절규했다. 동굴에서 흘러내린 애액이 침대를 질펀하게 적시고 있다.

"여보, 나 죽어."

김태우의 허리를 감싸 안았다가 두 다리를 뻗치던 신유리가 폭발했다. 예고도 없이 폭발해버린 것이다. 허리를 치켜 올리더니 입을 딱 벌리면서 기괴한 신음을 뱉는다. 그러고는 몸이 굳어지기 시작한 것이다. 김태우는 몸을 깊게 묻은 채 신유리의 절정이 가라앉을 때까지 끈기 있게 기다렸다. 이윽고 신유리의 몸이 늘어졌을 때 김태우가 움직이기 시작했다.

"여보."

늘어졌던 신유리가 놀란 듯 눈을 뜨고 김태우를 불렀다. 신유리의 몸은 죽은 낙지처럼 늘어져 있는 것이다. 그러나 김태우는 그 몸 위에서 다시 천천히 움직이고 있다. 깊고, 강하게.

"여보, 나, 죽겠어."

신유리가 가는 목소리로 말했지만 김태우는 멈추지 않았다.

"여보."

신유리가 다시 불렀다가 잠자코 김태우의 어깨를 두 손으로 쥐었다. 몸에 반응이 온 것이다. 꺼진 줄 알았던 불씨가 다시 살아난 것을 스스로도 느낀 것이다. 김태우의 움직임이 이어졌고 신유리의 몸에 점점 활력이 일어났다.

"아이구, 엄마. 나 몰라."

다시 신유리의 비명이 울렸을 때 김태우는 상반신을 세웠다.

"엎드려."

신유리가 재빨리 몸을 굴리더니 엉덩이를 내밀며 엎드렸다. 이럴 수가?

　다음 날 아침, 눈을 뜬 신유리는 커피 냄새를 맡았다. 커피 냄새를 맡고 눈을 떴다는 표현이 맞을 것이다. 창밖이 환했으므로 눈살을 찌푸린 신유리가 문득 자신이 알몸인 것을 깨닫고는 목까지 시트를 끌어당겼다. 그때 창가 의자에 앉아 있는 김태우가 보였다. 이쪽에 옆모습을 보인 채 김태우는 손에 커피 잔을 들었다. 이미 바지와 반팔 셔츠 차림이다. 마침 한 모금 커피를 삼킨 김태우가 시선을 돌려 신유리를 보았다. 그 순간 신유리의 몸이 굳어졌고 곧 얼굴까지 붉혔다. 어젯밤의 장면이 한꺼번에 쏟아지듯 머릿속에 떠올랐기 때문이다. 자신이 내지른 비명 같은 탄성, 쾌락으로 비틀렸던 몸, 뜨거운 몸뚱이, 땀과 애액의 비린 냄새, 온몸에 전류가 흐르는 것 같은 자극까지 되살아났다. 몇 번인지도 모른다. 끝없이 이어졌던 쾌락, 절정에 오른 숫자도 세지 못하겠다. 도대체 몇 시간이나 엉켜 있었던가? 그러나 지금은 온몸이 날아갈 것처럼 가볍다. 몸을 조금만 움직여도 사타구니에서 쾌감의 여운이 전달되어 온다. 이것이 바로 섹스의 쾌락이구나. 몇 초밖에 안 되는 순간에 신유리의 머릿속에서 뒤죽박죽 떠오른 기억과 생각들이다. 그때 김태우가 물었다.

　"이제 회사 일 할 수 있지?"

　"응."

　엉겁결에 대답한 신유리의 얼굴이 더 붉어졌다. 머리를 끄덕인 김태우가 창틀에 놓인 커피포트를 턱으로 가리키며 물었다.

　"커피 줄까?"

　"아니?"

신유리가 머리까지 저었으므로 김태우가 쓴웃음을 지었다.

"왜? 부끄러워서 그러는 거야?"

"나 옷 입을게."

"어쩌라고?"

"좀 나가 있어."

"못 나가겠는데."

자리에서 일어선 김태우가 커피포트를 들더니 빈 잔에 커피를 따랐다. 그러고는 잔을 들고 다가왔으므로 신유리가 시트를 목까지 다시 끌어당기고 웅크리고 앉았다. 다가온 김태우가 커피 잔을 내밀었다.

"자, 받아."

김태우는 정색하고 있다. 신유리가 잔을 받자 김태우는 몸을 돌리며 말했다.

"앞으로 테러 같은 건 없을 테니까 마음 놓고 일해."

"자기는 어쩔 건데?"

불쑥 '자기'라는 호칭이 나왔으므로 신유리는 어금니를 물었다가 풀었다. 창가로 다가가 선 김태우가 등을 보인 채 말했다.

"토고로 갈 거야."

"언제?"

"내일."

김태우가 창틀에 등을 붙이고 서서 신유리를 보았다.

"거기에 대규모 공장이 건설 돼. 아마 공업 단지까지 만들어질 거야."

김태우의 눈이 반짝였고 신유리는 홀린 듯이 시선만 준다.

"라고스도 자주 오겠지. 이곳에도 내 사업장이 있으니까."

"대양은?"

신유리가 겨우 묻자 김태우의 얼굴에 웃음이 떠올랐다.

"상속자인 당신이 있지 않아?"

"나하고 같이 해."

불쑥 말한 신유리가 한 모금 커피를 삼키더니 몸을 감고 있던 시트를 벗었다. 그 순간 흰 알몸이 드러났으므로 김태우는 숨을 들이켰다. 아름답다. 어젯밤에는 방의 불을 꺼 놓아서 신유리의 알몸 윤곽만 보았다. 그때 신유리가 손에 커피 잔을 든 채로 다가왔다. 알몸을 가리려는 어떤 것도 하지 않는다. 김태우가 눈도 깜박이지 않고 신유리의 몸을 보았다. 알맞게 솟은 젖가슴, 둥글고 적당한 어깨, 늘씬한 팔이 늘어졌고 하나는 커피 잔을 들어 올리고 있다. 허리의 곡선이 활의 둥근 선 같다. 배꼽 주위로 부푼 언덕, 그리고 풍만한 엉덩이와 허벅지, 짙은 숲 사이로 어젯밤 환락의 원천이었던 골짜기가 드러났다. 신유리가 김태우의 두 발짝 앞에 서서 말했다.

"사람은 다 변해. 나도 변했어."

김태우의 시선이 다시 신유리의 몸을 훑고 올라갔다. 신유리가 똑바로 선 채 말을 이었다.

"난 자기 여자야."

신유리의 시선을 받은 김태우가 한 모금 커피를 삼켰다. 열린 창문으로 들어온 바람에 바다 냄새가 났다. 대서양이다. 김태우가 눈을 가늘게 뜨고 신유리를 보았다. 눈이 부시다는 표정이 되었다. 그러나 입을 열지는 않는다.

19장 왕국 건설

"어젯밤 신유리하고 같이 있었지요?"

창가에 앉은 앤이 불쑥 물었으므로 김태우가 눈을 떴다. 자는 시늉을 하고 있었지만 앤은 눈치를 챈 것 같다. 라고스에서 토고의 로메로 날아가는 비행기 안이다. 이제는 정기 민항기가 로메 공항에 이착륙을 한다. 보만 정권이 토고를 완전히 장악한 것이다. 눈을 뜬 김태우가 앤을 보았다. 앤의 파란 눈동자가 바로 20센티쯤 거리에서 이쪽을 응시하고 있다.

"예, 같이 있었어요."

"화해했어요?"

"토고 사업에 참여하고 싶다는군요."

"그래서요?"

"대양을 떠난다고 했지요."

앤의 눈이 깜박였고 김태우가 말을 이었다.

"바탕은 착한 여자 같았습니다."

"대양은 신유리 씨하고 당신을 맺어주려는 것 같던데."

"신유리도 그런 이야기를 하더군요."

"하긴 그럴 생각이 있었으니까 라고스에 왔겠지만요."

"내가 종돈도 아니고……."

"종돈이라니요?"

"종자 돼지, 아니 종마라고 하는 것이 좀 낫겠군."

"종돈이나 종마나……."

피식 웃는 앤이 말하더니 비행기 안을 둘러보는 시늉을 했다. 비행기 안은 승객이 가득 찼는데 대부분이 강철진이 데려온 공단 건설 관계자와 이준혁이 추가로 데려가는 용병들이다. 토고에는 대통령궁 경비단인 김코 소속 북한 용병단과 이제 공단 건설 인력이 수천 명 투입될 것이었다. 앞좌석에 앉아 있던 강철진이 김태우의 시선을 받더니 손을 들어 보였다. 그것을 본 앤이 다시 김태우에게 물었다.

"북한 미스터 김의 훈장을 받았다면서요?"

미스터 김이란 김정은이다. 앤의 표정을 본 김태우가 빙그레 웃었다.

"내 가방에 훈장이 있어요. 빌려 드릴까?"

"됐어요."

"당신 상관에게 보여 주면 좋아할 텐데. 아마 워싱턴으로 가져갈지도 몰라요."

"그까짓 쇳조각에 관심을 갖는 사람은 아무도 없어요, 미스터 김."

"그럼 왜 훈장 이야기를 합니까?"

"당신 이용 가치가 있기 때문이죠."

"그렇겠지."

김태우의 얼굴에 쓴웃음이 떠올랐다. 로메 공단은 미·일의 자본과 북한의 노동력을 결합시킨 그야말로 글로벌 기업이다. 공단의 경영자는 한국인 김태우, 가슴에 북한 통치자 김정은의 훈장을 달고 보코하람의 배경까지 지닌 인물. 가진 것이 있다면 맨손으로 이룩한 인연뿐이다. 그 인연으로 김코를 설립, 토고 정권의 쿠데타를 성공시켰으며 이제 4천만 불 규모의 미·일의 투자를 받아 경영자가 되려고 한다. 김태우가 지그시 앤을 보았다.

"앤, 남자 있지요?"

"그래요."

앤의 얼굴에 웃음이 떠올랐다.

"결혼을 약속한 남자가 있어요."

"자주 만나지 못하지요?"

"매일 통화는 해요. 요즘은 영상 통화도 되는 시대니까."

비행기가 난기류를 만나 덜컹거렸고 곧 좌석 벨트를 매라는 신호등이 커졌다. 앤이 말을 이었다.

"내가 약혼자가 있어서 당신하고 같이 자지 않는 게 아녜요, 김."

"압니다."

"난 당신의 난잡한 여자관계는 경멸하고 있어요."

"압니다."

앤과 시선이 마주치자 김태우는 빙그레 웃었다.

"그것이 정상적인 여자의 정상적인 반응입니다, 앤."

"당신을 비난할 의도는 없었어요. 그런 말을 할 필요는 없었는데 미안합니다."

"상관없어요, 앤."

"상부에서는 내가 당신하고 더 깊은 관계가 되기를 바라는 것 같더군요. 당신과 미사코 관계처럼 말이죠."

"난 가끔 절제도 해요, 앤."

김태우의 얼굴에 다시 웃음이 떠올랐다.

"당신도 알겠지만 컨티넨탈 클럽의 박윤주도 깊은 관계가 아니지요."

앤은 입을 다물었고 김태우의 말이 이어졌다.

"그동안 기회가 많았지만 보류했는데 특별한 이유는 없어요. 이유라고 한다면 아마……."

눈을 가늘게 뜬 김태우가 앤을 보았다.

"아마 당신하고 비슷한 이유일 겁니다, 앤. 자신의 몸을 대단한 조건인 줄 아는 분위기에 거부감을 느꼈던 것 같아요."

"사티에가 교육부 장관한테 갔답니다."

공항에서 시내로 들어가는 차 안에서 앞에 탔던 하영찬이 김태우에게 말했다.

"사티에가 자진해서 교육부 장관 첩이 되었다는군요."

차 안에는 운전사까지 셋뿐이다. 뒤쪽 차에 강철진, 이준혁이 타고 있고 앤은 따로 떨어졌다. 지금 차는 김태우의 새로운 숙소가 된 로메시내의 호텔로 가는 중이다. 로메시 외곽의 5층 호텔은 김태우가 구입한 것이다. 입맛을 다신 김태우가 하영찬에게 물었다.

"그건 잘된 거야. 그런데 그건 누가 시킨 거야? 자진해서 갔다니, 말도 안 되는 소리다."

"예, 고문관 티에라가 분배해 주었답니다."

"그렇군."

"티에라가 이제는 비서실장 역할을 하고 있습니다."

머리를 끄덕인 김태우가 입을 다물었다. 숙소인 호텔로 들어섰을 때는 오후 3시경이다. 여장을 풀자마자 강철진은 일행과 함께 공장 부지를 보러 나갔다. 김태우는 이준혁과 대통령궁으로 출발했다.

"들었어요?"

차가 시내를 달릴 때 이준혁이 물었으므로 김태우는 시선만 주었다. 신호등도 없는 사거리에서 교통정리를 하던 군인이 이쪽 차량 대열을 보더니 경례를 올려붙였다. 경호 병력이 탄 무장차가 3대나 따르고 있었기 때문이다. 김코의 용병은 대통령궁 경비를 맡을 뿐만 아니라 정부 요인의 경호까지 맡고 있는 것이다. 이준혁이 말을 이었다.

"우리가 떠나 있던 2주 동안 장관이 3명, 차관이 7명, 국영 기업체 사장 8명이 교체되었어요."

"……."

"모두 비서실장 티에라가 보만을 움직여 인사이동을 한 겁니다."

이준혁이 얼굴을 일그러뜨리며 웃었다.

"CIA 고문관 서튼이 조금 전에 말해주었습니다."

"……."

"티에라가 뇌물을 먹고 있다는 겁니다."

"또 망하겠군."

김태우의 입에서 저절로 말이 터졌다. 얼굴을 일그러뜨린 김태우가 이준혁을 보았다.

"보만은 모르고 있겠지요?"

"절반씩 나눈다는군요."

숨을 들이켠 김태우를 향해 이준혁이 말을 이었다.

"CIA는 놔두자고 합니다. 보만을 대신할 놈도 없을 뿐만 아니라 오히려 그런 놈이 더 이용하기 좋다는 겁니다."

"……."

"우리들 생각도 같습니다. 하지만 보만에게 경고는 해 줘야겠죠."

김태우의 시선을 받은 이준혁이 빙그레 웃었다.

"CIA가 주변 정리는 나한테 맡기는군요. 그러니까 김 형도 같이 가십시다."

"아니, 나는……."

"같이 가야 됩니다."

정색한 이준혁이 김태우를 보았다.

"그런 놈한테는 체면 세워줄 이유가 없습니다. 우리가 이런 거지같은 땅에 뭐 하러 온 겁니까? 정권? 땅? 함께 잘 살자는 생각이었지, 보만 이놈의 사리사욕을 채워 주려는 용병입니까? 대가는 제대로 받기나 했어요?"

열변을 토하던 이준혁이 곧 긴 숨을 뱉더니 마무리했다.

"김 형, 우리는 이곳에 새 국가를 세우는 겁니다. 보만은 우리들의 허수아비일 뿐이오."

김태우는 숨을 들이켰다. 만일 보만이 청렴하고 국민을 진정으로 위하는 애국자였다면 오히려 이쪽이 더 불편할지도 모르는 것이다. 이제 김태우도 맑은 물에서는 물고기가 살지 못한다는 이치를 안다. 그렇다고 너무 탁한 물에서도 물고기는 다 죽는다. 적당하게 오염된 물에서 물고기가 들끓게 된다. 물고기는 곧 재물이고 희망인 것이다. 대통령궁에 도착했을 때는 오후 6시다. 대통령궁은 용병 경비대에 의해 철저히 통제되었는데 경비대장부터 하급 간부까지 모두 북한군 특수부대 출신이다.

"어서 오시오."

보만이 웃음 띤 얼굴로 이준혁과 김태우를 맞았다. 이준혁은 곧 대통령궁 경호실장이며 김태우는 대통령 경제 보좌관이다. 더욱이 김태우는 토고를 위해 수도 로메 외곽에 대규모 공업 단지를 조성할 예정인 것이다.

"공장 건설단은 내일 대통령 각하를 접견할 것입니다."

김태우가 말했을 때 이준혁이 보만의 옆에 선 비서실장 티에라에게 말했다.

"실장, 사람들을 물리쳐 주시오. 우리 넷이 이야기할 것이 있소."

넷이란 보만과 티에라, 이준혁과 김태우다. 티에라가 바로 하인들을 내보냈으므로 접견실에는 넷이 남았다.

"무슨 일입니까?"

보만이 정색하고 물었는데 전혀 이쪽 분위기를 눈치 챈 것 같지 않다. 그것을 본 김태우가 어깨를 부풀렸다. 갑자기 화가 치밀어 올랐기 때문이다. 배신당한 느낌이 이제야 들었다. 보만의 뻔뻔스러운 얼굴에 침을 뱉어 주고 싶었다. 그때 이준혁이 똑바로 보만을 보았다.

"각하, 티에라하고 같이 장관과 차관, 국영기업체 사장 자리를 팔았지요?"

그 순간 보만이 숨 들이켜는 소리를 내더니 검은 얼굴이 나무토막처럼 굳어졌다. 티에라는 붉은 핏줄이 깔린 흰자위에서 검은 눈동자가 어지럽게 흔들렸다.

"그, 그것은……."

보만이 손을 흔들며 말을 시작했다.

"나는 모르는 일이었는데……."

"받았지요?"

이준혁이 다그쳤다.

"대답을 해요, 보만 씨."

이제는 이준혁이 보만의 이름을 불렀다.

"아니, 난 그저……."

보만의 이마에 땀방울이 솟아났다.

"티에라가 가져오기에……."

"아니요!"

그때 티에라가 소리쳤다.

"대통령이 시켰습니다! 어떻게 내가 그런 일을 혼자 할 수 있습니까?"

그 순간 티에라가 입을 떡 벌린 채 소리를 멈췄다. 이준혁이 허리춤에서 베레타 92F를 꺼내 겨눴기 때문이다. 이준혁이 총구를 둘에게 겨눈 채 흔들며 말했다.

"이 방 안에서 총소리가 울리면 내 부하들이 쏟아져 들어올 거야."

"이 실장, 오해하고 계시오."

보만이 떨리는 목소리로 말했다.

"나는 그 돈으로 국민을 위해서……."

"탕!"

그 순간 접견실이 흔들리는 총성이 울렸다. 기겁을 한 보만이 두 손으로 머리를 감싸 안더니 몸을 웅크렸다. 총탄은 티에라의 얼굴을 부쉈다. 얼굴의 코 윗부분이 부서진 티에라가 끔찍한 형상이 되어서 소파에 그대로 상반신을 젖힌 채 시체가 되었다. 얼굴에서 손을 뗀 보만의 시선이 옆쪽 티에라를 보았다.

"으악!"

보만의 입에서 요란한 비명이 터졌다. 그때 문이 열리더니 경호원들이 달려들어 왔다. 그러나 그 장면을 보고는 일제히 멈춰 섰다. 그때 이준혁이 그들에게 지시했다.

"저 개새끼 시체를 치우라우."

"예, 준장 동지."

그중 간부급 사내가 기운차게 대답하더니 부하들과 함께 재빨리 티에라의 시체를 끌고 나갔다. 그러고는 곧 경호원이 하인들을 데려와 핏자국을 말끔히 닦고는 사라졌다. 이제는 방 안에 셋이 남았다. 시체가 치워지고 핏자국이 닦이는 동안 입만 반쯤 벌린 채 앉아 있던 보만이 셋이 되었을 때 이준혁에게 물었다.

"실장, 날 어떻게 하실 거요?"

목소리는 떨렸고 눈동자는 흔들렸다. 입도 조금 벌어져서 입 끝에 흰 거품이 맺혀 있다. 이준혁이 시선만 주었으므로 보만이 이제는 김태우에게 말했다.

"김 보좌관, 나 좀 살려 주시오. 내가 받은 돈은 다 내놓겠소."

"곧 새 비서실장을 추천할 테니까 그 사람을 임명하도록 해."

이준혁이 말하자 보만이 대번에 머리를 끄덕였다.

"그러지요. 두 번 다시 이런 실수는 하지 않을 겁니다."

"목숨이 아까우면 그저 우리가 시키는 대로만 하면 돼."

"대통령 자리게 있게만 해 준다면 시키는 대로 다 하겠소."

그때 이준혁이 머리를 돌려 김태우를 보았다. 그리고는 한국어로 말했다.

"김 형, 이것이 제 분수에 넘치는 자리에 앉는 놈들의 본색이오."

"그런가요?"

쓴웃음을 지은 김태우도 한국어로 대답했다.

"하지만 이런 놈을 대통령으로 믿고 새 세상이 왔다고 반겼던 국민들이 불쌍하군요."

"문제는 이런 놈은 제 잘못을 끝까지 모르고 있다는 겁니다."

이준혁과 김태우가 자리에서 일어서자 기쁜 보만이 두 손을 모아 쥐고 말했다.

"고맙소, 실장. 고맙소, 보좌관."

"더러운 놈 같으니."

한국말로 욕한 이준혁이 이제는 영어로 말했다.

"내일 아침에 정치자문관 서튼이 당신한테 일정을 말해줄 테니 따르도록 해."

서튼은 CIA 측 대리인이다. 이준혁과 서튼은 손발을 맞추고 있는 것이다.

다음 날 로메시 외곽의 공단 건설 현장에 나가 있던 김태우가 먼지를 일으키며 달려오는 SUV 차량을 보았다. 건설 본부 텐트 앞에 멈춘 차량에서 앤이 내렸다. 앤은 작업복 차림에 가죽 부츠를 신었다. 아프리카 황무지에 어울리는 차림이다. 오전 11시, 텐트 안에는 강철진과 라고스에서 온 미사코까지 모여 있다.

"공사가 빨리 진척되는군요."

다가선 앤이 현장을 둘러보며 말했다. 거대한 황무지에 벌써 이쪽저쪽 깃발이 꽂혔고 텐트가 세워졌다. 트럭과 중장비가 분주하게 움직이고 있는 것이다. 김태우가 머리를 끄덕였다.

"오늘 오후에 도착하는 북한 화물선에 북한 노동자 5백여 명이 도착할 거요."

"다음 주쯤 도착할 줄 알았는데."

앤이 놀란 표정으로 김태우를 보았다. 5백여 명은 조장급 인력이다. 그들이 토고 현지 인력 3천여 명을 이끌고 대규모 공사를 하게 된다. 텐트 쪽에 힐끗 시선을 준 앤이 김태우를 보았다.

"미사코가 어제 왔지요?"

"어제 도착했다는군."

"어제 같이 있지 않았어요?"

김태우가 머리를 돌려 앤을 보았다.

"무슨 말을 하는 거요?"

"미사코하고 이야기할 기회가 있었느냐고 묻는 겁니다."

"오늘 여기서 만났는데."

"그럼 미사코한테 이야기 못 들었군요."

"뭔데요?"

김태우가 조금 긴장했다. 앤이 텐트 밖에서 잠깐 둘이서 이야기하자고 한 것이 이것 때문인가? 그때 앤이 말했다.

"일본은 이번 토고 공단 건설에 참여하게 된 것을 바탕으로 토고 정부에 차관을 제공하려고 해요. 어제 나이지리아 주재 일본 대사가 보만한테 제의했어요."

"……"

"물론 보만은 환영했지요. 그런데 그 규모가 2억 불 정도라는군요."

앤의 얼굴에 쓴웃음이 번졌다.

"일본이 서아프리카에 기반을 굳히려고 합니다."

김태우가 잠자코 앤을 보았다. 미사코를 통해 미국과 함께 공단 건설에 참여하고 나서 바로 차관을 제공한다는 것이다.

"미국에서는 어떤 입장이오?"

김태우가 묻자 앤의 시선이 다시 천막을 스치고 지나갔다.

"그렇게 되면 차관 제공을 빌미로 보만 정권에 일본의 영향력이 강해지게 될 겁니다. 아마 친일 인사가 내각이나 보만 측근으로 기용되고 일본인까지 직접 정치에 관여하게 되겠지요."

"그렇군. 이곳 공단에도 고위층으로 이미 네 명이 와 있는데."

"그래서 그 차관을 이쪽으로 돌리는 방법이 좋지 않겠어요?"

앤이 묻자 김태우가 숨을 들이켰다.

"이쪽으로 말이오?"

"그렇게 되면 우리가 주도권을 쥘 수가 있어요. 공단은 당신과 북한, 그리고 우리가 장악하고 있으니까."

앤의 두 눈이 반짝였다.

"미사코한테 공단에 참여하는 일본인 간부를 늘리도록 하고 지분도 35퍼센트까지 늘려준다고 해 보세요. 우리 미국은 지분을 14퍼센트로 줄일 테니까."

"……."

"당신이 51퍼센트를 장악하고 있는 한 공단은 당신의 왕국이죠. 그렇게 하는 것이 우리한테도 득입니다."

"일본 측이 거부하면?"

"차관을 받지 못하게 되는 거죠. 보만에게 압력을 넣어서 못 받게 하는 수밖에요."

"그럼 공단에도 넣지 않는다고 하면?"

"그건……."

앤의 얼굴에 웃음이 떠올랐다.

"주도권은 김코가 쥐고 있으니까요. 김, 당신은 파워맨이에요."

김태우가 잠자코 앤을 보았다. 그렇다. 김코를 통해 북한 용병단이 수입되어 보만 정권을 세웠고 이제 다시 김코에서 대규모 공단을 건설하고 있는 것이다. 이윽고 머리를 끄덕인 김태우가 입을 열었다.

"미사코에게 이야기하지요."

"그럼 저는 여기서 그냥 돌아갈게요."

"결과는 곧 알려드리지."

"오늘 저녁에 식사나 같이 해요."

그러자 김태우가 앤의 위아래를 훑어보는 시늉을 했다. 앤이 넓은 모자 차양 밑으로 김태우를 보았다. 파란 눈동자가 깜박이지도 않는다.

"필라델피아 변호사하고는 요즘도 잘 지내는 거요?"

"내가 약혼자라고도 했던가요?"

되물은 앤이 손을 들어 붉은색이 도는 금발을 쓸어 올렸다. 얼굴에 웃음이 떠올라 있다.

김태우의 이야기를 들은 미사코가 정색하고 말했다.

"알겠어요. 제가 바로 상부에 보고하지요."

이제는 미사코를 텐트 밖으로 불러내어 이야기를 나누고 있다. 미사코의 얼굴에 웃음이 떠올랐다.

"정부에서 차관 제의를 할 줄은 몰랐어요."

"2억 불이오, 미사코 씨."

김태우의 얼굴에도 쓴웃음이 떠올랐다.

"내가 보만이라도 두 손을 들고 반길 거요."

"그렇겠지요."

"2억 불을 공단 자금으로 돌리면 미국 측이 절반의 몫을 양도한다고 했으니 일본은 35퍼센트가 되는 거요."

"그대로 전하지요."

몸을 돌리려던 미사코가 김태우를 보았다.

"만일 정부에서 거부한다면 불이익이 있겠지요?"

"이건 내 생각이지만."

어깨를 부풀렸다가 내린 김태우가 말을 이었다.

"보만은 차관을 받지 않을 겁니다."

"그렇군요."

"그 후의 일은 예상하지 못하겠군요."

정색한 김태우가 말하자 미사코는 잠자코 텐트 안으로 들어갔다. 공단에 3천만 불을 내놓은 일본 정부는 이제 토고에 기반을 굳혔다고 생각한 것 같다. 어젯밤 대통령궁에서 일어난 사건은 철저히 비밀에 부쳤다. 티에라의 시체는 은밀히 매장된 것이다. 그리고 그날 저녁, 김태우의 숙소로 앤이 찾아왔다. 앤은 여전히 사파리 복장이었는데 모자는 쓰지 않았다. 아프리카에서는 사파리 복장이 사교복으로 어울린다. 방으로 들어선 앤이 방 안을 둘러보았다.

"넓군요."

스위트룸이어서 침실이 2개, 응접실과 회의실까지 갖춘 방이다. 오후 6시 반이다. 소파에 앉은 앤이 부츠를 벗어 옆에 세워 놓더니 슬리퍼로 갈아 신었다. 자기 집인 것처럼 행동이 자연스럽다.

"마실 것 드릴까?"

김태우가 묻자 앤이 자리에서 일어섰다.

"내가 찾아 마시죠."

냉장고로 다가간 앤이 오렌지주스 병을 꺼내들고 말을 이었다.

"이번 공단의 일본 측 책임자로 와 있는 요시무라가 일본 차관 제공 이야기를 하면서 보만에게 1백만 불, 티에라에게 15만 불의 뇌물을 주었어요."

숨을 들이켠 김태우가 앤을 보았다.

"빠르군, 일본 놈들."

"보만이 자백했습니다."

"빌어먹을 놈."

"우리가 보만을 위해서 일하는 건 아니니까 그런 줄이나 알고 있읍시다."

"미사코는 모르겠지요?"

"모를 겁니다. 그런데 미사코에게 이야기 전했지요?"

"곧 결과를 알려줄 겁니다."

다시 소파에 앉은 앤이 주스 병을 기울여 병째로 몇 모금을 삼킨 후에 김태우를 보았다.

"어때요? 그런 말 들은 감상이?"

"국민들이 불쌍하다는 생각이 드는데."

"그놈이 그놈이에요. 다 같아요."

앤의 눈빛이 강해졌다.

"우리도 보만을 그중 청렴한 지도자급으로 알았는데 다 똑같은 놈이에요."

"그런 보만에게 뇌물을 주고 이용하려고 했던 일본 놈들은 더 나쁩니다."

"우리가 이제 약점을 쥐었으니까 어떻게 나오는가 보고 나서 조치를 할 겁니다."

앤의 얼굴에 웃음이 떠올랐다.

"오히려 우리한테 잘된 일이라는 생각이 들어요."

"술 한잔 하실까요?"

불쑥 김태우가 묻자 앤의 파란 눈동자가 똑바로 응시했다.

"좋아요. 어제 대통령궁의 현장 상황도 들을 겸 한잔해요."

"아, 그거야."

벌떡 일어선 김태우가 선반에서 위스키병과 안주를 꺼내면서 말을 이었다.

"이 준장은 티에라 처리 문제를 미국 측으로부터 양해를 받았다고 하더군요."

"예, 저도 들었어요."

옆으로 다가온 앤이 잔과 얼음 통을 꺼내면서 말을 이었다.

"저도 나중에 들었는데 티에라를 현장에서 사살해버릴 줄은 예상하지 못했다고 하더군요."

"보만이 살려 달라고 애걸했습니다."

"더러운 놈."

쓴웃음을 지은 앤이 힐끗 김태우를 보았다.

"어쨌든 김, 당신은 이제 별걸 다 겪는군요."

잔에 술을 채운 앤이 한 모금을 삼키더니 김태우를 보았다.

"김, 대양은 그만두실 건가요?"

"이젠 떠날 때가 된 것 같은데."

정색한 김태우가 말을 이었다.

"신유리가 싫은 건 아니오. 이젠 내 사업을 하고 싶은 거요."

머리를 끄덕인 앤이 소파에 등을 붙였다.

"상부에서도 그렇게 예상하더군요."

"또 어떤 예상을 합디까?"

"솔직히 이제는 대양이 당신을 의지하는 상황 아닙니까? 당신이 자립할 때가 된 거죠."

"운이 좋았죠."

"당신의 적극성과 융통성 때문이기도 해요."

"여자들 도움을 많이 받았지."

술잔을 든 김태우의 얼굴에 웃음이 떠올랐다.

"내가 여복이 있는 것 같아."

"그래요?"

따라 웃은 앤이 다시 술을 삼키더니 재킷 단추를 두 개 풀었다.

"방이 덥군요."

그것을 본 김태우가 다가가 앤의 빈 잔에 술을 채웠다.

"앤, 당신은 내가 만난 어떤 여자보다 섹시해요. 이건 진심이오."

그때 앤이 이를 다 드러내고 활짝 웃었다. 꽃잎이 활짝 벌어지는 것 같다.

"그 대사는 지금 몇 번째 쓰는 거죠? 만나는 여자마다 쓰는 거 아녜요?"

"맞아요."

정색한 김태우가 옆에 앉았다.

"하지만 이런 분위기는 처음이오, 앤."

"그 대사도 한두 번 쓴 게 아닌 것 같은데, 김."

"당신은 특별해요, 앤."

"그렇게 뚫어지게 보지 말아요, 김."

술잔을 든 앤이 한 모금 술을 삼켰다.

이제 앤의 눈 밑이 조금 붉어졌고 젖은 눈동자가 번들거리고 있다.

"난 동양 남자를 이렇게 가깝게 만나는 건 처음이야."

"나도 당신처럼 붉은 금발 미녀는 처음이오, 앤."

"난 사랑하는 남자가 있어요, 김."

"당신한테 육체적으로 끌립니다, 앤."

"참아요, 김."

다시 술잔을 집으려고 손을 뻗쳤던 앤이 술잔 끝을 건드려 넘어뜨렸다. 놀란 앤이 몸을 숙여 잔을 집었으므로 단추를 푼 재킷 사이로 젖가슴의 윗부분이 드러났다. 희고 매끄러운 피부, 풍만한 가슴이다. 잔을 집은 앤이 김태우의 시선을 보더니 손으로 가슴을 가렸다. 눈 주위가 더 붉어졌다.

"뭘 봐요?"

눈을 흘긴 앤의 얼굴에서 교태가 흘렀다. 그것을 눈치 채지 못할 김태우가 아니다. 김태우가 앤의 목을 응시하며 물었다.

"동양인하고 섹스 해 본 적 있어요?"

"지저분한 이야기 그만 해요."

외면한 앤에게 김태우가 잔에 술을 채워 건네주었다.

"내가 비교하는 건 우습지만 체질이 약간 다른 것 같더군."

잔을 받은 앤이 한 모금 술을 삼켰다. 소파에 등을 붙인 앤은 한쪽 다리를 다른 쪽에 걸치고 있다. 부츠를 벗어서 흰색 양말을 신은 발이 드러났다. 김태우가 말을 이었다.

"내가 언젠가 서양 친구들하고 페니스를 비교해 본 적이 있지. 근데 내 것이 크기도 크지만 단단했어. 그 친구 것은 물렁한 소시지였는데 내건 쇠몽둥이였지."

"유치하군요, 김."

"분위기 조성하는 거요."

"역겨워요."

"처음에는 다 그래요, 앤."

"난 생각 없으니까 그런 이야기는 그만 해요, 김."

"당신은 꿀단지 이야기를 모르는군."

"무슨 말이죠?"

"뚜껑을 열 때는 힘들고 불안하지만 한 번 열고 나면 계속 먹지 않고는 못 견딘다는 속담이지."

"안 열 거예요."

"당신이 쾌락의 비명을 지르는 것을 듣고 싶어요, 앤."

"당신 주위에 수십 명이 있잖아요? 그 여자들의 비명을 들어요."

"당신이 특별해서 그래요, 앤."

"난 싫어요."

앤은 다시 한 모금 술을 삼켰다. 그러나 빈 잔이다. 빈 잔을 들어 입에 댄 것이다. 그때 김태우가 손을 뻗어 앤의 허리를 당겨 안았다. 놀란 앤이 두 손으로 김태우의 가슴을 밀었다.

"왜 이래요?"

앤이 화난 듯 소리쳤지만 곧 김태우에게 밀려 소파 위로 누웠다.

"그만!"

다시 앤이 소리친 순간 김태우가 앤의 입을 입술로 막았다. 앤의 입술에서 위스키의 단맛이 났다. 김태우는 입술을 비벼 입을 열려고 했지만 앤의 이는 정문처럼 닫혀 있다. 그러나 그 사이에 김태우의 한쪽 손이 앤의 바지 혁대를 풀고 있다. 앤이 김태우의 팔목을 잡았지만 혁대가 풀어졌다. 얼굴을 흔들어 김태우의 입술을 뗀 앤이 소리쳤다.

"놔요!"

그러나 목소리는 약했고 가쁜 숨을 뱉고 있다. 그때 김태우가 앤의 바지와 팬티를 끌어내렸다. 앤의 한 손을 등 뒤에서 잡은 채 누르고 있었기 때문에 가능했다. 그리고 앤의 저항이 크지 않았기 때문이기도 했다. 전력을 다하지는 않는 것이다. 그때 다시 김태우가 앤의 입술을 덮쳤고 바지와 팬티를 발목까지 끌어내렸다. 이제 한쪽 다리는 다 벗겼고 나머지 한쪽에 바지와 팬티가 걸려 있다. 그때 김태우가 엎드린 채 자신의 바지를 벗었다.

"김! 그만! 그만 해!"

앤의 목소리가 다급해졌고 허리를 흔들었지만 김태우는 바지와 팬티를 벗어던졌다. 앤의 저항이 조금 심해졌다.

"김! 그러지 마요!"

그때 김태우가 앤의 몸 위에 오르면서 남성을 골짜기 끝에 붙였다.

"앤, 얼마나 이 순간을 기다렸는지 알아?"

남성이 골짜기 끝에 닿은 순간 앤의 몸이 순식간에 움직임을 멈췄다. 마치 전류가 흐른 것 같다. 그러나 가쁜 숨을 몰아쉰 채 김태우의 가슴을 두 손으로 움켜쥐고 있다. 밀어내다가 멈췄다. 두 눈을 치켜떴지만 초점이 흐리다. 반쯤 벌린 입, 붉게 상기된 입술, 어지럽게 흩어진 붉은 금발. 김태우는 더 이상 참지 못했다. 골짜기 끝에 붙여진 남성을 한 손으로 잡고는 거칠게 안으로 진입했다.

"아악."

그 순간 앤이 커다랗게 신음했다. 같은 순간에 김태우는 머리끝이 솟는 느낌을 받는다. 앤의 동굴은 이미 흠뻑 젖어 있었기 때문이다. 좁고 탄력이 강한 동굴이다. 격렬한 자극이 몰려왔으므로 김태우는 어금니를 물었다. 남성은 깊게 들어갔고 그만큼 쾌감도 크다.

"아아아."

깊게 들어간 남성을 천천히 빼내자 앤이 다시 신음하면서 김태우의 가슴 옷깃을 두 손으로 움켜쥐었다. 크게 뜬 두 눈이 번들거렸고 뜨거운 숨결이 턱에 닿는다. 김태우의 움직임이 거칠어졌다. 자극을 깊게 느끼지 않으려는 행동이다. 그러나 앤에게는 그 반대다.

"아아악."

앤의 비명이 더 높아졌다. 강한 자극을 연속해서 받기 때문이다. 어느덧 앤의 두 손이 김태우의 엉덩이를 움켜쥐었고 두 다리는 활짝 벌려졌다. 김태우는 앤의 동굴에서 홍수처럼 애액이 분비되는 것을 느낄 수 있었다.

"오, 마이 갓, 허니."

앤의 비명이 절정에 이르고 있다. 숨이 턱에 닿더니 김태우의 움직임에 맞춰 허리를 흔들던 앤이 소리쳤다.

300

"허니, 쏘리, 아!"

대포를 발사하지 말라는 뜻이다. 경황 중에도 얼굴에 웃음을 띤 김태우가 따라서 소리쳤다.

"앤, 걱정 말고 너나 올라가!"

그 순간 앤의 움직임이 더 커졌다. 허리를 힘껏 치켜 올리면서 비명이 더 높아졌다. 힘껏 김태우의 엉덩이를 끌어당기고 있다.

"허니, 나 좋아! 나 죽겠어!"

그 순간 앤이 폭발했다. 정상위만으로 터진 것이다. 온몸을 굳힌 앤이 사지를 빈틈없이 감더니 긴 신음을 뱉어내고 있다. 20여 분이나 지나는 동안 앤의 반응이 너무 컸으므로 김태우는 체위를 바꿀 생각도 하지 못했다. 땀으로 범벅된 앤은 아직 하반신만 알몸으로 상체는 재킷까지 입은 상태다. 둘이 몰두하는 바람에 옷도 다 벗지 못했다. 김태우도 마찬가지다. 그때 김태우가 상반신을 들고는 남은 옷을 벗어던졌다. 그러고는 신음을 뱉고 있는 앤의 재킷과 브래지어를 떼어 내듯이 벗겨 던졌다. 아직도 둘의 몸은 붙어 있는 채다. 김태우가 앤의 귀에 입술을 붙이고는 말했다.

"앤, 이제 엎드려. 뒤에서 시작할 테니까."

"허니, 조금만 쉬었다가. 응?"

그러나 앤이 몸을 비틀더니 엎드렸다. 눈이 부실 정도로 아름다운 몸이다. 희고 매끄러운 몸.

공장 건설 인력과 함께 공장에서 일할 북한 노동자들이 화물선 편을 통해 연거푸 입국했는데 열흘 동안에 2천여 명이나 되었다.

"김, 엄청나군요."

미사코가 현장에 서서 김태우에게 말했다.

"이렇게 빨리 만드는 데 익숙해서."

건성으로 대답한 김태우가 이쪽으로 다가오는 강철진을 보았다. 오후 3시 반, 김태우는 공사 현장의 본부 텐트 앞에 서 있다. 다가온 강철진이 손수건으로 이마의 땀을 닦으며 말했다.

"김 사장, 본래 김코 고용 인원을 1차로 2,500명 예상했는데 지원자가 많아서 3천 명이 넘은 것 같습니다."

한국어였지만 강철진이 힐끗 미사코를 보았다.

"일본이 2억 불을 내놓겠다고 합니까?"

"아직 결정이 안 된 것 같습니다."

김태우가 말을 이었다.

"미사코 씨한테 들어보지요."

그때 미사코가 웃음 띤 얼굴로 말했다.

"곧 결정이 될 것 같습니다."

한국어였으므로 강철진이 깜짝 놀랐다. 미사코는 강철진 앞에서 처음 한국말을 쓰는 것이다.

"조선말을 하시오?"

강철진이 눈을 크게 뜨고 묻자 미사코가 머리를 끄덕였다.

"네, 한국말 할 줄 압니다."

"이런, 지난번 회의 때는 영어로만 말하더니."

강철진이 이제는 김태우를 흘겨보았다.

"김 사장은 알고 계셨소?"

"저도 조금 전에야 알았습니다."

"그동안 우리가 조선말로 한 이야기를 다 들었겠군. 욕을 했던가?"

"네, 제 욕 하시는 것도 다 들었습니다."

미사코가 말을 받는 바람에 강철진과 김태우는 마주보고 웃었다.

"2억 불이 추가 유입되면 공단 규모를 확장시켜야 됩니다."

강철진이 정색하고 말했다.

"그래서 토고 정부와 함께 계획을 재조정할 겁니다."

"당연하죠."

김태우가 머리를 끄덕였다. 그렇게 되면 북한의 인력은 몇 배로 늘어난다. 이것은 외화벌이 일꾼이 늘어나는 것뿐만이 아니다. 북한은 세계로 국위를 선양하게 될 기회를 갖게 된 것이다. 활력이 일어난 강철진이 바람을 일으키며 현장 쪽으로 사라졌을 때 미사코가 김태우를 보았다.

"김, 요즘 앤이 보이지 않던데 어디 갔어요?"

"아니, 시내에 있던데. 왜? 볼일이 있는 거요?"

김태우가 되묻자 미사코는 눈을 흘겼다.

"밤에 당신 숙소로 가는 걸 알아요. 소문이 났더라고요."

"일본 정보원들 사이의 소문이겠지."

"어쨌거나."

"앤한테 할 이야기가 있어요?"

"요시무라에 대한 이야기도 할 겸 만나고 싶은데, 오늘밤 당신 숙소로 가면 만날 수 있을까요?"

미사코 특유의 웃음이 번들거리고 있다. 김태우의 얼굴에 쓴웃음이 번졌다. 그렇다. 앤에게 했던 말처럼 꿀단지를 열기가 어렵지 열고 나면 꿀맛에 빠져 먹느라고 정신줄을 놓게 된다. 지금 앤이 그렇다. 그날 밤의 격렬한 정사 이후로 사흘째 앤은 김태우의 숙소에서 지내고 있다.

물론 아침에 출근했다가 저녁때 숙소로 찾아오는 것이다. 미사코가 다시 물었다.

"앤이 오늘밤도 당신 숙소로 가겠죠?"

"올 거요."

"제가 가도 돼요?"

"자고 간다면."

"말도 안 돼."

미사코가 눈을 흘겼다. 얼굴도 조금 붉어져 있었으므로 김태우의 심장 박동이 빨라졌다. 미사코를 안은 지 오래된 것 같다. 그러나 미사코의 알몸과 신음, 체취와 감촉은 지금도 생생하다.

"어쨌든 8시쯤 내 숙소에서 보기로 하지."

김태우가 미사코에게 말했다.

"앤도 내가 당신하고 깊은 관계인 줄 아니까 거북할 것 없어요."

"앤은 어때요?"

마침내 미사코가 붉어진 얼굴로 물었다. 황무지를 훑고 온 바람이 미사코가 쓴 모자를 흔들었고 목에 두른 스카프를 펄럭이게 만들었다. 김태우가 지그시 미사코를 보았다.

"당신처럼 섬세하지는 않아. 하지만 반응이 격렬하지."

그때 미사코가 눈을 흘겼다.

"흥, 당신이 좋아할 스타일이군."

"너 어떻게 할 거냐?"

신재식이 묻자 신유리가 머리를 들었다. 오후 5시 반. 이곳은 라고스의 대양 법인 사무실 안이다. 오전에 라고스에 도착한 신재식 일행은

304

현지 법인 시찰을 마치고 이제 둘이 마주앉아 있다.

"김 사장은 대양을 떠날 것 같아요."

신유리가 초점이 흐려진 눈으로 신재식을 보았다. 주위는 조용하다. 그러나 바깥 사무실과 아래층, 복도에까지 신재식 일행으로 가득 차 있다. 신재식은 라고스 법인을 처음 방문한 것이다. 신유리가 말을 이었다.

"그리고 저하고 같이 대양에서 지낼 생각도 없는 것 같아요."

신재식이 잠자코 신유리를 보았다. 그것은 신유리와의 결합을 원하지 않는다는 말이나 같다. 이윽고 신재식이 물었다.

"네가 확인했어?"

"네, 오빠."

"분명히 그런 표현을 했어?"

"네."

시선을 내린 신유리가 말을 이었다.

"내 방법이 잘못된 것은 아닌 것 같아요."

"어떤 방법이었는데?"

"처음에는 내가 상급자로 오는 것에 대해서 거부감을 느끼는 것으로 알았습니다."

"……."

"그래서 내 신분과 직위를 정확히 밝히지 않아서 그랬나, 하고 생각했지만 그게 아니었습니다. 내가 오기 전에 이미 마음이 떠난 것 같아요."

신재식이 어깨를 치켜 올렸다가 내렸다. 대양 기조실은 일국(一國)의 정보국만큼은 못하지만 정보 기능이 뛰어나다. 신재식은 김태우의 김

305

코가 라고스의 컨티넨탈 클럽뿐만 아니라 토고의 새 정권에 북한 용병을 공급한 쿠데타 주역인 것을 안다. 그리고 로메에서 건설하고 있는 김코 공단의 주체라는 것도 알고 있는 것이다. 신재식이 똑바로 신유리를 보았다.

"잘 들어, 김태우는 곧 토고의 로메에 왕국을 건설한다. 김태우는 보만 대통령의 경제 보좌관으로 권력도 쥐었고 대규모 공장이 가동되면 국민들의 절대적인 지지를 받게 될 거야."

"……."

"김태우의 김코는 보만 대통령을 경호할 뿐만 아니라 토고군(軍)에 대규모 고문관을 파견하고 있어. 이제 토고군(軍)도 김태우의 김코에 장악되었다고 봐도 될 거야."

"……."

"이건 모두 CIA와 KICA, 그리고 북한까지 합작한 아프리카의 새 질서야. 새 세계가 열리는 것이지. 이제는 미국이 앞장을 서지 않고 한국과 북한을 내세워 아프리카를 장악하려고 한다."

신재식의 얼굴에 웃음이 떠올랐다.

"1석3조지. 북한 용병을 이용해서 북한을 끌어들이고, 미국 대리인으로 김태우를 내세워 비난을 피하면서 아프리카를 장악하는 것이야."

"김태우는 그들의 허수아비 아닙니까?"

"그것이……."

쓴웃음을 지은 신재식이 신유리를 보았다.

"김태우는 보코하람, 북한 실무자와 통한다. 북한 지도자의 훈장까지 받았을 뿐만 아니라 보코하람의 장교야. 그리고 실질적인 김코의 사주(社主)로 실력자다.”

“…….”

“대양의 라고스 법인장쯤은 발끝으로 문지를 정도로 성장한 것이지.”

“…….”

“그것도 운이 좋아서 그렇게 된 것이 아니라 직접 부딪치고 뚫고 들어가서 만들어 낸 것이란 말이다. 미개척지, 전쟁터에서 말이야.”

정색한 신재식이 신유리를 보았다.

“김태우가 앞으로 그런 테러는 우리한테 일어나지 않을 것이라고 했지만 장담할 수 없어. 김태우가 떠나면 우리는 그야말로 파리 목숨이다.”

길게 숨을 뱉은 신재식이 신유리를 보았다.

“그래서 내가 내일 토고로 기조실장을 보내려고 한다. 어제 김태우한테 면담 신청을 했더니 만나겠다고 하는구나.”

“만나서 뭐라고 하실 건데요?”

신유리가 묻자 신재식이 정색했다.

“로메에 건설 중인 공단은 미·일이 공동 투자했지만 51%의 지분은 김태우의 김코가 소유하고 있어. 나는 김코의 공단에 투자할 작정이다.”

신재식의 얼굴에 웃음이 떠올랐다.

“김코에 끼어드는 것이지. 그래야 대양이 김코의 우산 안에 들어간다. 이건 우리가 심사숙고 끝에 내린 결론이다.”

허리를 편 신재식이 혼잣소리처럼 말했다.

“이제 김코는 김태우의 왕국이야.”

10분이 지나도록 미사코와 앤은 서로 시선도 부딪치지 않았다. 오후 6시 반. 김태우의 숙소인 호텔 옥상의 응접실 안이다. 탁자 위에는 술과 안주가 차려져 있었지만 잔에 술만 따라놓고 둘은 마시지 않았다. 김태우만 자작해서 마시는 중이다. 이윽고 미사코가 먼저 입을 열었다.

"요시무라 씨가 보만과 티에라에게 뇌물을 준 건 우리 일본 정보의 잘못입니다. 변명하지 않겠습니다."

미사코의 시선이 김태우에게 옮겨졌다.

"사전에 미국 측, 그리고 김코 측하고 상의했어야 하는 건데 실수했습니다."

김태우는 다시 한 모금 술을 삼켰고 앤은 외면하고 있다. 미사코의 말이 이어졌다.

"티에라가 처벌을 받은 건 이해합니다. 그렇지만 요시무라는 본국으로 송환시킬 예정이니까 그것으로 마무리하자는 것이 일본 정부의 제의입니다."

그때 앤이 미사코를 보았다.

"그건 미국과 남북한 실무자들이 이미 결정했는데요. 아직 통보를 드리지 못한 것 같군요."

숨을 죽인 미사코를 향해 앤이 말을 이었다.

"김코의 사주이며 김코 공단의 이사장인 미스터 김에게 처분을 맡기기로 했거든요."

"……."

"뇌물을 받은 비서실장 티에라는 총살, 보만은 대통령 신분이지만 다시 이런 일이 발생했을 때 보장을 못한다는 경고를 주었지요. 그런데 우리 생각은 뇌물을 제공한 요시무라의 죄질이 더 나쁩니다."

"……."

"하지만 일본 측이 차관 2억 불을 공단으로 돌린다는 보상을 내놓았기 때문에 처분은 김 사장한테 맡긴 겁니다."

"그렇게 되었군요."

어깨를 늘어뜨린 미사코가 그때서야 손을 뻗어 술잔을 쥐었다.

"상부에 보고하겠습니다."

"언제 2억 불이 입금되지요?"

불쑥 김태우가 묻자 미사코가 정색하고 대답했다.

"내일 김코의 당신 계좌로 입금됩니다."

"내가 부자가 되겠군."

한 모금 술을 삼킨 김태우가 웃었다.

"내일 대양에서 기조실장이 옵니다."

두 여자의 시선을 받은 김태우가 말을 이었다.

"대양 그룹에서도 김코와 함께 아프리카 개척에 동참하려는 거요."

앤과 미사코가 서로의 얼굴을 보았다. 먼저 입을 연 사람이 앤이다.

"받아들일 건가요?"

"조건을 봐야지."

"좋은 조건이면 받아들이겠다는 건가요?"

"당연하지요."

앤이 머리를 끄덕였다.

"대양이 당신을 놓지 않으려고 하는군요. 예상하고 있었어요."

"우리도 그럴 줄 예상했어요."

미사코가 거들었고 앤과 처음으로 시선이 마주쳤다. 이제는 앤도 술잔을 들었다. 앤이 눈을 가늘게 뜨고 김태우를 보았다.

"태양의 후계자로 지금 라고스에 와 있는 미세스 신, 그 여자하고 결합할 건가요?"

"이미 결합했지요."

정색한 김태우가 말하자 잠깐 눈을 깜박이며 응시하던 앤이 입맛을 다셨다.

"그거야 당연히 그러셨을 것이고……."

"이미 할렘을 만드셨는데 뭐."

미사코가 거들었으므로 앤이 풀썩 웃었다. 다시 앤과 미사코의 시선이 마주쳤고 둘은 마주보고 웃었다. 그것을 본 김태우가 둘의 잔에 술을 채웠다.

"미사코 씨, 당신도 오늘 여기서 쉬고 가도록 해요."

"미쳤어요?"

미사코가 눈을 흘겼을 때 앤이 말했다.

"자고 가요, 미사코 씨."

놀란 미사코의 시선을 받은 앤의 얼굴에 웃음이 떠올랐다.

"뭐, 어때요? 셋이 같이 자는 거지."

"난 싫어요."

머리까지 저은 미사코의 얼굴이 붉어졌다.

"난 그런 변태 행위에 아직 익숙하지 못해요, 앤."

"변태라뇨?"

눈을 둥그렇게 뜬 앤이 미사코를 보았다. 술기운이 들어간 앤의 얼굴은 상기되어 있다. 아름답다.

"당신의 아름다운 몸이 저 남자하고 엉켜 있는 모습을 보면 나도 흥분될 것 같아요. 당신도 마찬가지겠죠."

　김태우의 머릿속에 신유리의 알몸이 떠올랐다. 신유리까지 포함시
키면 어떨까?

<끝>